書下ろし

圧殺　御裏番闇裁き

喜多川 侑

祥伝社文庫

演目

吉原
今戸
浅草寺
根津
上野寛永寺
不忍池
向島
下谷長者町一丁目
佐々木伊予守
並木町
東本願寺
吾妻橋
源森川
下谷
浅草見附
(浅草御門)
両国
広小路
大川
神田川
回向院
竪川
連雀町
奥平家
馬喰町
横山町
横川
米沢町
大黒屋
北町奉行所
日本橋
小名木川
日本橋葺屋町
天保座
京橋
南町奉行所
深川
深川入船町
与井屋
銚子屋

『圧殺』の舞台

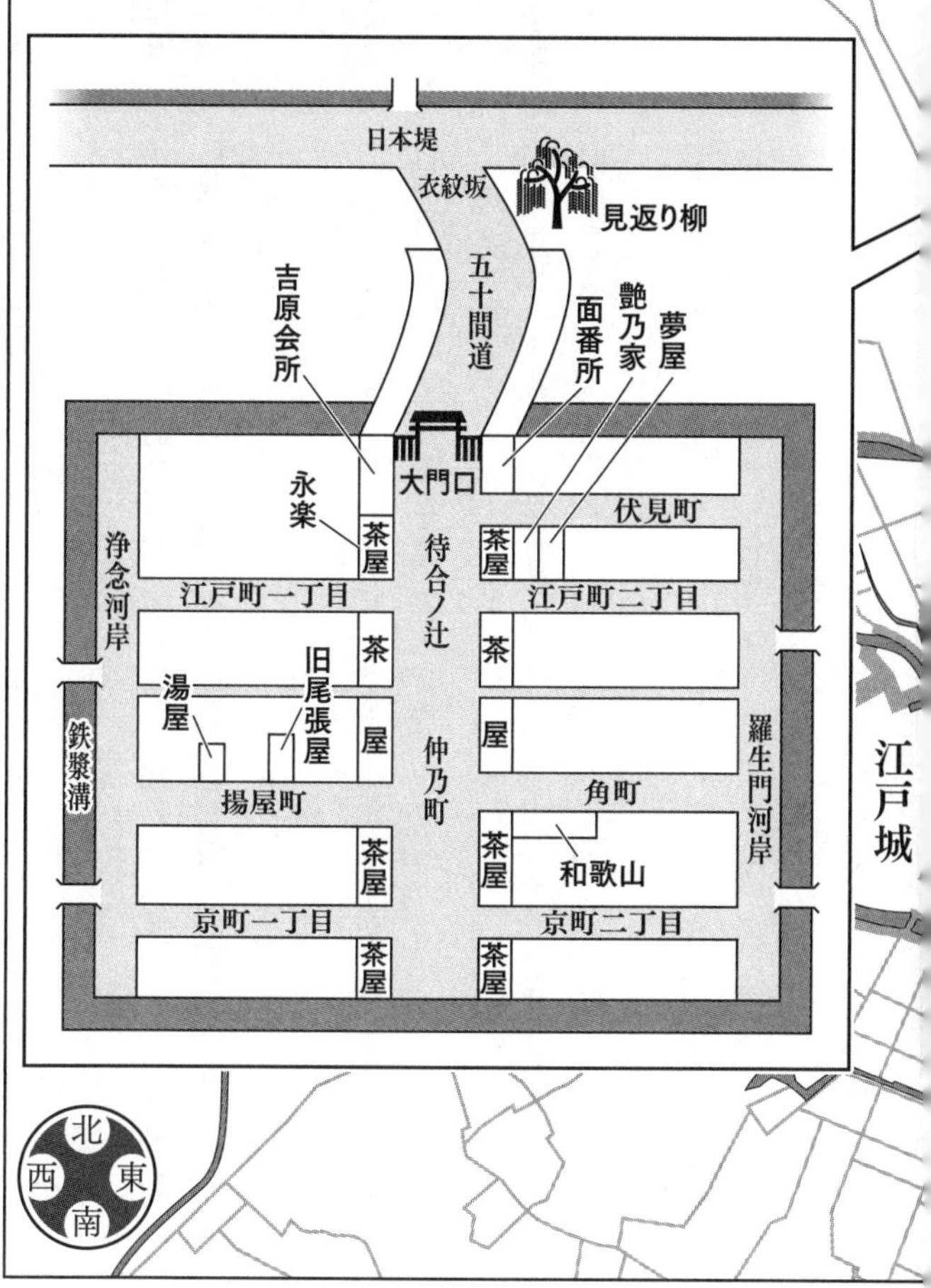
日本堤
衣紋坂
見返り柳
五十間道
吉原会所
面番所
艶乃家
夢屋
大門口
永楽
茶屋
伏見町
待合ノ辻
浄念河岸
江戸町一丁目
江戸町二丁目
茶
屋
湯屋
旧尾張屋
仲乃町
羅生門河岸
鉄漿溝
揚屋町
角町
和歌山
京町一丁目
京町二丁目
江戸城
北
西
東
南

『圧殺　御裏番闇裁き』主な登場人物

東山和清《ひがしやまかずきよ》……元南町奉行所隠密廻り同心。同心株を売却し『天保座』の座元兼座頭に収まるが、その裏の顔は大御所直轄『御裏番』の頭目である。半円殺法の使い手。

瀬川雪之丞《せがわゆきのじょう》……『天保座』の看板役者。七変化、女形、宙乗りと自在にこなせる。元は甲賀の忍びで空中殺法を得意とする。

羽衣家千楽《はごろもやせんらく》……『天保座』の老役者。元噺家。偽薬の辻売りに転落していたが、和清に拾われる。巧みな話術で、悪人を手玉に取る。

団五郎《だんごろう》……『天保座』の二番手役者。雪之丞の相手役だが、変装の達人で、年増に人気がある。口説きの腕は天下一品。

半次郎《はんじろう》……『天保座』の大道具担当。元大工。仕掛け舞台を作るのを得意とする。

お芽以《めい》……『天保座』の結髪。千楽の娘。櫛《くし》と簪《かんざし》による秘技をもつ。

なりえ……元御庭番。徳川家斉の隠し子。『天保座』の大道具補佐。が本来の役目は市中の噂収集と仕置き相手の素性探索。

筒井政憲《つついまさのり》……南町奉行。在位十六年を迎えた名奉行。大御所家斉の懐刀。

徳川家斉《とくがわいえなり》……大御所。十一代将軍。大御所として幕府転覆を企てる者たちに目を光らせ、本丸の御庭番に対抗するため南町奉行筒井政憲に、密かに「御裏番」創設させた。

地図作成／三潮社

第一幕　年越し蕎麦《そば》

一

いろいろあった天保《てんぽう》八年（一八三七）も今日で終わる。

やれやれだ。

木下英三郎《きのしたえいざぶろう》は、そう呟《つぶや》き白い息を吐いた。

如月《きさらぎ》（二月）には大坂で与力が乱を起こし、卯月《うづき》（四月）には将軍の御代替わりとなった。思えば何かと忙《せわ》しない一年であった。

その年が終わる。吉原《よしわら》も今宵《こよい》が抱き納めだ。

暮れ六つ（午後六時頃）。

時の鐘の音が聞こえると同時に仲乃町《なかのちょう》通りの中ほどに立つ巨大な竿灯《かんとう》や、軒を並べる引手《ひきて》茶屋の吊し提灯《ちょうちん》に次々と火が入り町が燦然《さんぜん》と輝いた。

色町に、文字通り色が入った瞬間だった。

吉原七町の廓《くるわ》からも一斉に清掻《すががき》の音が盛大に鳴り響いてきた。

春夏秋冬、さまざまな趣向を凝《こ》らす吉原のこと、新年を迎えるとなると気合の入れ方も違ってくる。

なんでも新年には仲乃町通りのど真ん中に、廓の塀の高さもあるほどの巨《おお》きな羽子板を立て、その背後には、どこかから根こそぎ持ってきた松の木を植えるそうだ。

元日の朝、通りに出た瓢客《ひょうかく》などは、それはそれはど肝を抜かれることだろう。

その様子が見られないのが、英三郎には心残りだ。

江戸町《えどちょう》二丁目の『艶乃家《つやのや》』の立ち番、英太《えいた》になりすました英三郎はそんなふうに思いながら、本年最後の夜見世《よみせ》の第一声を張り上げた。

「さぁ、泣いても笑っても、今年も今宵限りでござんす。吉原《さと》の抱き納めは艶乃家で。素見《ひやかし》おおいに結構、さぁさ、まずは寄ってらっしゃい、見てらっしゃい」

通りの端から端まで届くほどの声が出た。隣の『夢屋《ゆめや》』の立ち番が怯《ひる》むほどだ。

すると、すぐに数人の客が、顎《あご》を撫《な》でたり、にやにやしながら艶乃家の朱色の格子の前にやって来た。妓楼《ぎろう》は何といっても威勢で勝負である。

列座する格子女郎が、一斉に背筋をぴんと伸ばし、妖《あや》しい笑みを浮かびあがらせる。

扇子《せんす》を使って、白粉《おしろい》の匂いを通りに送り込んでいる女郎もいれば、長煙管《キセル》を格子の間から差し出し、客に『吸わってくんなまし』と誘う女郎も多い。

遊女と客の見えない綱引きの始まりだ。

立ち番もここぞとばかりに推す。

「これは、これは、ご常連、いずれも今宵は、手つかずの生娘《きむすめ》でござんすよ」

英太は今宵は、というところで声を低くし、生娘で声を張る。

『今夜はまだ手つかず』という意味だ。

誰にでも『ご常連』と声をかけることで、客の虚栄心をくすぐる。こんな見え透いた誘い文句でも、客はその気になるから不思議なものだ。

「よし、来年の運試しに、あの端の生娘を呼んでもらおう。名はなんて言うんだい」

大店《おおだな》の手代らしい三十ぐらいの男が、張見世《はりみせ》の一番隅でひとりだけ俯《うつむ》いている女郎を指さした。生娘などいないことを承知で、立ち番の口上に乗ってくれる粋筋の客だ。しかも涼し気な役者顔。いい男だ。

「これはお目が高い。あれは松絵《まつえ》と申します」

英太は女郎を指さしながら伝えた。

松絵は、押しよりも引きがうまい女郎なのだ。

我こそはと前のめりになる格子女郎が多い中、松絵は必ず一番隅の席でしおれたような仕草を取る。これが逆に客の目を引くことを知っているのだ。

生娘に見えないことはない。だが実は一番したたかな女郎なのである。

妓楼に上がり慣れた客ほど、こんな女郎に嵌《は》まる。

「よし、決めた」

案《あん》の定《じよう》、役者顔の客はすぐに手を打った。

「初会《しよかい》で」

英太は小声で聞いた。ご常連と声を掛けはしたが、初顔に思えたからだ。

「そうだい。他楼《よそ》にも馴染《なじ》みはいない」

客はにっこり笑う。

「では、ちょいとお手間を」

英太が仲乃町通りのほうに向かって、手を挙げると角にある茶屋から、若い衆《し》がすぐに駆け寄ってきた。

半籬《はんまがき》や総半籬、あるいは吉原《さと》の東西の端に並ぶ羅生門河岸《らしようもんがし》と西河岸の切見世《きりみせ》ならば、初会でもそのまま二階の座敷に上がれるのだが、艶乃家のような総《そう》籬《まがき》では、初会は必ず茶屋を通して貰《もら》うことになる。

それが吉原の仕来《しきた》りなのだ。客の素性を探るためでもある。茶屋がこの客を受ければ、料金の一切合切は茶屋の立替となるのだ。妓楼が取りはぐれることはない。

冷え込みが一段と強くなってきた。万灯輝く吉原は昼のような明るさだが、夜空には月も星もなかった。

今夜は雪になるかも知れない。

英太が身震いしながら声をあげていると、茶屋で手続きを済ませた客が戻ってきた。

「葺屋町《ふきやちょう》の東山《ひがしやま》様でござんす。勘定は当方が引き受けやした。艶乃家さん、よろしくどうぞ」

引手茶屋『永楽《えいらく》』の若い衆、長吉《ちょうきち》がそう言ってこちらに引き継ぐ。これが吉原《さと》の作法だ。

「お大尽のお上がりぃ」

英太が叫ぶと、すぐに中から恰幅《かっぷく》のよい遣手《やりて》が出てきて、客を籬の中へと導いた。

お京《きょう》婆さんだ。

かつては艶乃家の昼三《ちゆうさん》だったそうで身請け話も断り、年季が明けるまで勤めあげ、なおかつ遣手に稼業を変えて、遊里に居付いているという。

『吉原の女は、吉原で死ぬのが一番。遣手や切見世の女将《おかみ》に収まれたら勝ち組さね』が口癖の酸《す》いも甘いも嚙《か》み分けた婆さんだ。

当時の源氏名は『藍川《あいかわ》』で、看板の『松川《まつかわ》』と並ぶ権勢を誇っていたそうだ。

英太としては唯一素性を見抜かれているような怖い婆さんだった。

木下英三郎が英太としてこの艶乃家の妓夫《ぎゆう》部屋に潜り込んだのは、ひと月半前のこと。

浅草《あさくさ》の請け人宿『鶴巻屋《つるまきや》』を通してどうにか押し込んでもらったのである。

英三郎、実は南町《みなみまち》奉行所の影同心だ。

影同心は隠密廻《おんみつまわ》り同心の中でも、奉行所や組屋敷内でもその存在を明かされていない、奉行直轄の市中潜伏同心である。

英三郎は生まれながらにしてこの宿命を負わされていた。

艶乃家への潜入は、ある騙り浪人を探し出すためであった。

江戸市中で頻発している骨董品詐欺《さぎ》である。たいそうな出自を騙《かた》り、真《ま》っ赤《か》な贋作《がんさく》を豪商、豪農に売りつけているという。

騙《だま》されたのが当世成り上がりの商人、百姓だけならば、欲と見栄に目がくらんだ天罰と、奉行所が動くまでのこともないのだが、南町奉行筒井政憲《つついまさのり》は、この年の如月に起こった大塩平八郎《おおしおへいはちろう》の乱を念頭に、その資金の流れを摑《つか》もうとしていた。

幕府転覆を企《たくら》む一党が背後にいないとも限らないからだ。

そして悪人の逃亡先として、吉原は恰好の場でもあった。

官許の吉原遊廓は町奉行の管轄で、大門脇の面番所には南北の同心が交替で詰めてはいるものの、遊廓内の揉《も》め事は中の者たちで裁くという暗黙裡の了解があり、同心は飾り物に過ぎなかった。

替わって遊廓内を取り仕切っているのは吉原会所の頭領以下の若い衆である。だがこれも、創設者の三浦屋四郎左衛門《みうらやしろうざえもん》が、宝暦《ほうれき》六年（一七五六）に名楼『三浦屋』を廃業して以来、統率力を失っていた。

当代の総名主は京町《きょうまち》二丁目の『和歌山《わかやま》』の登美三郎《とみさぶろう》である。だがかつての三浦屋四郎左衛門のような権力を持っているわけではない。なにごとも吉原各町の名主と合議で物事を決めるのが、当世流となっていた。

したがって現在の吉原には絶対権力者がいないのだ。三浦屋時代にいたとされる吉原会所が雇った裏同心などもいない。

のは八十年前のこと。

揚屋町《あげやちょう》に文字通り料亭が並び、妓楼から禿《かむろ》、新造《しんぞう》を従えて花魁《おいらん》が歩いてきた
その当時の吉原はすっかり様変わりしている。

吉原で職を得るのは容易《たやす》いことではない。

旗本の中間《ちゅうげん》や小者の方がよほど口がある。

いったん吉原の者《なか》となると、商家の手代と同じように定着してしまうからだ。

妓楼内では出世もある。

したがって請け人宿にも口が少ないのである。

そこを浅草のわけあり請け人宿の鶴巻屋に押し込んでもらったわけだ。

妓楼で働く男たちも艶乃家のような大見世ともなれば、掃除や風呂焚《た》きのような下男、立ち番、追い回し、床番、不寝番《ねずのばん》と役割ごとに雇っている。

潜れれば何でもよかったのだが、英三郎はうまいこと立ち番として雇われた。

牛太郎《ぎゅうたろう》と呼ばれる客引きである。

詩吟《しぎん》で鍛《きた》えた声の太さが買われてのことだ。

立ち番は、艶乃家の出入りを見張るには恰好の役でもあった。

しかも艶乃屋の見世先からは江戸町二丁目ばかりではなく、仲乃町通りがよく見渡せた。大門に近いこともあり京町や揚屋町へ流れる客の群れも眺《なが》めることが

出来た。

このひと月半で、艶乃家に匿《かくま》われたらしい騙り浪人を発見しただけではなく、吉原にまつわるさまざまな陰謀も見えてきたところだった。

一つ、このところあちこちの見世から古株の妓夫が引き抜かれている。

二つ、小火《ぼや》が多い。英三郎がやってきてからの短い間にも三件の小火があった。

三つ、資金難に陥った妓楼に新手の両替商が安い利息で金を貸している。

おかしな話ばかりだ。

やはり奉行が見立てた通り、大きな影が動いている。英三郎はそう確信した。

寛永寺《かんえいじ》の方から時を知らせる鐘の音が聞こえてきた。

宵五つ（午後八時頃）。

仲乃町通りに大勢の手代に囲まれて歩く豪商の姿が垣間《かいま》見られた。京町二丁目の大見世和歌山に上がる両替商『京野池《きょうのいけ》』の主人一行のようだ。

京野池忠久《ただひさ》は、ときに艶乃家にも登楼するが、それは世話をしている戯作者や絵師の座敷を後援するためだ。

大見世同士では贔屓筋《ひいきすじ》の奪い合いはしないものだ。その代わり客も一度懇意にした妓楼を安易に切ることはしない。

たとえば近頃吉原に新たな資金投入をしている両国《りょうごく》の両替商『大黒屋《だいこくや》』は艶乃家の真隣に構える『夢屋』以外には登楼しない。

英三郎はこのひと月半で吉原のさまざまな仕来りを知った。こうやって吉原は二百年もの間、その秩序を維持してきたのだな、とつくづく感心したものだ。

と、艶乃家の勝手口のほうから不寝番の元浪人が伸び放題になっている月代《さかやき》を掻《か》きむしりながら出てきた。

貧相な顔を髭《ひげ》で覆ってもいた。歳は四十のはずだが、それ以上に老顔《ふけがお》に見える男だ。

ここでは松野歳三《まつのとしぞう》という偽名を使っている。厳密にいえば、匿われているのだ。

歳三は、この刻限に仲之町通りに出ている屋台に蕎麦《そば》を食いに出る習いがあった。

艶乃家では妓夫にも、朝と昼に賄《まかな》い飯が出るが、書き入れ時の夜は、銘々で食《しょく》することになっていた。

それも遊廓内の屋台ならどこでも二十文（約五百円）分を店のツケで食える仕組みだ。

英三郎は勘九郎《かんくろう》の方を向いて笑みを浮かべた。

「歳三さん、蕎麦ですかい」

「俺は、不寝番だ。先に行ってくらぁ」

金壺眼《かなつぼまなこ》の奥を光らせながら、勘九郎は下を向いた。いつもそうだった。妓夫仲間にも、勘九郎は決して眼を見せたがらないのだ。

逆に英三郎はそれでこの男が怪しいと踏んだ。

「いまは握りを何巻かにしておくんなさいよ。わっしもあと半刻（約一時間）もしたらあがりだ。一緒に浅草まで出て、年越し蕎麦を食いに行きませんか。天ぷら蕎麦と二合までなら、先だっての借りがあるから奢《おご》りますよ。歳三さんのお勤めは、大引けの柝《き》が入ってからでしょう」

妓楼の大引けは四つ（午後十時頃）と定められている。

だが、定法《じょうほう》の埒外《らちがい》にある吉原では、独自の廓法が存在する。引け四つとは、吉原でしか使わない刻限だ。夜半（午前零時頃）を指す。そこから先は泊りの客だ。

「ふん、やけに律儀だな。ならば遠慮なく奢ってもらう」

歳三が乗ってきた。

「では、半刻ほど後に勝手口で」

三日前に、英三郎が無頼《ぶらい》な町奴《まちやっこ》に耳もとで大声を出されたと因縁をつけられていたところを、歳三の仲裁で助けられていたのだ。

実は、歳三の面割《めんわり》のために仕掛けた小芝居だった。

町奴に扮していた別な影同心と騒ぎを起こし、割って入ってきた歳三の顔を、葛飾《かつしか》の豪農、与作《よさく》に向かいの江戸町二丁目の茶屋から確かめさせたのだ。

果たして騙されたことのある与作は歳三を大杉《おおすぎ》勘九郎と認めたのだ。

元知多南《ちたみなみ》家の勤番侍《きんばんざむらい》、大杉勘九郎である。

江戸ではこの春から夏にかけ、大金を詐取《さしゅ》する騙りが頻繁に起こっていた。

贋作骨董を売りつける騙りで豪商、豪農から、都合二千両（約二億円）もの金を騙し取っていたとされる男であった。

同様の被害は南北両奉行所に八件ほどが届けられていた。

奉行は実際にはこの数倍の被害があるとみた。体面を気にする武家や、見栄っ張りの商人は騙されたと気づいても表沙汰にはしないからだ。

そもそも骨董というのは、真贋の判定が難しい。真《まこと》として取引された品が贋《にせ》であったり、またその逆も多々あると聞く。

ともあれ、騙りは窃盗と同罪。十両（約百万円）以上は死罪である。

しかもこれだけの大金となれば、その行き先が問われる。

勘九郎が吉原に潜伏していることは、神田《かんだ》の油問屋『佐野屋《さのや》』の番頭、文吉《ぶんきち》からもたらされた。文吉が艶乃家に上がった際に見かけた不寝番が大杉勘九郎によく似ていたのだ。

実は佐野屋も、騙されるところであったので、文吉はよく覚えていたのだ。

勘九郎の手口はこうだ。上手《うま》い物語がつけられていた。

夏の初めのことである。

骨董好きの佐野屋正勝《まさかつ》のもとへ、徳川《とくがわ》家由来という『白天目《しろてんもく》茶碗』を百両（約千万円）でどうだという話が持ち込まれてた。

仲介してきたのは、正勝の茶会仲間で骨董商の宗庵《そうあん》であった。

佐野屋はまずは仲介者で信用した。

そのうえ、なるほどと膝《ひざ》を叩《たた》きたくなる物語が付いていた。

『その「白天目茶碗」は老中首座の水野忠邦《みずのただくに》が、幕政の資金を補うために内々に売却する品でございます。知多南家江戸藩邸の大杉勘九郎なる侍が、密《ひそ》かに請け負っているとのこと』

宗庵は佐野屋の耳もとでそう囁《ささや》いたのだ。

『ぜひ拝見したい』

と屋敷に持参させると、大杉勘九郎が持参した箱書きには『忠邦所蔵』とあり、花押《かおう》まであった。

これを馴染みの骨董商、宗庵も本物の筆跡と太鼓判を押すので、佐野屋はまんまと引っかかるところであった。

勘九郎の話しぶりにも品があった。

それでも佐野屋は、知り合いの読売屋に、大杉勘九郎という武士の素性を調べさせた。百両もの大金をはらう茶碗である。念には念をいれるのは至極当然であろう。

するとすぐに、知多南藩の江戸藩邸の勤番侍で、大杉勘九郎という衣紋方《えもんかた》五十石取りが確かに存在することが分かった。

藩邸に出入りする商人に裏を取ると、人相は合致したという。

知多南家といえば尾張《おわり》徳川家の傍系で、五万石大名。

その衣紋方が扱っている茶碗となれば、もはや疑う余地はなかった。

その一部始終を番頭の文吉は、主の傍らで聞いていたのである。

たまたま引っかからなかったのは、夏場で油の入用が少なく、百両もの現金出費は、さすがにきつかったためだという。

『冬場ならば、買い付けておりましたでしょう』

と番頭は唇を震わせた。

佐野屋はたまたま手元不如意《ふにょい》のため、贋作を摑まされずにすんだのである。

そしてこの騙り浪人について、町人には知らぬことがあった。

南町奉行筒井政憲が昵懇《じっこん》の目付を通じて密かに調べると、大杉勘九郎は、この時すでに知多南藩を、内々に召し放ちとなっていたのだ。

内々であったので、同家の勤番侍や奉公人も知る由がなかったわけだ。

大杉が江戸藩邸の中間部屋で賭博《とばく》開帳を繰り返していたことが、旗本の倅《せがれ》により幕府大目付に密告されたための召し放ちだった。

御城で大目付に呼び出された当主、松平越中守《えっちゅうのかみ》義則《よしのり》は、おおいに慌てふためいた。

転封《てんぽう》でもされたらお家の一大事である。それで知多南藩は莫大な賄賂《まいない》を使い、この一件をもみ消した。

したがって大杉勘九郎の召し放ちも内々になされた。表向きは病気療養中とし、年が明けたあたりで隠居という形式を取りたい、というのが知多南藩の申し出であった。

たらふく賄賂を貰った大目付は、知らぬ顔を決め込んだ。

そういう事情で藩邸から放逐された勘九郎は、食うに困り、さりとて、衣紋方という家柄からか口入れ屋を通じて川漨《かわざら》えや力仕事を得る気にもなれず、かつての知識を使い、騙りの一党を組んだというところだろう。

おそらく宗庵などは勘九郎が開いていた賭場の常連で、負けが込み仲間に引き入れられたのだろう。他に数人の仲間がいたとみられる。

肝心なのは、その詐取した金がどうなったかだ。

本来、奉行所は殺しや押し込みには手厳しいが、騙りにあった者には、どこか冷淡なところがある。

所詮は騙された側も、欲得まみれから手を出したまでのこと、と見るからだ。

このたび南町奉行が、影同心を投入するほどの探索に乗り出したのは、騙し取られた金があまりにも大きすぎ、その行く先を調べ上げねばならないと判断したからである。

召し放ちにあった浪人がひとりで出来る詐欺《さぎ》ではない。必ず黒幕がいる。お奉行はそう見立てたはずだ。

勘九郎を捕縛すれば、金の行き先、その背後がはっきりするはずである。

英三郎の役目は、大杉勘九郎を見つけ出し、吉原の外に連れ出すことであった。その先の捕縛は定廻り同心がやる。

影同心はそのまま消える。そして同じ潜り先に二度と戻ることはない。

今宵限りだ。

――さてと、いよいよ連れ出しだ。

英三郎は呼び込みをしながらも、ここから先の段取りを、頭の中でおさらいした。

手代への面通しで、歳三が大杉勘九郎であることは明らかになった。あとはいかに捕縛をするかだが、吉原《さと》の中で取り押さえることは出来ないのだ。

ここにも吉原ならではの事情があった。

吉原《さと》の中のことは吉原の者が始末する。それもまた吉原の不文律だ。

南町奉行、筒井政憲が影同心である英三郎を潜らせたのは、それゆえだ。

――早く帰りてぇ。

英三郎の役目は、勘九郎を並木町《なみきまち》の蕎麦屋『藪下《やぶした》』へ連れ出すまでである。その先は影仕事の埒外《らちがい》。

いずれそこにいる客はすべて捕方《とりかた》であろう。

最後の詰めであった。

年が変わる前に役目を終えて、とっとと神田佐久間町《さくまちょう》の長屋に戻りたいものだ。元日には、恋女房の小春《こはる》と差し向かいで屠蘇《とそ》というのが、長年の習慣である。

二

宵五つ半（午後九時頃）の鐘が鳴る。遊里の賑《にぎ》わいは峠へと達していた。

「歳三さん、お待たせしました」

英三郎は、紺の綿入り着物に龍の根付の付いた巾着《きんちゃく》をぶら提げて、艶乃家の勝手口から出た。

「おう。そっちはもう上がりだろうが、俺は、夜半からの番だ。年越し蕎麦もさっさと食いたい」

勘九郎は、くたびれた草履《ぞうり》で足踏みをしていた。

浪人とはいえ妓楼の奉公人なので、それなりの身なりをしている。黒の着流しに、丸に「艶」の紋入り羽織だ。

寒そうだ。

「ですね。蕎麦屋には昨日のうちに、伝えてあるので、席も蕎麦も取っておいてくれているはずです。ちょいとお待ち」

英三郎は勝手口の脇からぶら提灯《ちょうちん》を取り出し、火を入れた。

艶乃家の籠文字が鮮やかに浮かぶ。

大門前に進むと、右手に見える面番所の前に、北町の隠密同心、松村由之助《まつむらゆのすけ》が立っていた。

所在なげに月代を撫でている。

大門の出入りを見張っているようでもあり、またそうでもないようなぼんやりとした顔だ。

長年、隠密廻りを勤めたあと、めでたく接待ずくめの吉原面番所詰めの任についた齢《よわい》五十五の老同心である。

仕事をする気などあるわけがない。

それでも英三郎は目をあわせないように気を付けていた。

と、すれ違いざまに会所の若い衆《し》の声がする。

「松村様、お待たせしました。年越し用の御膳でございます」

「おうっ、来たか、来たか。中に入れてくれ。六合徳利とはこれまたありがたい。十川《そがわ》と共に、いただくわい」

十川光輝《みつてる》も同じ北町の隠密同心である。

「へぇ。明日の朝には御節《おせち》一式をお持ちします。今夜は飾り付けで少々喧《かまびす》しくなりますが、ご容赦《ようしゃ》くだされと、会所の頭領が申しておりました。あいすみません」

「なあに、元日だけは遊里も静かなものよ。わしらは寝正月を決め込むでな。今宵の喧騒など気にするな」

いずれ松村は年越しの宿直《とのい》を、みずから買って出たのであろう。婿《むこ》養子ゆえ所詮屋敷には居場所がないのだ。

ちなみに吉原も元日だけは休みだ。

商い初めは正月二日からだが、世間でいう初売りを、吉原では初買いと呼ぶ。なにからなにまで、世間とは逆さまなのが吉原だ。

「いい気なもんだな。楼で揉《も》めごとがあっても、すべて俺らに任せて、自分らは酒盛りだ。ちっ。胸糞《むなくそ》悪いわ」

やり取りを聞いていた勘九郎が吐き捨てるように言った。

「まぁまぁ、口出しされても面倒なことで」

英三郎は取りなした。

「それも言える」

五十間《ごじっけん》通りから日本堤《にほんづつみ》に出る。背後の吉原は煌々と輝いているが、山谷堀《さんやぼり》と田地に囲まれた土手は真っ暗闇だ。

「歳三さん、猪牙舟《ちょきぶね》を雇いましょう」

浅草までは、歩いて南下すればすぐだが、なにぶん足元が暗すぎる上に、この時刻は浅草寺《おてら》を抜けることも出来ない。

「あぁ、それがいい。が、その金も英太もちだろうな」

勘九郎がしわがれた声を出す。

「なあに、いま時分なら帰り舟を安く雇えますよ」

英三郎は日本提橋の袂《たもと》で瓢客を降ろしたばかりの船頭に声を掛けた。

「大将、吾妻橋《あづまばし》の袂まで頼めるかい」

「二朱（約一万二千五百円）なら」

頬被《ほおかぶ》りした猫背の船頭が吹っ掛けてきた。眼もこちらの足元をしっかり見ている。

「どうせもうひと稼ぎするんだろう。いま時分に帰る客はいねぇ。空《から》で帰るよりはましだろう。百文（約二千五百円）で運んでくれや」

英三郎は艶乃家のぶら提灯を、堀に向かってわざと突き出した。

「ちっ、吉原《なか》の若衆かい。値切るのもほどがあるってもんだ。まぁしょうがねえ。乗れや」

英三郎と勘九郎は、腐りかけた渡しを歩き、猪牙舟に乗った。

船頭は吾妻橋の袂で早く次の客を乗せたいらしく、すぐに漕《こ》ぎ始めた。寒風が頰を刺す。

「並木町の藪下で年越し蕎麦との誘いにはさすがに勝てぬな」

勘九郎は行く手を眺めている。

正直、吉原から出たくはなかったはずだ。が、食い気には勝てなかったということだ。とはいえ充分用心していることに変わりはない。勘九郎は脇差をしっかり握ったままだ。

雪が降ってきた。綿雪がちらほらと舞い降りてくる。

吉原田圃《たんぼ》だけの暗い闇が、売り出し中の広重《ひろしげ》が描く浮世絵のような粋な風景に変わった。

猪牙舟は、ほどなくして山谷堀を今戸橋《いまどばし》まで下り大川に合流した。

じきに吾妻橋が現れる。

ゆっくり舞い降りてくる雪の欠片《かけら》の合間に、岸辺の灯《あか》りがぽつぽつと見えた。

居並ぶ船宿の軒灯だが、雪にぼやけて幽玄に見えた。

吾妻橋の袂の船着き場に着いた。吉原詣に繰り出そうという二人組の客が待っていた。英三郎と勘九郎はさっさと降りた。

「並木町までは歩きです」

桟橋を渡りながら、広小路を指さした。

「駕籠《かご》を用意しろとまでは言わんよ」

勘九郎は上機嫌だ。蕎麦っ食いには垂涎《すいぜん》の店なので、無理はない。

英三郎が先に立ち、雷　門《かみなりもん》前の広小路へと進んだ。年越しの夜とあって、いつもほどの賑わいはない。

明日の朝ともなれば、初詣の客がどっと押し寄せることだろう。

茶屋町《ちゃやまち》と仲町の間の通りにはいった。

目指す藪下の提灯を指さしながら、英三郎が背後の勘九郎を振り向き微笑《ほほえ》みかける。入って座ったら、英三郎の役目は終わりだ。あと数歩という安堵《あんど》が胸に広がった。

「減った、減った。馳走になるぞ」

勘九郎も目を輝かせている。いまでこそ妓楼の不寝番に身を落としているが、元は由緒ある藩の衣紋方。食通のようだ。

と、その瞬間だ。

路地からいきなり手が伸びてきて、英三郎は腕を摑《つか》まれた。

「えっ？」

英三郎は咄嗟《とっさ》に何が起こったのか分からなかった。

ぐいっ、ぐいっと身体《からだ》ごと暗い路地の奥に引っ張り込まれていく。間口は一間《けん》

（約一・八メートル）もない路地だ。左右の町家は空き家のようで静まり返っている。

その闇の奥から伸びている手に、英三郎の腕が捻《ひね》られた。迂闊《うかつ》にもぶら提灯を落としてしまう。雪を僅《わず》かに被った土の上でぶら提灯が燃え上がる。

「何しやがる」

暗闇に向かい怒鳴ると、今度はいきなり強い光を浴びせられた。誰かが、強盗《がんどう》提灯《ちょうちん》を英三郎の顔に向けているのだ。眩《まぶ》しすぎて相手の顔が分からない。強盗提灯は正式には龕灯《がんどう》とよばれる、銅版の桶《おけ》状の囲いの中に蠟燭《ろうそく》を立てる提灯で、忍びや強盗などが使うため、強盗提灯と呼ばれているものだ。照らされているほうは相手の顔が見えない。

「うわっ」

背後で、勘九郎の声がした。

振り向くと、勘九郎が苦悶の表情を浮かべているではないか。

「どうした、歳三さん」

着物の脇腹辺りが裂けて、血がしたたり落ちている。もうひとりの誰かに真横から匕首《あいくち》のようなもので刺されたようだ。

こんな捕方は聞いていない。

奉行の筒井から聞かされている筋書きは、蕎麦屋に入って、まず板わさと塩昆布あたりで猪口《ちょこ》を重ね、勘九郎を酩酊《めいてい》させる。

最後にざる二枚を食い終えたところで、英三郎が『ちょいと厠《かわや》へ。歳三さん、もう二枚ずつ食おうか。頼んでくれ』と言いながら立ち上がることになっている。

それを合図に、客に扮した捕方が一斉に立ち上がる、という寸法だ。せめて取り押さえる前に、名店の蕎麦でも食わせてやろうという、奉行なりの配慮が入っている。

路地裏で闇討ちにするなんざ、聞いていない。

芝居好きでなおかつ粋でならす筒井政憲がそんな筋書きを書くはずがないのだ。

「英太、謀《はか》ったな」

喋《しゃべ》るのも苦しげであったが、それでも勘九郎は武士らしく差し料を抜いた。

到底、人など斬れそうにない錆《さ》びた刀だった。

「歳三さん、それは違う。おいらも驚いている」

英三郎は顔の前で手を振ったが、勘九郎は錆びた刀を突き出してきた。

「くっ」

英三郎は、素早く屈《かが》みこんだ。勘九郎の刃先が、強盗提灯の男に向かって突っ込んだ。

光が僅かに遠のき、ゆらゆら揺れた。

「ぐわっ」

だが呻《うめ》き声を上げたのは、強盗提灯を持った者ではなく、勘九郎であった。眉《み》間《けん》に手裏剣《しゆりけん》を受け、顔面を血だらけにし、目を大きく見開いている。

「なんだよ。お前さんか。で、なんで俺を討つ？」

とぎれとぎれの声で光に向かって言っていた。勘九郎は意味が分からないようだ。屈んでいる英三郎はさらに分からない。

「遊里から出るときは、あっしに断れと言ったじゃないか。英太の正体も知らずにのこのこと付いて行きやがって」

強盗提灯の向こう側から初めて声がした。聞き覚えのある声だ。そしてどうやら英三郎の正体は割られていたようだ。英三郎は屈みこんだまま口を噤《つぐ》んだ。

「それだけで手裏剣かよ。あれだけ稼いでやったのに。俺ぬきで騙りが出来ると思っているのか」

勘九郎は、英三郎を跨《また》いで、よろよろと光の方へ向かっていく。話からして骨董騙りの仲間のようだ。

「替えはいくらでもいるさ。吉原でおとなしくしていれば、また新たな役割もあったろうに。愚か者に用はないわ。権蔵《ごんぞう》、やれっ。うまく同じところを刺せよ」

闇の中の男がそう命じると、表通り側から匕首を輝かせた男が飛び込んで来た。

「死ねや。腐れ浪人。余計なことを言われちゃ困るんだ」

権蔵と呼ばれた男は、見事に先ほどと同じ場所に匕首を刺し込んでいた。

錆びた太刀が黴《かび》臭い土の上にごろりと転がる。勘九郎が、英三郎にかぶさるように倒れ込んできた。

「歳三さんっ、しっかり」

それでも英三郎は芝居を続けたが、勘九郎はついにこと切れていた。

「おめえも一緒に、三途《さんず》の川を渡れっ」

匕首を持った男が正面から突っ込んできた。顔が提灯に照らされ、はっきり分かった。

痩せこけた頬に切り傷がある男だった。

黄八丈《きはちじょう》の着物を尻に端折《はしょ》った破落戸《ごろつき》風の男で、手にした匕首はすでに血塗られていた。

「そんな脂《あぶら》のついた刃物じゃ、俺のことは斬れねえぜ」

英三郎は腹を括《くく》って、懐《ふところ》から短い縄を出した。捕縛に使う強く撚《よ》った縄だが、武器としても使える。それぞれの縄尻に分銅と銛《もり》が付いているのだ。

町家の壁に背を付け、顔の前で縄を張った。

いまは一尺（約三十センチ）ほどに伸ばしてあるが、全長は三尺（約九十センチ）まで伸びる。英三郎の気迫を感じたのか、破落戸は一歩退いた。

「おまえさん、やはり影だな」

強盗提灯を構えている男の低く野太い声がした。今度は声の主が分かった。

「万太郎《まんたろう》さんかい」

英三郎は縄を握ったまま、提灯のほうを向いた。

「耳もたいしたもんだな。やって来た時から、初めて牛太郎をするには如才《じょさい》なさすぎると思っていたら、案《あん》の定《じょう》だ」

強盗提灯が、ゆっくり下がり、闇の中から艶乃家の若い衆《し》、万太郎の顔が現れた。妓楼内でよく顔を合わせていた男だ。妓夫ではなく若い衆。面倒な客の対応や付け馬などを、強面《こわもて》で仕切る役だ。

「噂に聞く裏同心さんかえぇ」

「さあね」

英三郎も不敵に笑って見せる。

視線が絡み合った。万太郎のは破落戸の類《たぐい》の殺気と違う。

「万太郎さんこそ、いったい何者なんです？　ただの若い衆には見えませんねえ」

英三郎はこの動きを目の隅で見切っていた。

と、この隙を狙《ねら》って破落戸の権蔵が、匕首を両手で支えて突っ込んできた。

英三郎は、縄を短くした。

顔は万太郎に向けたまま、左足をすっと上げる。勢いよく下駄が飛んだ。

「ぐわっ」

下駄の歯が、見事に権蔵の顔面を直撃する。鼻から鮮血があがった。白い雪面に散っていった。

「権蔵、もうよい。お前が相手に出来る男じゃねぇ。匕首を勘九郎に刺し込んで逃げろ」

万太郎の声がした。

「へいっ」

権蔵が雪の上に倒れている勘九郎に改めて匕首を刺し、そのまま浅草広小路のほうへと逃げていく。

なぜ匕首を置いたままにする？

と英三郎が逡巡している間に、万太郎が、胸元から竹筒を取り出し水を英三郎に浴びせてきた。すぐに退いたが、腕にかかった。

水ではなかった。菜種油だ。こんな竹筒などを用意しているのは破落戸などではない。

「へぇ、万太郎さん、伊賀者《いがもの》かい？　ってことは御庭番《おにわばん》かね」

英三郎は、やにわに分銅の付いている方の縄尻を放った。

か〜ん。

強盗提灯の銅板の囲いに当たったようだ。

「ちっ」

万太郎が、さらに竹筒を振った。油がじゃぶじゃぶ飛んでくる。身体のあちこちが濡れる。静まり返っている空き家の塀にもかかる。

「どうやら大杉の口を封じたかったようだな。黒幕はそっちかい」

英三郎は縄を回転させた。

びゅん。分銅を万太郎の足に向けて飛ばす。

大杉を亡き者にされた以上、なんとしてもこの男を捕まえるしかない。しかも生け捕りだ。

「町奉行などに捕まるかよ」

万太郎が飛んだ。

気づけば町家の屋根の上だ。上から灯りを照らしてくる。とんでもない跳躍《ちょうやく》力だ。やはりこの男は忍び。御庭番に違いない。

英三郎は、雪の舞い散る夜空に向けて縄を放った。今度は銛が先についた縄尻だ。

「逃がさぬっ」

英三郎は、銛の付いたほうの縄尻を万太郎に目がけて投げた。

「うっ」

脛《すね》に刺さったようで屋根の上の万太郎はふらついた。深く刺さったようだ。縄がだらりと下がっている。

英三郎も跳躍した。

忍びではないので屋根までは飛べないが、分銅のついた縄尻までは飛べる。

縄尻を摑んだ。

左右に振ってやる。

万太郎はぐらぐらした。堪《たま》らず落ちてくる。脛が痛むらしく、片膝をついている。英三郎はその身体に縄を張ろうとした。

「影同心に捕まるぐらいなら、辺り一面、火の海にするまでよ。蕎麦屋で待っている捕方たちと共に、おまえも燃えてしまえ」

言いながら、万太郎が強盗提灯から蠟燭《ろうそく》を外した。油をふってある隣家の塀に火を放った。

吉原で小火を起こしていたのも、この万太郎に違いない。

「許さぬっ」

「ふん、俺を捕まえている間に、この塀が燃える。お前の着物にも油が染みておろう。地獄へ落ちろ」

万太郎は言いながら脛から銛を抜こうとしていた。

塀を見やると、炎はまだ小さい。だがこの辺りは町家の密集地だ。広がれば浅草中が燃える。

「くそっ」

英三郎は小さな炎を踏みつけた。ばたばたと何度も踏む。

その時だった。

腹部に違和感を覚えた。すっと何かが入ってくる。万太郎が勘九郎の落とした太刀を、刺し込んできたのだ。腸《はらわた》が煮えるような熱さに包まれ、肩がすっと下がった。

今度はその太刀がゆっくり抜かれていく。

「ううううう」

英三郎は唸《うな》った。懸命に耐えたが、腹のあたりがどんどん熱くなってきた。激痛が四肢《しし》に走る。必死に切り口を手のひらで押さえ、血飛沫《ちしぶき》が噴き出すのを抑えた。

血を吹けば死はまぢかになる。

塀に寄り掛かっていた身体が、ずるずると落ちて行く。

力が尽きてきた。

万太郎が屍《しかばね》となっている勘九郎の手に太刀の柄《つか》を握らせている。同時に抜いた匕首を、英三郎の足元に置いた。

仲間内の争いを偽装すると、万太郎は狭い路地を並木町とは逆の方向へと駆けていく。この路地は、田原町《たわらまち》のほうまで続いているのだ。逃げ切る気だろう。

万太郎が消えると、帰ったはずの権蔵が再び現れた。

「閻魔《えんま》様への賄賂は取り上げておかないとな」

英三郎の懐から巾着《きんちゃく》を抜き出そうとしている。

「うっ」

身体を捻って避けようとした弾みで、腹を押さえていた手が離れた。

腹から盛大に血飛沫があがる。

返り血を浴びた権蔵が蒼《あお》ざめた顔で、やはり田原町のほうへと駆けて行った。

ようやく並木町のほうから、いくつもの足音が聞こえてきた。

南町奉行所配下の捕方たちが、英三郎が現れるのが遅いので、探しに出てきたようだ。

迸《ほとばし》る血が出終わると途端に、熱かったはずの身体が、急に冷え込んできた。

「小春……俺は今年と一緒に終わりらしいや。いい正月をな」

それでも英三郎は懸命に地面に人差し指を這《は》わせ、せめてもの符牒を書いた。

お奉行ならば気が付いてくれるはずである。

三

天保九年（一八三八）。正月四日。

「廓の中の者同士の諍《いさか》いだった、ということで」

内与力の坂口芳之進《さかぐちよしのしん》から報告を受けた南町奉行筒井政憲は、それでいい、と静かに頷《うなず》いた。役宅の座敷。角行灯《かくあんどん》の火が揺れる。無念である。

吉原に潜伏させた影同心、木下英三郎は、妓夫英太という名のまま野辺《のべ》送りされることとなった。享年二十八である。

影同心は、八丁堀の組屋敷とは異なる土地で暮らすのが決まりで、木下家は父親の代から神田花房町《はなぶさちょう》の長屋を与えられていた。

父親の生業《なりわい》は表向き指物師《さしものし》で、英三郎は八歳の時に己が士分であることを知らされた。

その日から密偵の修行を積まされ、十八歳で父から影同心を引き継いだ。十年前のことである。

今は佐久間町の『仁兵衛《じんべえ》長屋』で絵師として、女房の小春と二人暮らしをしていたはずだ。

昨日、正月三日。

大家の仁兵衛が英三郎の女房、小春を伴って奉行所にやってきて亡骸《むくろ》を引き取りに来た。

注連飾《しめかざ》りが並ぶ家々を三河万歳《みかわまんざい》や越後獅子《えちごじし》が廻る中、小春と仁兵衛は棺桶を載せた大八車とともにとぼとぼと帰ったかと思うと、胸が締め付けられた。

小春は、英三郎が影同心であることは知っている。同じ影同心の家に生まれ、縁組された間柄であったからだ。

奉行所では気丈に振舞っていた。唇をかみしめ、同心に何度も頭を下げていた。

長屋の会所で簡単な通夜と葬儀を終え、長屋所縁《ゆかり》の寺の墓所に葬られることになった。最後まで士分であることは伏せられるのである。

「奥方には昨日、内々に香典をお渡ししましたが、それでは到底不足かと」

坂口芳之進が鋭い声で進言してきた。厳粛な顔だ。

女房を内儀ではなく奥方と呼んでもいる。

木下は士分である、そう言いたいのだ。しかも殉職である。

「うむ。奥方は堪《こら》えておったな。余のせいだ」

筒井は唇を嚙《か》んだ。木下ほどの潜り上手な男が、その正体を見破られることはないと確信していた。影同心の上を行く、凄腕《すごうで》が吉原にいたということになる。

御庭番が潜《ひそ》んでいたのだ。

「奥方は何か申していたか」

筒井は聞いた。坂口は昨日、密かに香典を渡すために小春と対面している。詮議と称し、内与力部屋に上げたのだ。

「なぜ死んだのかと。小春殿のご実家も影の者、夫の親も影の者だが、いまだ生きている。なぜ英三郎だけが死んだのかと。それがし、思うところを述べました」

坂口がこんなことを言い出すのは珍しい。

「なんと？」

「木下は、江戸万民のために、ひとり火の粉を被ったのだと」

「どういうことだ」

「あの木下が、たとえ忍びが相手とは言え、易々《やすやす》とやられるはずがないと思い、木下と大杉が同士討ちをしたという路地を検分してまいりました」

「何を見つけた？」

「塀に油の跡がありました。小火の跡もありました。もし火を放たれたならば、いまごろは浅草寺《せんそうじ》が消失していたかも知れませせぬ」

「木下はそれを防いだと？」

「はい、あの木下が、敵に背を向けることはありませぬ。おそらく小火を消そうと塀を向いていたところを脇腹をやられたかと。小春殿には、その推論を伝えました」

　あり得ることだ。

　筒井は頷いた。

「して奥方は？」

「誉れ高い死であれば浮かばれる、と腹を撫でておりました。お子がいるかと……」

坂口の目が潤んでいる。

「余の筋書きが甘かった。小春殿と生まれてくる子がこの先、安寧に暮らしていけるあらゆる手はずをととのえよ。余の私財も使え」

「しかと」

坂口が退去した。

筒井はおもむろに立ち上がり、登城の準備に取りかかった。

四

八つ（午後二時頃）。

桜田御門《さくらだごもん》の前で、駕籠を降りる。ここからあがれとの言伝《ことづて》であった。こちらの方が西の丸に近い。あいにくの雪である。

門番が筒井を認めると、御門脇の小さな通用扉を静かに開けた。筒井は少し頭を下げて、城内へと入った。

入ってすぐの処《ところ》で立ち止まる。傘はささない。

年頭三箇日《さんがにち》の年賀の式典も昨日で終わり、城内は深閑としていた。

昨日までの喧騒が嘘《うそ》のようである。

この三日間、筒井も大勢の旗本と共に本丸の廊下に居並び、年賀に訪れる大名たちを出迎え、そして見送ったものだ。

今日は西の丸だ。

筒井は雪に覆われた広大な庭を眺めた。松も雪を被っている。水墨画を眺めているような気分である。

と、ひとりの茶坊主が雪のたまりを避けるように、何度も折れ曲がりながらやって来た。青白い剃髪《ていはつ》の上に雪が舞い降りている。猫背で、姿勢も斜めである。四幅袴《よのばかま》に十徳《じっとく》だけでは、さぞ寒かろうと筒井は同情した。

茶坊主は、剃髪ゆえにそう呼ばれるが僧ではなく士分である。由緒ある武家の中から選ばれ、幼少期からあらゆる礼法を身につけさせられるのだ。

「こちらへ」

茶坊主は、目礼し、それだけ言うとすぐに背中を丸め、先を歩き始めた。筒井は、ふと背筋の伸びた茶坊主を見たことがないと思った。

年がら年中、城内を低姿勢のまま動き回っているが、この者たちは、非番の際には大きく伸びをしたりしているのであろうか。

そんなどうでもよいことを考えながら、あちこちと回り道をしながら西の丸へと先導する老茶坊主の後を歩いた。

西の丸に上がると別の茶坊主に引き継がれ、奥へ奥へと案内される。

庭に面した間で待つこと寸刻（約十分）。

いきなり目の前の襖《ふすま》が大きく開いた。筒井は慌てて平伏した。常より出《で》が早い。

「和泉守《いずみのかみ》、四日も続けて登城とは大儀であるな」

大御所、徳川家斉《いえなり》の声が上から降ってくる。

筒井は身じろぎもせず額を畳に擦りつけていた。

「くるしゅうない。さっさと面《おもて》を上げよ」

「ははあ」

筒井はただちに身体を起こした。大御所が少し太って見えた。小姓《こしょう》がふたり付いているだけで側用人《そばようにん》はいない。

「大御所におかれましては……」

「やめい、和泉守。年賀の挨拶などいらぬ。去年まで、三箇日はずっと年賀を受けねばならぬ身であった。もうたくさんじゃ。願いとは何じゃ。有《あ》り体《てい》に申せ」

西の丸に退いて楽《らく》をしているとみえる。

正月料理を食いすぎたのではないか。

筒井はそんな詮索をした。

「では、申し上げます。御裏番をお借りしたくお願いに参りました」

本当に有り体に言上《ごんじょう》した。

「ほう。そのわけは？」

「新吉原に御庭番が入っているようです」

木下英三郎は今わの際に土に『庭』『大』という文字を残していた。『庭』は御庭番であろう。『大』はまだ分からない。

「御庭番が吉原に上がってはならぬのか。忍びといえども、女と致したいであろう。わしも一度は行ってみたい」

家斉は大声を上げて笑った。

「そうではございませぬ。潜伏しているのです。陰謀の恐れありでございます」

御庭番は八代将軍吉宗《よしむね》が創設した将軍直轄の忍びの者。

時代とともに、それは本丸にいる幕閣の配下になりつつあった。それはすなわち、いまだ西の丸から本丸に向けて号令をかける大御所家斉を、疎《うと》ましく思う老中たちの意のままということである。

老中首座水野忠邦、若年寄佐々木昌行《ささきまさゆき》は、当代将軍徳川家慶《いえよし》を傀儡《かいらい》とし、みずからが政《まつりごと》を取り仕切ろうとしてるのだ。

この本丸派に対して筒井は、大御所政治をよしとする西の丸派であった。

その理由は、五十年の長きにわたり天下を動かしてきた将軍は、江戸幕府開《かい》闢《びゃく》以来、家斉しかおらず、その経験値は何物にも代えがたいからである。

家慶様がお慣れになるまで、当面は二頭政治でよい。いま大御所が引いたならば、たちまち幕府は老中の思うがままになってしまうだろう。

「御庭番には御裏番をぶつけたいとな？」

家斉が上半身を前に倒して、好奇心丸出しの顔をした。御裏番は西の丸に退いた家斉が、筒井に組織させた闇裁き集団である。

「はい」

筒井はひれ伏した。

「なにゆえ、そこまで言う？　それといちいちひれ伏すな」

大御所の目が鋭く光る。

「吉原は日本橋、芝居町《しばいまち》と並ぶ『一日千両』の町。大御所様の金城湯池《きんじょうとうち》でなければなりません。誰かが、ここに手を突っ込んできたかと」

そう伝えると、家斉はぎょろりと筒井を睨んだ。

下種《げす》な言い方をすれば『とられてたまるか』という眼である。

しばらくそのまま考え込んでいた。権力の中枢に長らくいた男が、様々な経験値から、実情を把握しようとしているのである。

西の丸に退いても、いまなお政は自らが指揮し、本丸の動きにも内通している。何か本丸に不審な動きがあると感じているのではないか。

ようやく口を開いた。

「和泉守、面白い。御裏番を好きに使うがいい。吉原の内情をしっかり検《あらた》めよ」

それだけ言うと家斉は立ち上がった。

——大御所はやはり何かを察している。

筒井は咄嗟にそう思った。

第二幕　顔見世大興行

一

正月も七日ともなると、世間の様子もだいぶ改まってくる。

辻々を廻って歩いていた越後獅子や三河万歳も、いつのまにやら影を消し、芝居町を、赤ら顔でほっつき歩いていたあちこちの番頭や手代も、すでに普段着の紺無地《こんむじ》に、紺の前掛けをしっかり締め、店先で揉《も》み手をしている。

そもそも一年の商いは正月二日から始まっているのだが、半日商いにしていた店《たな》が多かったから、午後は手代たちも遊びに出ていたのだ。

今日あたりから、すべてが当たり前に戻る。

天保九年もいよいよ廻り始めたようだ。

人形町《にんぎようちよう》通りに限って言えば、正月も平日もさして変わらぬ賑わいぶりだが、今日は朝から、茶屋や煮売屋からは七草粥《がゆ》の匂いが漂っていた。

真っ昼間。

「座元、何をそんなに、にやついているんですかい」

葺屋町の小料理屋『空蟬《うつせみ》』の女将、お栄《えい》が粥を運んできた。

せり、なずな、ごぎょう、はこべら、ほとけのざ、すずな、すずしろ（大根）の、七草が目にも華やかだ。

「なあに、これからの付け文よ」

一番奥の席で胡坐《あぐら》を搔いていた和清《かずきよ》は、笑いながら右手の小指を立てた。

「座元っ。滅多なことを口にするもんじゃないですよ。贔屓《ひいき》筋が妬《や》いて、刃傷《にんじょう》沙汰《ざた》にでもなったらどうするんですか」

お栄が心配げに辺りを見回した。

「いまどき、俺に妬く客なんていねぇ。天保座の看板はとっくに雪之丞《ゆきのじょう》さね。二番役者の団五郎《だんごろう》も、去年の暮れから贔屓がどんと増えた。俺と千楽師匠《せんらくししょう》なんざは、舞台に上がっている裏方みたいなもんさ」

和清は匙《さじ》で、粥を一口啜《すす》った。薄味の出汁《だし》がいい塩梅《あんばい》だ。

「旨《うま》い」

と続けた。

「座元ぉ。それは、いったい、どこの女ですかぁ」

知らぬ間に、座員のなりえが横に座り、首を曲げている。

「やいっ。何を覗《のぞ》いてやがる」

常日頃から気配を感じさせない、忍びのような女だ。

なりえは南町奉行の筒井政憲から、天保座に加えるようにと差し向けられた女だが、筒井の下で間諜《かんちょう》をしていたということ以外、和清も詳細は知らされていない。

いまは天保座で裏方修業中で、大道具の半次郎《はんじろう》の下につけている。

『筋はいいですよ。二年もすればあっしの後釜になれるでしょうな』

髪に白いものが混じりだした半次郎は近頃、舞台の高所での仕掛けづくりに難儀している。それをなりえが替わってやってくれるのだから、娘のように可愛がっていた。

そういう半次郎は元大工で、表向きは天保座の大道具頭だが、その腕は天保座の真の顔である御裏番としての舞台づくりのほうにより発揮されている。

そう、天保座は芝居小屋を装った闇の仕置き人『御裏番』なのだ。

東山《ひがしやま》和清は元南町奉行所隠密廻り同心。その頃は植草勝之進《うえくさかつのしん》と名乗っていた。

三年前、筒井政憲に『御裏番』への転身を勧められた。ちょうど許嫁《いいなずけ》が不慮の死を遂げたばかりの頃で、気分一新と和清はこれを受けた。

御裏番は大御所直轄の闇の番方だが、町奉行筒井が大御所との繋《つな》ぎをしている。

もとい、なりえの働きには、ときに驚かされることもある。

ある時などは、天井の梁《はり》へと一躍《いちやく》で飛び乗ったのを目《ま》の当たりにした。

看板役者の瀬川《せがわ》雪之丞が、宙乗りの芝居を見せるために使う天蚕糸《てぐす》の一本が切れたために、雪之丞の右足がだらりと落ちそうになった日のことだ。

雪之丞は耐えて、宙で泳ぐような体勢を保っていたが、いつまでもそうしているわけにもいかない。上手《かみて》から下手《しもて》に向かって泳ぐ芝居だったが、和清としても、さてどう段取りを変えようかと考えあぐねていた時のことだった。

上手の舞台袖ですっと、なりえが跳躍するのが見えた。梯子《はしご》も棒も使わない。八尺（約二・四メートル）はある天井の梁まで飛び上がったのだ。

これには驚いた。

客からは見えない梁の上で新たな天蚕糸を垂らし、上手い具合に雪之丞の足に絡ませ、滑車《かっしゃ》に括《くく》りつけた。

これで雪之丞はすいすいと泳げるようになったのだ。

芝居の後に確かめると、なりえは袖にあったすっぽんを使っていた。発条《ばね》の付いた踏板である。ただしこのすっぽんで跳躍の高さを測れるようになるには、相応の修業を要する。雪之丞も演目ごとに異なる高さを飛ぶために、日々修業をしているほどだ。

それを一発で八尺の高さを見極め、すっぽんを蹴ったなりえの技量は凄《すご》すぎた。

そのことをなりえに尋ねると、毎日、雪之丞の飛ぶ姿を見ているので、おおよその見当がついているという。

男なら役者になれる。

和清は咄嗟《とっさ》にそう直感した。

役者に肝心なのは、真似《まね》の才である。

そう、芝居は真似ることから始まる。

事実、天保座がこの新春顔見世興行に掲げているのは『助六所縁江戸桜《すけろくゆかりのえどざくら》』で、同じ葺屋町にある江戸三座のひとつ、『市村座《いちむらざ》』の演目を真似ている。

今年の市村座は、座元の十二代目羽左衛門《うざえもん》が『梅初春五十三駅《うめのはるごじゅうさんつぎ》』を上げるというので、助六を貸してもらった。

借りたと言っても、本櫓《ほんやぐら》ならば、幕が開くと同時に三浦屋の格子前の大舞台がでんと現れるのだが、こちとら宮地芝居座では、半次郎が描いた書割が置いてあるだけだ。

見せ場のお水入りも天水桶《おけ》に水は入っていない。舞台上で水が零《こぼ》れたり飛沫《しぶき》があがっては始末に苦労するからだ。助六役の団五郎が空桶に入るだけの芝居。

そんなことだからあっさり貸してくれたのだ。

この演目、そもそもは二代目團十郎《だんじゆうろう》が練り上げたもので、成田屋《なりたや》以外の家が演《や》る場合、外題《げだい》を替える習わしになっている。市村羽左衛門も、本来『由縁』とするものを『所縁』としている。控櫓《ひかえやぐら》をめざす天保座もこれに倣《なら》っている。

その習わしさえ守れば、貸したり借りたりは、芝居町ではお互いさまだった。

もとい、まことになりえには役者の才がある。

しかしながら、二百年も前に幕府は女歌舞伎を禁じてしまっているので、天保座の舞台に上げることは叶《かな》わない。が、舞踊ならば叶う。

いずれ天保座の贔屓筋である両国芸者《りようごくげいしや》の夢吉《ゆめきち》に預けて見ようと思う。座敷に立たせるのではなく、御裏番として潜りこませるのに役立つはずだ。

「なりえ、舞台はいいのかよ」

和清は文《ふみ》から目を上げて聞いた。

「幕間《まくあい》ですよ。親方から、いまのうちに飯を食ってこいと」

と、なりえはお栄に向かって、おねがいしますと声をかけた。あいよ、と返事があって、すぐにお栄が盆に載せた七草粥を運んでくる。

天保座にとってここ空蟬は、台所のようなものだ。

裏方と端役は朝と夕に賄《まかな》いを出してもらい、昼は、手の空いたものからここで食う。代わりに見物客の仕出し一切は空蟬が請け負っているのだ。

どちらも和清の店である。

「そうかい。なら、俺もそろそろ仕度をしないとな。なりえ、灯りをしっかり頼むぜ。この頃、化粧《けわい》の乗りが悪くてな」

和清は、文を畳んだ。和清は敵役《かたきやく》の髭《ひげ》の意休《いきゅう》の役だ。昼前までは噺家《はなしか》の千楽が代役を務めている。

『助六所縁江戸桜』は、一刻（約二時間）もかかる演目ながら、三浦屋の格子先の前という一幕しかない。

市村座ならば、絢爛豪華《けんらんごうか》な花魁《おいらん》の揚巻《あげまき》の衣装や助六のお水入りなどが見せ場となる。

こちとらそうはいかぬ。

ために天保座では、前半は千楽の話芸を割り込ませ、大幅に筋を変える工夫をしているのだ。午前は敵役の髭の意休が大いに笑いを取り、午後は和清が助六に散々な目に遭う立ち回りをするわけだ。本家とはだいぶ違う。

それも小芝居座の面白味ともいわれる所以《ゆえん》である。

どっこらしょと、腰を上げようとした時だ。

「松絵とは誰ざんす」

なりえが芝居がかった口調で言う。目が尖《とが》っている。

畳んだ文を裏に返して置いたのがいけなかった。差し出し人の名を見られた。

「いいじゃねぇか、そんなこと」

和清はすぐに文を懐《ふところ》にしまった。

「あら玄人《くろうと》からかい。座元いつ、廓《なか》に行ったんだい」

今度はお栄が立ったまま、睨《にら》みつけてきた。

「なんだい、なんだい、ふたりとも女房顔《づら》しやがって。役者と遊女は親戚みてぇなもんだ。先祖帰りに、ちょいと覗《のぞ》きに行ったまでよ。そもそも俺は独り身だ」

和清は腰を浮かせた。

「言うに事欠いて、先祖帰りとは、どういうことですか」

尻をなりえにつねられる。ひょっとして妬いているのか。

「あのなぁ、吉原《よしわら》ってぇのは、二百年前までは、ここにあったんだ。芝居町は、その後に出来たのさ。だからご先祖様だ」

史実だ。

元吉原は、いま和清たちが暮らす葺屋町にあったのだ。当時は葺屋《よしや》町と呼ばれる原っぱだったそうだ。幕府はここに江戸中の遊廓を集めた。

縁起を担いで、葦を吉に変えて吉原としたそうだ。

大坂冬の陣が終わった直後のことで、禄を失った大坂方の浪人が大挙して押寄せ、この元吉原に巣くったと聞いている。

明暦《めいれき》の大火後、浅草田圃に新吉原として移転した。

幕府が発展した江戸の町の中心に悪所《あくしょ》を置くことを嫌ったからである。

その後にこの地に芝居町が誕生したのである。

そんなわけで和清は年に一度だけ吉原参りをすることにしている。植草勝之進という士分を棄《す》て、家や墓と無縁になったのを機に、吉原遊里を勝手に祖先と決め込んだのだ。

人がこの世で生きていくには、何かしらの拠《よ》り所が必要だ。

ゲン担ぎということもある。

毎年、年越しの夜にだけ、吉原に足を運ぶ。ひょいと顔見世を覗き、神籤《みくじ》を引く気分で女郎を決めるのだ。

二階に上がってよもやま話をし、大引けの前には上がる。一見《いちげん》で同衾はしない。それでも廓《くるわ》での一期一会は仮初《かりそめ》の祝言《しゅうげん》だ。

そのとき得た気分で、翌年の運を見るにはいい。

笑いに溢《あふ》れ楽しければ福が来る。

深刻な話を聞かされると、見通しは暗い。

そんな具合だ。

今年の年越しは、大吉とは言えず、さりとて凶でもない。半吉というところか。

美しくさかしい女と出会ったが、少々訳ありだった。

「そうですか、そうですか。それでご先祖様が、また墓参りに来いと、付け文ですか」

なりえが絡んでくる。

「まぁ、なりえちゃん、いいじゃないのかい。やっかいな客に引かれたわけでもないし、座元が玄人でさっぱりしてきたんなら、そのぐらいはご愛敬《あいきょう》でしょう」

お栄が捌《さば》けた口調で言う。さすがは元女博徒だ。破落戸に追われていたところを同心時代の和清が助けたことが縁で、いまは御裏番の一味になっている。

「あら、そのさっぱりした具合っていうのは、どうしてなんですかねっ」

なりえがぷいっ、と横を向いた。

「さっぱりは、さっぱりだよ」

お栄が笑う。渋皮の剝《む》けた女の妖艶な笑いだ。

和清は、さっさと立ち上がった。

二

料理屋空蟬の真隣にある天保座の座元部屋に戻り、和清は円鏡に向かい、白塗りを始めた。

隣の楽屋から揚巻役の雪之丞と助六役の団五郎がセリフ合わせをしている声が聞こえる。看板役者のふたりは、幕間に空蟬に食事に出るわけにはいかない。

小芝居座とはいえふたりを贔屓にする女たちは山盛りいる。楽屋を出たら最後、囲まれてしまうのだ。

「座元、こうも毎日、稲荷《いなり》と巻物では飽きますよ。俺たちにも七草粥をくだせぇな」

雪之丞の声がする。

「うるせぇ。おめえは揚巻なんだから、稲荷と巻物で精進しろやい」

「腹が減って、重い衣装がしんどいですよ」

泣きを入れてきやがった。

と、そこへ、なりえの声がする。

「七草粥とししゃも、それに卵焼きですよ」

「なんだよ、ちゃんと用意してくれているじゃないか」

今度は団五郎だ。

「縁起物をケチる俺じゃないさ」

和清は座元らしい落ち着いた声で言う。

「ありがたくいただきます」

「ふぅ、すずしろがあつあつだ」

雪之丞と団五郎がほくほくと唸りながら、粥をすする音がする。

今日も大入りなのは、このふたりあってのことだ。今年も初春《はる》から商売繁盛で上出来だ。

こんなときに南町から妙な仕事が降ってこないことを祈りたい。

円鏡に映る和清の顔が、真っ白になった。これに黒と赤の墨汁でおどろおどろした模様を描きこみ、髭を付けたら立派な意休の完成だ。

目に隈を入れながら、ふと松絵の文を思い出した。

『和さま。

お見限りですこと。明けて四日となれば、必ず裏を返しに来るとあれほどまでに、契《ちぎ》りを躱《かわ》しましたのに、まったくの待ち惚《ぼう》け。

和さまも所詮は、お上手な遊び人でございましたのですね。

廓のことは廓のことと、割り切られては松絵は哀しゅうございます。

和さまと見込んで、お話ししたいことがございます。

決して無尽ではございません。

出自を見抜かれたことに驚き、松絵は取り乱してしまいましたが、お察しのことについて、お話ししたく思います。

七草が過ぎるころには、きっと、とお待ちしております。

茜《あかね》の頃ともなれば、毎日葺屋町の方を眺めては、胸がきゅんっとなる切なさに、涙をしている松絵でございますよ』

達筆な字でそう書かれていた。

届けに来たのは艶乃家の若い衆だ。

遊里からの文と分からぬように、若い衆は堅気《かたぎ》の手代の風体を装って空蟬に持参してきた。今朝方のことだ。

本気にするには値しない。

女郎の口舌《こうぜつ》など読み捨てにすればよいはずなのだ。そもそも若い衆が持参してきたということは、文の中身は知られているわけで、日に何通も書く、客寄せの文に違いないのだ。

手練手管《てれんてくだ》の術に引き寄せられる間抜けにはなりたくない。

そう思うのだが、どういうわけか和清の心は揺れた。

色恋ではない。そんな感情は、裏稼業に入ったときにきっぱり捨てている。

気になったのは松絵が、旗本の娘ということだ。

あの夜の仕草や口調で、和清がそうではないかと見破ったのだ。

今日《きょうび》、二百石、三百石の旗本の娘が妓楼に売られることは珍しくない。

二百石旗本でも、供侍《ともさむらい》、草履《ぞうり》取り、槍《やり》持ち、馬の口取り、小荷駄《こにだ》と最低五人の使用人と馬を揃えていなければならない。そのうえ拝領屋敷は六百坪となり、門番もいる。

三百石となると、これに甲冑《かっちゅう》持ちひとりが増える。武士の面目上、これを維持するために借金を重ね、さらに生活は困窮し、娘を吉原に売る旗本が頻出しているのが事実だ。

それまで姫様として育てた娘を、まずは家格の低い御家人に嫁がせて、そこから吉原へと落とすのが常套《じょうとう》手段で、そのあたりの仔細は女衒《ぜげん》が上手く取り計らってくれたのだ。

武家の娘の人気は、吉原では半々に割れる。気位が高いと敬遠する客と、姫様と呼ばれていた娘を抱きたいという成金趣味の商人や百姓だ。

松絵はありんす言葉は使わなかった。所作は花街で仕込まれた似非典雅《えせてんが》と異なる、しっかりとした武家娘の振る舞いでもあった。

和清は松絵を一千石級の旗本の娘ではないかと睨んだ。

使用人三十人、門番付きの長屋門を持つ九百坪ほどの屋敷に住む階級の旗本で、目付や使番の職に就くことが多い。

さりげなくそうではないか、と尋ねると松絵は大いに狼狽《うろた》えた。

「主《ぬし》さんも武家の出でござるか」

松絵にそう聞き返されたが、和清は、

「芝居町の者だから所作を見るのも修業のひとつで」

と切り返した。

初会で女郎の素性を根掘り葉掘り聞くのは野暮天《やぼてん》のすることで、女郎は女郎で生い立ちの物語は五話ぐらい用意しているものなので、掘ったところで真実とは限らない。

大晦日《おおみそか》の夜は話はそこで切り、謎かけ遊びなどをして、お開きとした。

和清の吉原参りは毎年、そんな感じなのだ。

この付け文で気になるのは、松絵がその出自について話したいとあることだ。なぜか気になるのだ。

女郎は客引きのために、あの手この手の惹《ひ》き文句を捻りだす。和清とて、過去には何度もそんな付け文を貰っていた。

年に一度しか行かぬのだから、これまでの付け文は、すべてを読んで読まぬふりを決め込んでいた。

だが松絵の文には、捨て切れない何か妙な気配を感じた。

それはあの夜見た、松絵の目の色の変化と同じだ。

和清はふと目を閉じた。

『大身の旗本の出ではないのか』

そう問うたときの、松絵の眼の奥に宿った光の変化が瞼《まぶた》の裏側に浮かんだ。縋《すが》りたい、そう言っているように思えてならない。

人の眼は驚きの色の次にさらに別な色を映すものだ。

喜び、哀しみ、怒り、憂《うれ》い、驚きの次に来る色はさまざまあるが、あの夜の松絵の眼に浮かんだ色は、縋りたい、助けて欲しいというものだったようでならない。

「ふっ」

和清は眼を開き、鏡に向かって苦笑した。塗ったばかりの白粉《おしろい》がひび割れる。気を引くのが商売の役者が、女郎の色香と口舌に引き寄せられているのではないかと、可笑《おか》しくなった。

文を破り捨て、顔を塗り直した。

それから四半刻（約三十分）経《た》ったところで、襖《ふすま》が開き、

「座元、お後はよろしく願います。ぼちぼち、袖へ」

千楽のしわがれた声がした。齢《よわい》六十の老練な噺家《はなしか》だが、天保座にはなくてはならない存在だ。

「おうっ、師匠、昼飯はすんだのかい」

「座元を舞台に上げたら、あっしはのんびり蕎麦《そば》でも食いにいきやす」

「そうかい、そうしてくれ」

和清は立ち上がり、上手の袖へと廻った。

出番と相成った。

髭面を揺すり、舞台に出るとすぐにやんやの喝采《かっさい》が上がった。これだから役者稼業はなかなかやめられない。

「いよっ、寿屋《ことぶきや》っ」

大向こうも入る。

和清の意休は、絢爛豪華な花魁衣装で揚巻を演じる雪之丞に襲い掛かる。するとと舞台上方から、江戸紫の鉢巻きをした助六こと団五郎が、番傘をくるくると回しながら舞い降りてくる。四肢に天蚕糸を絡ませているのだが、客にはよく見えない仕組みだ。

「意休、そこまでよ」

団五郎が番傘を振り下ろしてきた。

「小癪《こしゃく》なっ」

意休はずる賢く、揚巻を盾にする。

すると、その揚巻がふわりと宙に舞うのだ。

二人宙舞《ににんちゅうまい》。天保座の見世物に徹した『助六所縁江戸桜』である。

「おうっ、揚巻、どこへ行く。大枚を払ったのだぞ」

意休が困惑し、舞台を右往左往する。

客は沸いた。

昼前までは、元噺家の羽衣《はごろも》家《や》千楽の語りで、この物語の粗筋を客に分かりやすく伝える手法を取っている。

おもに助六の生い立ちと宝刀について、面白おかしく聞かせるのだ。千楽の話芸は、それだけで客を引き付け、笑いの渦へと引きずり込む。

名人芸だ。

助六と揚巻は、その語りに沿って大雑把《おおざっぱ》な芝居をする程度だが、しかしこれで客はこの芝居のおおよその背景が知りえるわけだ。

それで昼飯の後は、さほど台詞《せりふ》を入れず、外連味《けれんみ》たっぷりな動作だけの芝居で足りることになる。

助六と揚巻が宙を泳ぎながら意休を痛めつけてくる。意休は廓の男衆《おとこし》たちを呼び、槍で突いたり、梯子《はしご》を上り斬りつけたりする。

天保座の踊り衆という脇役たちがこの役を務め、舞台は賑やかさを増していく。

最後は、助六が遂に、三浦屋の屋根裏に隠されていた源氏の宝刀『友切丸《ともきりまる》』を発見、その刀で意休を斬りつけてくる。

「あうっ」

和清は額《ひたい》を斬られた。一瞬客に背中を見せ、己の顔に朱色の墨をかける。顔面が真っ赤《まか》に染まったところで振り向き、苦悶の表情を浮かべる。

ここでもまた、やんやの喝采だ。

本櫓の『助六由縁江戸桜』の大筋を堅持しながらも、こちらは見世物に徹した展開に変えてある。見巧者《みごうしゃ》からは嘲笑《あざわら》われるが、長屋住いの庶民にはこちらの方が大うけする。

最終の場面となった。

「くうう」

舞台にうつ伏せ、息絶える芝居をしながら、天に向かって舞い上がっていく雪之丞と団五郎を見上げているところで、上手下手《かみてしもて》から定式幕《じょうしきまく》が引かれてきた。

と、その時、花魁に扮した雪之丞の顔に吉原の松絵の顔が重なった。あの切なげな顔だ。女郎は何かを伝えたかったのではないか。

上手の袖で柝《き》が激しく鳴る。それを拍手喝采の声が掻き消していく。

幕だ。

三

たそがれにまだ少し早い時刻だった。正月気分も今日までというものの、横山《よこやま》町界隈《ちょうかいわい》は注連飾りもまだ片づけないままの家のほうが多い。

小間物屋『滝沢堂《たきざわどう》』にふたりの浪人が入ってきた。

どちらも三十歳ぐらい。ひとりは切れ長の眼をし、鰓《えら》の張った顔立ちである。

伸びた顎鬚《あごひげ》を撫《な》でながら入ってきた。

もうひとりも髭面であるが丸顔だ。腹も出ており酒臭い。

江戸市中で強請《ゆす》りをして歩いている無頼浪人のようだ。

滝沢堂は、口紅や簪《かんざし》などの婦人物だけではなく、煙草《たばこ》入れや根付、煙管《キセル》、煙草盆、それに筆、巻紙などの文具も扱っており、店内には数人の客がいた。

浪人が入ってくると、それまで穏やかだった空気が一転して殺伐《さつばつ》としたものになった。

ちょうど羽衣家千楽が、巾着《きんちゃく》を探しているところだった。人にはいろんなゲン担ぎの仕方があるものだろうが、千楽は毎年、正月七日に、新しい巾着を買うことにしていた。

この習慣、噺家を始めた十五の時からのもので、おかげで色とりどりの巾着は四十五個を数えるようになった。いずれも安価なものだが、それぞれにその年の思い出があり、たまに手にすると若返った気分になる。

千楽は座元の吉原参りよりは、よい趣味だと信じている。

四十六個目になる巾着は、市松模様のやや大きめのものにしようと、何点か手にとっては、棚に戻していた。

濃い紫と白の市松模様が目に留まった。一朱（約六千二百五十円）だ。粋なうえに手頃な価格である。

「これがいい」

「これはこれは、今年の滝沢堂の新作を選んでいただけるとは、嬉《うれ》しいです。ぜひぜひ、舞台でもお使いくださいませ」

手代の健作《けんさく》が満面に笑みを浮かべ、揉み手をした。

「ふん。わしのようなおいぼれが舞台で使っても滝沢堂の売り上げにはならんよ。雪之丞や団五郎にでも売り込め」

皮肉を言ってやる。

とその時だ。

「おいっ、主人か番頭を出せ」

煙草入れや印籠《いんろう》を眺めていた浪人のひとりが、大声を出した。

「それがしは唐木伝四郎《からきでんしろう》。これでも元御徒衆《もとおかちしゅう》だ」

背後に控えている丸顔の浪人も名乗る。

「それがしは畑野芳之助《はたのよしのすけ》。伝四郎とは朋輩《ほうばい》じゃ」

簪を手に取っていた町娘ふたりが飛び退き、逃げるように店を出ていく。商人体の客も顔を顰《しか》め早々に立ち去った。

残ったのは、千楽の他にひとりだけだ。扇子《せんす》を買ったばかりの町人髷《まげ》に縦縞小袖の二十五、六の男だ。千楽と同じで堅気ではないらしく、無頼漢《ぶらいかん》に怖《お》じ気づく

 こともなく、悠々と、別な手代に銭を払っている。

「お武家様、いかがなされました」

帳場に座っていた番頭の茂平《もへい》が売り場の土間に降りてきた。

「どうもこうもねえや、この印籠は暮れから『藤島屋《ふじしまや》』が売っている印籠とそっくりじゃねえか。しかも二百文も安く売るっていうのは、どういう魂胆だ」

伝四郎が手にしているのは、滝沢堂の正月の目玉の品、津軽塗《つがるぬり》の印籠である。特注品のようだ。好みにもよるが珍しい柄で、三百文（約七千五百円）は妥当である。

両国広小路《りょうごくひろこうじ》に店を構える藤島屋が五百文だとすれば、それは少々ぼったくりである。場所柄、国許《くにもと》へ帰る勤番侍が土産物《みやげ》を買いに殺到するので、強気の商売をしているのだ。

「はて、これは手前どもが津軽弘前《ひろさき》の工房から直接取り寄せたもので、三十個だけの扱いでございます。藤島屋さんにも卸しているとは聞いておりませんが」

茂平は首を捻りながらも、浪人たちに鋭い視線を投げている。

千楽は暮れに煙管を求め、ほうぼうの小間物屋をまわったが、その際訪れた藤島屋に、津軽塗の印籠など置いていなかった。

そもそも藤島屋は他店で流行った品物と似たような品を売り出すのが得意な店

で、二番屋などとも揶揄《やゆ》されている。

「四の五の言ってんじゃねぇよ。俺たちは藤島屋から頼まれて覗きに来たんだ。これじゃ藤島屋の商品が売れねぇじゃねぇか」

「お武家様、まずは調べねばなりませぬ。藤島屋さんの品物を拝見させていただき、同じ弘前の工房のものとわかれば、私共としては工房の方へも訳を聞かねばなりません。江戸では滝沢堂だけが扱えるという約定をかわしたうえでの仕入れですので」

「なんだとぉ。俺たちの言っていることが違うというのか」

背後の芳之助が、声を荒らげ、太刀の柄に手をかけた。店内に緊張が走った。

ちょうど入ってこようとしていたきちんとした身なりの侍が、戸口の前で踵《きびす》を返した。いかにも巻き込まれたくないという顔だった。

近頃の侍は、算盤《そろばん》や祐筆《ゆうひつ》には通じていても武芸はさっぱりだ。

千楽の買った巾着を包装している手代も心なしか、肩を震わせているようにみえる。

「まぁまぁ、お武家様、店先でそう声を荒らげられては、私共の商いにさわります。お話を伺いましょう」

帳場の奥にある暖簾《のれん》を搔き分けて、渋い茶色の羽織に前掛けをした主人《あるじ》、清兵《せいべ》衛《え》が出てきた。もとから恵比寿《えびす》顔なのか、商人の長年の作り笑いでそうなってしまったのか分からぬが、目尻が下がった愛嬌《あいきよう》のある顔である。だがその眼は決して笑っていない。

「おう。やっと話の分かる主人の登場かい。なあにいくらか包んでくれたら、わしらが藤島屋を説得してやるさ。横山町と両国なら客はそうそう食い合わねぇ。そう説得してやるよ」

伝四郎が言い、芳之助も柄から手を放した。

「茂平。ご用意を」

主の清兵衛が命ずると、番頭は苦い薬でも飲んだような顔をし、帳場に向かった。小机の抽斗《ひきだし》を開け、いくらか摑《つか》むと紙に包んで持参してきた。ふたつある。

その間に清兵衛の目配せを受けた手代のひとりが、表に出て行った。

浪人ふたりはただちに紙を広げる。昨年鋳造されたばかりの天保一分銀（約二万五千円）一枚のようだ。

「なんだ、これは」

芳之助が大きな声をあげた。

「こんな端金《はしたがね》で話が付けられると思ってるのか」

「おふたりで二分（約五万円）。なにぶん手元不如意でございまして、いまはこれが精一杯でして」

清兵衛が頭を下げた。黄金色を一枚ずつだ。それで藤島屋には、同じものを売るのをやめさせる」

伝四郎が下卑《げび》た笑いを浮かべる。

どうやらこの足で、藤島屋も強請る気らしい。

こ奴らは、藤島屋の用心棒などではない、ただの強請浪人だ。千楽はそう直感した。

たまたま、両店が同じ塗りの印籠を扱っていることに気づき、どちらが先かも調べ上げたのだ。先に藤島屋に難癖をつけるのは簡単だが、両手取りを考えた場合、滝沢堂から攻めたほうが都合がいい。

滝沢堂のほうから『話をつけてくれ』と金を渡されると、藤島屋には堂々と脅しに行けるからだ。差し詰め、滝沢堂からひとり一両（約十万円）。藤島屋からは、五両はせしめる気でいる。

「藤島屋さんが、きちんとしてくれるのならば」

清兵衛はしぶしぶながら、ご用意しますと裏へと引っ込んだ。浪人ふたりはにやりと笑い、相槌《あいづち》をうちあっていた。

「千楽様、ご用意できました。掛けにしておきます」

手代が綺麗に包装した巾着を差し出して来た。

「いいや、わしとて一朱（約六千二百五十円）ぐらいはあるさ」

と去年ここで買った白地に三升柄《みますがら》の巾着から正方形の文政《ぶんせい》一朱判を一枚取り出した。

「毎度ありがとうございます。千楽様がよい一年でありますように」

「この店もな」

千楽がそう言って辞去しようとした時だ。戸口に人影が差した。身体中から酒の匂いをあげている黒羽織の浪人が入ってきた。後ろに先ほど出て行った手代が立っている。

「やい、強請浪人めが、表へ出ろ。それがし広沢十兵衛《ひろさわじゆうべえ》が相手になる」

滝沢堂も用心棒を連れて来たようだ。因縁をつけてきた浪人と同じく三十ぐらいに見える。

「ふん、小判二枚を出し惜しむとはな。やい滝沢堂、さらに高くつくことになったな。木っ端《こぱ》浪人など斬り捨てすぐに戻ってくる、番頭、主人に、口利き料は二十両になったと言っておけ」

ふたりの浪人はかっと眼を見開き、店の外に出た。

「戻って来るな」

茂平が吐き捨てるように叫んだ。

広沢の方はさっさと歩いて行った。

四

ふたりの浪人は、横山町の滝沢堂へと引き返して来た。

千楽もつかず離れずふたりを追って来た。野次馬根性は噺家の習性である。ここまで来たら、滝沢堂がどうでるか見届けないことには気が済まない。

陽が落ち、藍色に染まった空に星があがる頃、伝四郎と芳之助は、滝沢堂から出てきた。

「最初に二両出していれば、よかったものの、目端のきかねぇ商人なことよ」

芳之助が笑いながら懐を叩《たた》いた。大金をせしめたらしい。

「いいではないか。おかげで用心棒の口がひとつ見つかった。いちいち策を立てずとも、月に一両ずつ入ってくるのは助かるではないか」

伝四郎は懐手のまま歩きだした。

「なぁ伝四郎、両国の藤島屋を強請りに行くのは明日でもよかろう。久しぶりに銭が入ったことだ、岡場所にでも行かねぇか」

芳之助が卑猥《ひわい》な笑いを浮かべた。

「それもそうだな。藤島屋が滝沢堂の印籠を真似ていることがはっきりした。こうなりゃ、たっぷり強請ってやるさ。なにせ、こっちには約定があるんだからな」

「そうさ、俺たちゃ、もう滝沢堂に雇われているんだ。藤島屋は堂々と強請れるってもんだ」

悪党ほど知恵が回るとはこのことだ。

「お侍さん、ちょいと相談が」

そこに隣の古本屋から、先ほど滝沢堂にいた若者が現れた。

「なんだ、おまえは」

「お侍さんたちがおっしゃる藤島屋のことでお話が」

「おまえは誰だ？」

芳之助が睨みつけた。

「万太郎っていう、しがねぇ遊び人でござんすよ」

「遊び人がわしらに何の用だ。女でも世話をしようっていうのか」

伝四郎が一歩詰め寄る。

「いやいや、藤島屋は強請るよりも、他に使い道がありますってぇことを、お話ししようかと」

「他に使い道があるだと？」

伝四郎が怪訝《けげん》そうに尋ねた。

「へい。強請りで五十両なんてもったいないですよ。お侍さんたちの腕によっては千両、二千両の稼ぎになります」

万太郎は声を潜めたが、千楽の耳は地獄耳だ。天保座の座員になって以来、聞き耳も鍛《きた》えている。

「たわけたことを申すな」

芳之助が相手にするなとばかり伝四郎の袖を引いた。

「話だけでも聞きませんか。両国の料亭を用意します」

万太郎という若者の眼が光った。ただの遊び人ではない。千楽はそう感じた。

「なに？　料亭だと」

芳之助が袖を引く手を放した。

「へい。もちろんあっしが用意しているわけではありません。両国の『大黒屋《だいこくや》』さんのお席です」

「両替商の大黒屋か」

伝四郎の眼も輝いた。

「さようで。話がまとまりましたら、あっしが吉原《さと》へ案内します」

伝四郎と芳之助はしばし顔を見合わせた。

「よし、行こう。何かの罠《わな》であったならば、そのほう命はないぞ」

伝四郎が柄を握って見せた。

「へい、お侍さんの腕が確かなのは、承知のうえでお願いしております」

三人は両国西広小路の方へと歩いて行った。

面白い噺が作れそうだ。千楽はここまでとし、踵《きびす》を返して葺屋町への帰路についた。

五

あくる八日の明け六つ(午前六時頃)。

天保座の桟敷席《さじきせき》は、座員の飯場《はんば》となる。

空蟬の女将と板前が暗いうちから用意した料理が長い飯台に並んでいた。めざし、海苔《のり》の佃煮《つくだに》、豆腐、大根の漬物、卵焼きが大皿に積み上がっている。それに大きな米櫃《こめびつ》と味噌汁の入った鍋。朝はだいたいそんなものだ。

座員は銘々に茶碗を持って、勝手に取り分けて食べる。この場では、役者も裏方も平等だ。さっさと食べたほうが勝ちとなる。

和清が朝飯を食おうと桟敷に入ったところだ。

「助六と揚巻が宙に飛んだところで幕にするってぇのは、ちともったいなくないですか」

大道具の半次郎がそう言ってきた。

この出し物も二日に初興行をしてから、六日が経っている。確かにそろそろ芝居の足し引きが必要な時期であった。

「たしかにな。前半を少し詰めて、宙乗りをしたふたりをもっと動かすか」

「へい。それがいいかと」

和清は腕を組んで舞台を凝視した。三浦屋の書割がでんと据えられたままだ。

天保座は本櫓と同じように、月替わりで演目を変える。同じ演目を二十五日は上げ続けるのだから、工夫が必要だ。

受けない部分は縮め、受けている部分はさらに掘り下げる。同じ客が何度足を運んでも、飽きないようにするためだ。

そのため初日と楽日では全く芝居が変わってしまうこともある。

「けど、助六と揚巻が格闘するってぇわけにもいかねぇしな。どうやって動かす」

和清は考え込んだ。すると飯の前なので腹が鳴った。

「意休も飛べばいいんですよ。追いかけて飛んで、ふたりにコテンパンにやられるというのはどうですか」

いきなり桟敷からなりえの声が飛んできた。振り向くと塩結びを頬張っている。

「俺に飛べっていうのかよ」

和清は目を丸くした。

「そうです。意休があの重たい衣装をつけて飛んだら、客はど肝を抜かれます」

なりえが平然と言う。すると半次郎や小道具の松吉《まつきち》までが、その手があったか、と相槌を打ち始めた。

「よせやい。三年前《めえ》にここを開いた頃ならともかく、今の俺には無理だ。それに雪之丞と団五郎に比べて宙乗りが下手《へた》過ぎる」

と和清は顔の前で手をひらひらと振った。

「稽古をすればいいじゃないですか。吉原の女からの文を鼻の下を伸ばして何度も読み返している暇《ひま》があったら、座元だって、宙乗りの稽古をしたらいいんですよ」

なりえが口を尖らした。眼も紅《あか》い。

「よさねぇかなりえ。座元に向かって生意気な口を利くんじゃねぇ」

半次郎が叱《しか》った。

するとなりえは、

「あっ、すみません。私、しゃしゃりですぎました。ちょっと頭冷やしてきます」

舞台裏の方へと駆けて行った。

「ありゃ、座元に惚れていますね」

寝間着姿で楽屋から出てきた雪之丞が、欠伸《あくび》をしながらそう言った。

「よせやい。まずは飯だ。朝飯だ」

と和清も桟敷に座ろうとしたとき、木戸口に通じる筵《むしろ》がめくれ、小さな人影が映った。

「座元、来たよ、今年ももう、来ちまったよ」

お櫃の前で、結髪のお芽以《めい》が、その影を指さした。

「よしなさい、あたしゃ幽霊じゃないよ」

小柄な影が掠《かす》れた声を出した。

「や、弥助《やすけ》さん……」

和清はそのまま固まった。

「すみませんね。早くから。皆さん、あけましておめでとうございます」

白髪の品のよい爺さんが、両手を膝を当て、深々と頭を下げた。

数寄屋橋《すきやばし》からの使いだ。

弥助は公事宿《くじやど》『桜田楼《さくらだろう》』の先代主人だ。煩雑《はんざつ》な公事手続きを代行するだけではなく、的確な助言で、多くの庶民を救ってきたことで知られる老人だ。

隠居後は南町奉行の筒井政憲のよき将棋相手となり、天保座との繋ぎ役をしてくれている。

この爺さんが来たということは、つまり奉行からのお呼び出しだ。

「すぐにですかい?」

和清は飯台を眺めながら聞いた。塩結びと沢庵《たくあん》の山が輝いて見える。あおさ汁の匂いもたまらない。

「へい。お急ぎのご用だそうです。駕籠《かご》をご用意してまいりました」

弥助は一歩も引く構えをみせない。

「あーあ」

雪之丞が卵焼きを載せた皿を持ったまま、和清を憐《あわ》れむように大きなため息をついた。

弥助が迎えにくると、どこに連れていかれるか分からないのだ。去年の夏は、回向院《えこういん》の相撲《すもう》観覧に連れ出され、面食らったものだ。

町駕籠に揺られて四半刻（約三十分）。

駕籠は柳橋《やなぎばし》の料亭『花村楼《はなむらろう》』の前で止まった。

料亭から朝帰りをしたことはあるが、朝に来るのは初めてである。紅灯輝く時分の料亭は、威厳《いげん》も風情もあるが、燦々《さんさん》とした朝陽の下では、どこかみすぼらしく見えた。

「こちらで」

二階に進み、廊下に端座した弥助が襖を静かに開けてくれた。

床の間を背に、南町奉行筒井政憲が、でんと座っている。目の前には漆《うるし》塗《ぬ》りの四脚膳が二客あり朝餉《あさげ》が載っている。

「おはようございます」

和清は深々と辞儀をし、膝行《しっこう》で座敷内に入った。

「うむ。急《せ》き立ててすまんな。これでも正月七日が明けるまで待っていたのだ。朝飯《あさいい》はまだであろう。食いながら話そう」

「はい。朝から鯛《たい》とはなんとも贅沢《ぜいたく》な」

和清は膳を見下ろしながら言った。膳の中央に真鯛が据えられ、その脇に焼き海苔《のり》、いたわさ、蟹《かに》みそ、それに白飯と肝吸いである。

「この楼の昨夜の残りだ。わしはこうして朝飯だけを食いにやってくる」

それ自体が贅沢なことだが、筒井は悠々と鯛の身をほぐしている。

「いただきます」

和清は畏《かしこ》まって、いたわさから箸をつけた。わさび醤油でいただく。弾力があり味も深い。

「小田原《おだわら》産だそうだ。わさびと蟹みそを交互に付けて食うといいそうだ」

「はっ、いかにも」

と、言われた通りにし愛想笑いを浮かべて見せたものの、朝っぱらから珍味など食いたくはない、というのが本音だ。これは酒の肴《さかな》にはよいが、朝飯は黄色い沢庵と塩結びのほうが、口当たりがいい。

「吉原で影の者がやられた」

筒井が下を向いたまま唐突に言った。鯛の身を骨からはがすのに難儀しているようだ。

「吉原で、ございますか」

和清は肝吸いを啜りながら首を傾《かし》げる。

「実はな……」

　そこから筒井は、南町奉行所配下の影同心、木下英三郎が探索していた内容と殺されたことについて話し出した。

　影の者の潜り先が妓楼艶乃家とは、大晦日《おおつごもり》に、一見であがった見世だ。何やら因果を感ぜずにはいられない。

「木下が今際《いまわ》の際《きわ》に地面に書いた文字は『庭』と『大』ですか」

　話を聞き終えた和清はそう言い、考え込んだ。

「さよう。『庭』は御庭番を示しているのではないかとわしは考える」

　筒井が不快な表情をした。

　御代替わりにより御庭番は家慶公の直属となったため、大御所はわざわざ御裏番を創設したのである。筒井は紛うことなき大御所派であり、御庭番を仕切る本丸派とはそりがあわない。

「はい、影の者の正体を見破った者の仕業《しわざ》であれば、まず御庭番と見て間違いないでしょう。ただし直接の下手人は別人なはずです」

　御庭番は間諜と策動、煽動は務めるが、自ら人を殺《あや》めることはしない。必ず誰かにやらせたはずだ。そしてその下手人は、頼んできた者が御庭番だとは知らない。そういう仕組みだ。

影同心木下英三郎。会ったことはないが、同心仲間であったことに変わりはない。なんとしても仇《かたき》を取らねばなるまい。

ちょうど、仲居が薄茶と色とりどりの落雁《らくがん》を運んできた。

話をいったん切る。

朝餉のあとに落雁とはこれまた雅《みやび》だ。

が、和清としては楽屋で齧《かじ》る割れ煎餅《せんべい》のほうが好きだ。人形町通りで格安で売っている醤油のたっぷりきいた煎餅だ。それも割れた見切り品を買う。

仲居が退《さ》がって、筒井が再び口を開く。

「『大』の字についてと詐取《さしゅ》した金がどこに消えたのかは不明だ。ただ、御庭番《にわ》が吉原に入って騙り浪人を匿っていたとなると本丸派が何か企んでいるのではないかと思う」

そう言い、口に菱形の落雁を放り込んだ。すると苦虫を嚙み潰《つぶ》したような顔が晴れた。

筒井が和清を呼んだ本心はそこにあるのだろう。

吉原は幕府の金城湯地《きんじょうとうち》。その冥加金をめぐって本丸派と西の丸派が綱を引きあってもおかしくない。

「そちらのほうは、我らが探りましょう。影の者と勘九郎を直接やった下手人を探り当てれば、いずれ糸の先に大が引っかかってまいりましょう。それで筒井様、筋書きのほうはもうあがっているのでしょうか」

和清は聞いた。

「大雑把なことはここに書いてきた。むろん、そのままでなくともよい」

筒井が巻紙を差し出してきた。

外題は『吉原顔見世花見踊《かおみせはなみおど》り』。

分かったような分からないような外題だ。

とりあえず、じっくり読みこむ。頭に叩き込むため、二度読んだ。

吉原全域を舞台に見立てた筋書きであった。

「吉原遊廓すべてに目を配らねばならないとは。これは大芝居になりますね」

さすがの和清も規模の大きさに思わず天を仰ぐ。

仕掛けと稽古に充分な時間がいる。

巻紙を戻すと、筒井が、

「大仕事になるは必定。そのぶん無事成し遂げれば、三座共通の控櫓への昇格を老中には進言しよう」

と餌を撒《ま》いてきた。

これは驚きだ。

天保座は、現在、控控櫓だ。

ややこしい言い回しだが、これは控櫓の次の櫓ということだ。

江戸幕府は芝居小屋の常設興行を建前上、堺町《さかいちょう》の『中村座《なかむらざ》』、葺屋町の市村座、木挽町《こびきちょう》の『森田座《もりたざ》』の三座しか認めていない。これを官許三座と言い、大芝居とも呼ぶ。

官許の三座以外、本来短期興行しか許されていない。社寺の境内《けいだい》に、天井のない筵がけの小屋で臨時に興行をする旅芸人の一座が興行を打つ通称宮地芝居は、紋日《もんび》や催事の際の臨時興行に限られる。

しかし、宮地芝居の中から暗黙の裡《うち》に、定着する小屋もある。

百文やそこらで見られる芝居は、庶民の心を癒《いや》す。

幕政に対する不満をいくらかでも緩和させる狙いから、芝居小屋を管轄する町奉行所は、見て見ぬ振りをしているわけだ。

とはいえ、旅芸人は人別帳《にんべつちょう》にも記載されない流れ者であり、一座は無宿者の吹き溜《だ》まりとされる。都合が悪いことが起これば、すぐに取り潰しを命じられ、江戸市中から放逐されてしまう。

天保座はその小芝居座にあたる。

控控櫓という呼称は、いまのところ天保座しかなく、それはあくまで、管轄する町奉行所内での内規ということになる。

もしも筒井が奉行の座から離れることになれば、その先はどうなるか分からない。

官許の三座以外は本来短期興行しか認められていないからだ。

だが控櫓となれば、本櫓が休演となった場合、代わり櫓をあげることが出来る。

控櫓は現在、本櫓三座に対して、『都《みやこ》座』、『桐《きり》座』、『河原崎《かわらさき》座』があり、本櫓が興行を行えない場合、替わって打つことが出来る。

約二十年前の文化十三年（一八一六）、同じ人形町通りにある『玉川《たまがわ》座』が三年間、市村座に替わり興行を打った時期があり第四の控櫓と呼ばれた。

天保座がその控櫓に認められれば、江戸で第五の控櫓となり、小芝居座としての地位が安定することになる。

「それは励みになりまする」

和清は丁重に頭を下げた。

「いつ頃から、この芝居が掛けられる？」

「下調べと稽古に相当な日数がかかるかと。弥生《やよい》の半ば、桜が芽吹く頃にでも、幕を開けたいと存じます」

和清も落雁をいただいた。桃色の縁取りのある丸い落雁である。旨《うま》い。

「それでよい。首尾よくな。費用は弥助が届ける」

筒井が立ち上がった。

和清は平伏して見送った。

第三幕　吉原《よしわら》雪景色

一

如月《きさらぎ》に入ると雪の日が多くなった。

今日も、辺り一面雪景色だ。

仲乃町通りの老桜《おいざくら》の枯枝に雪が綿《わた》のようについて、さしずめ雪桜といった風《ふ》情《ぜい》を醸《かも》していた。

女郎と瓢客《ひょうかく》が騙し合い、欲と妍《けん》が張り合うこの吉原《さと》も、雪に染まると楚々《そそ》として見えるから不思議だ。

昼見世ももう終わりか、という刻限。

「こんな日は、ちょいと太めの女子《おなご》がよござんす。お多福はあったけぇですよ」

雪之丞は声を張り上げた。日頃、舞台で出すよく響く声を抑えて、新米らしくがなり立てるように心がけた。

白い息がそのまま氷になってぱらぱらと落ちそうなほど、冷え込んでいる。江戸町二丁目の艶乃家の格子の中には、お茶っぴきの年増《としま》女郎がずらりと並んでいた。いずれも恰幅《かっぷく》がいい。

客がぷっと笑って、顔見世に引き寄せられてきた。

「お多福とはよく言ったもんだ。大福が並んでいるようだぜ」

ぶ厚い綿入りの小袖に袷《あわせ》羽織《ばおり》、雪駄《せった》を履いた客のひとりが呟《つぶや》いた。野暮《やぼ》ったい恰好ではあるが侍髷であった。

「お客様、どこぞの楼に馴染みはいるんですかい」

雪之丞は声をかけた。

吉原には吉原の仕来《しきた》りがある。

羅生門河岸《らしょうもんがし》に並ぶ切見世の他では、馴染みはひとりしか持てないのだ。一度床入りを済ませば仮初《かりそめ》であっても契りを交わした仲とみなされ、吉原の中で浮気は許されない。

いったんどこかの妓楼に上がり馴染みになると他の妓楼には上がれないという決まりだ。これを『娼家《しょうか》の法式』と呼び、破れば『不実の客』として仕置きを受けることもあった。それぞれの妓楼の若い衆は眼を光らせている。もっとも年に一度ぐらいしか登楼しない客はその限りではなく、天保の世ではだいぶ緩くなっていた。

とはいえ娼家の法式は厳然と存在する。

「いいや。暮れに江戸に来たばかりだ。五年ぶりのことだ。もう馴染みはいなくなった」

言葉に少し北国の訛《なま》りがあった。どこぞの藩邸の勤番侍のようだ。

こいつはかもだ。

「なら、ちょうどいい。お客さんは今日に限っては、初会と裏は飛ばしってことにしましょう」

雪之丞は田舎侍の耳元で囁《ささや》いた。

「そうでがんすか。ならあの一番太ったお女郎をつけてくれないか」

侍は一番太った女郎に流し目をくれた。

「えっ、右から三番目ですよね。本当にあの女郎でよろしいんですね」

雪之丞は、半籬《はんまがき》の上の方から女郎を覗き込みながら念を入れた。相撲《すもう》取りのような女郎である。

「さようでがんす。それがしは太った女がよいのだ。本当に手間をかけずにすぐにやれるんだな?」

「はい、雪日の昼見世に限って、それでよいという許しが出ております」

これも吉原の仕来りだ。

初会、裏を返す、と二度妓楼にあがり、三度目でようやく馴染みとなる。

半籬以上の見世となると、床入りまでに手順を踏まねばならない。

その間に引手茶屋も妓楼も客の筋と懐を見定めるのだ。

そこをきちんとやることで、妓楼の格も定まるというものである。そうした仕来りに大門脇の会所の若い衆が目を光らせているのだ。

とはいえ、吉原も商売である。

時と場合によっては、その仕来りを緩和することもある。

今日のような雪の日、それも昼見世の退けどきとあっては、余り女郎にも少しは稼がせねばならない。

「それなら、あがろう。あのお女郎の名は?」

「へい、持山《もちやま》と申します」

「ほんとうに餅なのか。それはいい」

侍は破顔した。人の趣味嗜好《しこう》はそれぞれである。

「ではそこの永楽さんへ」

雪之丞は仲乃町通りの方へと歩こうとした。

「あちこちうろうろするにも寒すぎる。ついでに茶屋も略してくれないか」

と侍は二本差しを腰から抜いて、雪之丞に預けてきた。

「へい、わかりました。お～い長吉さん、ちょいと頼みます」

雪之丞はすぐに角の茶屋永楽の方へ向かって叫んだ。妓楼に上がる前に二本差しは茶屋へ預けるのも決まりだ。

長吉がすぐにやってきて、侍の名を聞き、引き換えの札を渡した。雪の昼見世に限っての省略だった。

侍は長吉に秋田藩佐竹《さたけ》家の家臣、谷沢鶴右衛門《やざわつるえもん》と名乗った。

すぐに遣手のお京婆さんが、腰を屈めたまま、暖簾を押して鉄砲水のように一気に飛び出してくる。後はお任せだ。

「お大尽のおあがりぃ」

ひとり釣れた。

雪之丞は、我ながら腕の良さに、少しばかり自惚《うぬぼ》れた。雇われて七日目のことである。

「鈴吉《すずきち》。たいした力量じゃねぇか。おまえ、本当に妓夫《ぎゆう》は初めてなのか」

不寝番《ねずのばん》の畑野芳之助が、眠そうな目を擦《こす》りながら格子の前に出てきた。

殺された勘九郎の代わりに、雇われた浪人だ。

呼び込みがうますぎて警戒されてはかなわない。

「いや、妓夫は初めてですが、三年ばかり千住《せんじゅ》の旅籠《はたご》で呼び込みをやっていました。声掛けのこつみたいなもんは、そんとき身に付けまして」

浅草の口入れ屋でもそう答えて、なんなく艶乃家に潜り込むことが出来たのだ。

雪之丞はここでは鈴吉と名乗っている。

役作りに十五日かけた。一番苦労したのは、役者らしさを抜くことだった。

というのも、妓楼の立ち番というのは、役者とどこか似ている商売で、声を張り上げているとうっかり芝居っ気が出てしまうのだ。

「なんだ、ど素人《しろうと》でも、素堅気《すっかたぎ》でもないのか」

芳之助が、恨《うら》めしそうな目をした。

「芳之助様は、剣の達人なのでございましょう」

「刀を持った奴など入ってこない妓楼では、剣の腕など何の役にも立たん。妓楼の不寝番など地味な役回りよ。お前のように口が回る方ならば、わしももっとよい仕事にありつけたのにな。ちっ」

芳之助は捨て鉢な物言いをし、懐に手を入れた。

不寝番は、大引けの後に朝まで二階の女郎部屋を見張る役どころだが、用心棒でもありながら、各部屋の行灯《あんどん》の火が消えぬように、油を足したり、客と女郎の間に不審な点はないかなど、目を光らせていなければならない。たしかに地味で退屈な役だ。

「芳之助様、お待たせしました。では一緒に行きましょう」

暖簾を分けて、付き馬の万太郎が出てきた。

男前で、縦縞の小袖に艶乃屋の名入り黒半纏《はんてん》を粋に着こなしている。艶乃家にやって来たのは三年前だと聞く。雪之丞と同じく、立ち番から始め、一年前から付き馬をやっているという。

年恰好は、雪之丞と同じぐらいだ。

ほとんどの客が引手茶屋を通して登楼する大見世艶乃家では、取りはぐれることなどないのだが、それでもたまに直登楼《じきとうろう》して来る馴染み客が、嵌《は》めを外しすぎて、勘定を払えなくなることもある。

また明らかに、この世の見納めに直登楼してくる差し詰まった商家の主などもいるにはいる。終《しま》いには夜中にこっそり逃げようとするのだ。

大見世でも付き馬がいるのはそのためだが、万太郎は付き馬ばかりではなく帳場番の補佐などもしているようすだ。

取り立ての凄みと算盤勘定《そろばんかんじょう》の双方に抜きん出た人物ということだ。

「芳之助様が万太郎さんの供をするということは、相当手強《てごわ》い相手ですね」

と芳之助に水を向けると、

「否《いな》。取り立てではなく、両国の両替屋に借りに行くのさ」

と笑った。

「芳之助さん、余計なことは言わぬこと。吉原で内証《ないしょう》のやりくりを他言するのはご法度《はっと》です」

万太郎が芳之助に厳しい眼を向けた。付き馬というよりも男の遣手のような口ぶりだ。

芳之助は顔を膨らませたが、特に抗《あらが》うようなことは言わなかった。

「鈴吉も、表で無用なことを口走らぬことだ」

「はい」

もっともなことだ。雪之丞は腰を折り、ふたりの後ろ姿を見送った。並んで歩くふたりは、どちらが武士か分からぬようであった。

背中に目がある。

咄嗟《とっさ》にそう感じた。

腰を半分まであげ、目を凝らすと万太郎の背中から、こちらを窺《うかが》うただならぬ気配があった。

同じ気配を放つ者たちを知っている。雪之丞が生まれ育った甲賀《こうが》の里の者たちだ。

もしや？

そう思い、もう一度見ると、万太郎の背中からその気配はぱたりと消えていた。

気のせいか。

探りの手がかりを摑むために、己は敏感になりすぎているのではないか。ふとそんな気もしてくる。

くわばらくわばら、だ。

己の五感を研ぎ澄ますと、逆にその気配が分かる者には知られてしまう。気をつけねばならない。なにせこのたびの潜りは、座元の東山和清との共演ではない。独り芝居なのだ。同じ吉原に、他の誰が潜っているのかもそれぞれは聞かされていない。

大門の中で天保座の面々と顔を合わせても、他人ということである。

「鈴吉、内証で楼主《ろうしゅ》がお呼びだよ。ここはもうよいそうだ」

二階の座敷が整い、女郎を呼びに出てきたお京に声を掛けられた。遣手はどの妓楼にもひとりずつおり、女郎や禿《かむろ》の日々の暮らしを見張っている。

妓夫もおいそれと口答えは出来ない存在らしい。

「へい」

雪之丞は、すぐに暖簾をくぐり土間に入った。

二

妓楼の一階は、楼主夫婦の住まいと奉公人の仕事場である。客が女郎と遊ぶのは、二階と決まっている。

雪之丞が土間に入ると、その先に竈《かまど》が見える。料理番が煮炊きする湯気や匂いに溢れていた。ここが台所だ。

客にいきなり妓楼の舞台裏を見せているようなものだが、客はそのほうが安心するようだ。

上がり框《がまち》の向こう側は板の間、上に上がる階段がある。その向こうは広い畳敷きだ。奉公人が行き交い、奥の内証の襖も半分開いていた。

ここも二階に上がる際に客には丸見えとなる。

遣手のお京婆さんによると、商売柄、怪しい場所ではないと強調したいのが半分と、広い妓楼では採光しにくいので出来るだけ襖や壁で区切っていないということだった。

たしかに大広間は中央に大黒柱が一本立っているだけだ。

総籬の大見世や半籬の中見世にはたいてい中庭があるのも風流よりも採光をすべての部屋に満たすためらしい。

雪之丞は、奉公人が右へ左へ交叉する板の間、畳敷きの大広間を横切り、一番奥にある内証へと向かった。

半分開いた襖の前に端座すると、

長火鉢を前に座る楼主の松太郎《まつたろう》が、煙管《キセル》を煙草盆の上でカンと鳴らした。

「鈴吉かい、おはいり」

「はい」

雪之丞は長火鉢の前へと進んだ。

松太郎の背後には立派な神棚があり、白壁に大きな熊手が立てかけられている。浅草寺のものだ。

出格子から中庭が見えた。雪を被《かぶ》った石灯籠《いしどうろう》や木々は水墨画のような風情を醸している。

松太郎の横に、同じく煙管を咥《くわ》えた女将《おかみ》のおしまが座っていた。共に六十歳ということだ。

「ずいぶんと張り切っているそうだね」

松太郎が穏やかに語り掛けてきた。

妓楼の主は、別名亡八《ぼうはち》と呼ばれ、仁・義・礼・智・忠・信・孝・悌の八つを忘れた冷酷非情な者とされる。

だがこの艶乃家松太郎には、そうした邪悪な匂いがなく、それよりもどこか品があった。

「とんでもございません」

雪之丞は低頭したままだ。何のために呼び出されたのか分からないので、緊張する。

「茶でも飲むかえ」

とおしまが急須を手にした。番茶の香りだ。雪之丞はさらに身を低くして、はいと頷いた。

「ほかでもねぇ。おめえに今夜から二階廻しを頼みてぇ」

松太郎がぼそり、と言い、おしまが湯吞を差し出してきた。

二階廻しとは、女郎が客の相手をする二階の全般を取り仕切る者である。廻り方とも呼ぶが、女郎の仕事場は二階となるので、艶乃家では二階廻しといっている。

「あっしなんかが勤まりますか。立ち番もまだ始めたばかりですし」

雪之丞は茶を受け取りながら、目を丸くして松太郎の顔を見た。

「お京が一通りのことを教《おせ》えてくれる。なあに悟助《ごすけ》に廻り方をおせえたのもお京だから心配いらねぇ」

「鈴吉は筋がよさそうだと、お京さんも言ってましたえ。あの人が言うんだから間違いないわいな」

松太郎に続いて、おしまもそう言い、すぱっと煙を吸った。おしまは元花魁。年季が明けたところで、松太郎と所帯を持ったという。女郎の上がりにおいてこれ以上ないという境遇らしい。

「へい、気張ってみます」

雪之丞は会釈して茶を啜った。見様見真似は本職だ。出来過ぎないように勤めることを心掛けたい。

「というのもだね、悟助が今朝、飛んじまったんだ」

松太郎が刻みを煙管の先に詰めながら、しみじみ言う。

悟助がこの家の二階廻しであった。腰は低いが総身に凄《すご》みがあった。そうでなければ勤まらない役だ。

そういうことかと、雪之丞も腑《ふ》に落ちた。そんなことでもない限り、急に配置換えになることはないだろう。

「そうですか」

あえて訳は聞かない。雪之丞はただ頷いた。

「どうせ、博奕《ばくち》だろうねぇ。地の者に引っ掛けられたのに決まっている。客の巾着に手を出していたのかも知れないねぇ」

女将が吸い終わった煙管で肩を叩く。

「帳場には手を出していなかっただけでも救いさ」

松太郎が、傍らの大福帳を引き寄せながら言う。

「ということは、あっしはお京さんから聞くしかないのですね」

雪之丞は念を押した。

似たような仕事とはいえ、遣手と廻し方とでは、その性質が違うはずだ。遣手は、客の見極めや女郎と禿の監視が主で、初会の客には立ちあうが、馴染みとなれば、あとはすべて廻し方任せだ。

女郎と客の間に立って、宴会の手配から揚げ代の請求まですべて整えるのが廻し方だ。

「言っておくが給金は変わらない。ただし、二階の仕事は祝儀が入る。一年も貯《た》め込めば、雑魚《ざこ》寝《ね》部屋から出て、浅草田町あたりの長屋を借りるぐらいの金は出来るさ」

松太郎が笑い、そこでぽんと手を打った。話はこれまで、終いということだ。

「では、いまから二階へ上がります」

雪之丞も立ち上がった。

ちょうど昼見世が終わる七つ（午後四時頃）の鐘が鳴った。


大階段は広間と内証から丸見えになる位置についている。

したがって上がり框を上がった客は、いったん板の間を通って、広間と内証に背を向けて上がることになる。

帰りは逆に大広間を見下ろす形で下りてくる。女郎や奉公人も同じだ。

つまり楼主と女将のいる内証からは、土間からの人の出入り、階段の上がり下り、広間で働く奉公人の様子が一目瞭然なのだ。

階段の幅は広い。六尺（約一・八メートル）はある。ここを昼三《ちゅうさん》格の花魁ともなれば、番頭新造、振袖新造、禿など六人ほどの供を連れて上がり下りするわけだ。

艶乃家の最高位呼び出し昼三は、歴代松川と呼ばれている。楼主の松を取ったものだ。

雪之丞は二段飛びで階段を上がった。

「回されたね、新米」

二階の階段端の遣手部屋からお京の声がした。

手招きされて入るとそこは三畳間で、畳んだ布団と箪笥《たんす》があるだけの質素な部屋だった。

「へい、何事もお京さんから、習えと」

「まぁ、私の言う通りにすることった。どれもその場で訳を聞いちゃいけない。言われた通りにするんだ。大引けで不寝番に引き継いだ後に、聞きたいことがあったら聞きな。ただし、一問につき四十文（約千円）だ」

「それはちぃと高くねぇですかい」

雪之丞の給金は月六分（約十五万円）。ひとつ聞くたびに四十文はきつい。屋台で蕎麦と稲荷を二度食える。

「だったら聞くな」

「そんな」

雪之丞はしょんぼりした顔を見せた。役者の色気を思い切り出す。

「おめえ、元は陰間かい？」

お京に睨まれる。元女郎の独特の臭覚のようだ。

「とんでもねぇですよ。千住の旅籠の呼び込みでやんした」

慌てて打ち消した。

「しょうがねぇ。二十文に負けてやる。けど言っとくよ。あたしら遣手はね、お前らと違って給金はねえんだ。客からの祝儀だけが頼りの稼業さ。分かるかい。この狭い部屋に住まわせてもらって、おまんまだけは下で食えるけどね」

どの道もそれなりに苦労がある。聞かねば分からぬ話だ。

「分かりました。確かにただで聞くのは、虫のいい話でした。お京さんが何年も年季を積んで覚えたものを、伝授してもらうんですからね。二十文は安いと思わないといけないないですね」

雪之丞はさらりと答えた。

「見込んだ通り、あんたは飲み込みが早いね。しっかりおせえてやるよ。なあに、今夜はあたしが廻り方までやって見せる。まずは見様見真似をすることだ」

それなら得意だ。そう雪之丞は胸底で呟《つぶや》いた。

廊下の奥から女郎の艶《なま》めかしい声が聞こえてきた。ここはまさにそのものずばりの場所であった。

「昼間の客が終わるまでは、見回りだけだ。まずは間取りを覚えるこった。さぁいくよ」

遣手部屋を出ると、お京がすぐに隣の部屋の襖を開けた。

今は誰もいなかった。

「ここは引付座敷。初会のお客はまずこの座敷に通して、盃《さかずき》をね。そんときは私も一緒に入るから」

「はい」

そこから長い廊下をお京について回った。

艶乃家は間口十二間（約二十二メートル）、奥行き二十間（約三十六メートル）の大見世だ。二階から俯瞰《ふかん》して見れば、中庭をぐるりと囲むロの字形の造りで、大小さまざまな部屋があった。

客と女郎が相対している部屋はどんどん飛ばしてお京は先に進む。長い廊下には八間《はちけん》が吊るされているがまだ火は入っていなかった。

格子窓からたそがれの光を受けた飴色《あめいろ》の廊下は、見事なほどに磨き抜かれていた。

どん突きを右に曲がった。

「ここが一番広い座敷。花魁を呼ぶようなお大尽が、芸者衆、幇間《たいこもち》を入れて呑めや唄えやの大騒ぎをする座敷さ」

ロの字の上辺の中央あたりの部屋を開けて見せてくれた。

「それも廻り方が仕切るんで？」

雪之丞は呆然《ぼうぜん》とお京を見た。

「心配はいらんよ。今夜のところはそんな大きな宴席は入ってねぇ」

「でも入ったら、あっしはどうすればいいんで」

「二十文」

お京が手を出した。

「えっ、これもっすか」

「あたりめえだ。黙っていれば、その時が来たら教えたものを、おまえさんが先に聞くからだ」

うっかりしていた。黙って言われた通りにしろと言われたばかりだ。

「分かりました」

雪之丞は懐から、小袋を出し、十文銭を二枚差し出した。

「そんな大きな宴会となれば、廻り方ひとりに任せるようなことはないさ。若い衆がふたりぐらい手伝いにつく。場合によっては楼主が上がってきて差配する。そんなとき内証と帳場は女将さんが仕切るんだよ」

簡単なことだった。

「今日のところはおまえさん、ここは鶴の間と覚えておき。鶴の間に客が入るとなれば、大仕事だと覚悟が出来る」

そこから、ロの字の廊下をぐるりと一周しながらお京の教えを受けた。今度は余計なことを口に出さず、黙々と聞いた。

部屋持ち、座敷持ちで客がついていない女郎には挨拶をしていく。

「松絵、新しい廻し方だよ」

「あれま、悟助さんはどうしました？」

黄表紙を眺めていた部屋持ち女郎の松絵が、鷹揚《おうよう》に首を回してきた。

「さあね。私らは何も聞いちゃいませんよ。今夜からは鈴吉が廻すからね。すぐには慣れないから、お女郎も気を回すんだよ」

お京が強い口調で言う。

艶乃家では、最高位の呼び出し昼三、その下の昼三だけはいまでも花魁と呼ぶ。それ以下の部屋持ち、座敷持ち、雑居部屋で暮らす新造はお女郎と呼んでいる。

文人や風流旗本は遊女などというが、吉原《なか》ではそんな呼び方はしていなかった。

呼び出し昼三級の女郎を昔は太夫《たゆう》などとも呼んでいたようだが、いにしえの話だ。

いまでは花魁と呼ぶことも珍しくなった。芝居の『助六由縁江戸桜』に登場する京町二丁目の三浦屋もいまはもうない。

「はいはい。鈴吉さん、いままでは呼び込みさんでしたね。よろしくね。松絵です」

松絵が会釈した。品がいい。咄嗟に雪之丞はそう感じた。お京はすぐに先へ進む。

「松絵は武家の出だからね。生意気なんだよ。女郎はやっぱり禿から育ったのが一番さ。廓の仕来りが身体に染み込んでいるからね。それに比べて大人になって売られてきたのは、馴染まないね。世間のことを知りすぎているのさ。覚えておきな」

「はい、覚えておきます」

もう少し詳しく聞きたかったが、抑えた。また二十文も払いたくない。

雪之丞も廓のことは大雑把には把握している。

「ここは廻し部屋。部屋持ちではない女郎が客と寝る部屋さね。ざっと五部屋ある」

いくつかの部屋では、最中のようだった。

最後に呼び出し昼三の松川の部屋に入った。

二十畳はある床の間付きの座敷だ。奥には贈与品であろう重ね布団と大小の箪笥や文机《ふづくえ》。さらに開いたままの続き部屋には、三段重ねの敷布団が敷かれている。

松川は三人の禿とふたりの振袖新造に囲まれていた。

「花魁、今夜から廻し方が替わります。立ち番をしていた鈴吉です。暫《しばら》くはあたしが廻しも手伝いますので、何卒《なにとぞ》よろしく」

お京の態度ががらりと変わった。

「これはこれは、お京さん。わざわざどうも。引き回しも大変ですね。はい鈴吉さんの顔は存じています。こちらこそよろしゅう」

松川は禿に習字を教えていたらしく、筆を持ったまま、優雅に微笑《ほほえ》んだ。

貫禄が違う。雪之丞は即座にそう思った。

「鈴吉でございます」

頭を下げる。

「じきに慣れますよ。わちきの馴染みは、みなさん心得のある方ばかり。座敷まで案内してくれたらあとは、芸者衆や幇間さんがうまく取り仕切りますので」

この優雅な物言いを学びたいものだ。

本物の花魁と口をきけるなど役者冥利《みょうり》に尽きるというものだ。

すぐに退散し、厠《かわや》や出格子の下の物入れの中身などを教わった。

「あとは、夜見世が始まってからだね。さてと、ひと休みだよ。いまのうちに蕎麦でも食っておいで」

と、お京は遣手部屋へ引っ込んだ。

三

日が暮れると同時に、吉原に灯《ひ》が入った。

如月の不景気を吹き飛ばせとばかりに、仲乃町通りにたてられた高さ十間（約十八メートル）に及ぶ竿灯《かんとう》が目にも鮮やかだ。

舟形に並べられた五十余りの提灯の灯りが、通りを燦然《さんぜん》と照らしているのだ。

つづいて並木に繋がる吊し灯籠に、次々に火が入って行く。

吉原の夜見世の始まりだ。

羽衣家千楽は大きく息を吸い込んだ。元は噺家《はなしか》だが師匠と揉めて一門を飛び出した。落ちぶれて辻立ちして偽薬を売っていたところを和清に声を掛けられた。

『その話芸を天下安泰のために使っちゃくれめえか』

聞けば裏芝居だという。

和清のあまりの大風呂敷っぷりに呆《あき》れかえったが、老い先短い千楽にとっては一か八かの人生逆転の機会であった。

入った先が天保座。面白い芝居ばかりが待っていた。

今宵は吉原という舞台の見物だ。

さてとぼちぼち、行くか。

通りはすでにごった返していた。

粉雪がぱらぱらと降っているが、雪の欠片《かけら》が灯籠の光に映えてまるで桜吹雪《ふぶき》だ。

「お客さん、どちらまで。えっ、あっしは流しの幇間でして。そんなつれないことを言わないで、どうか座敷につれていってくんなまし」

赤い三角頭巾を被り腹に太鼓をつけた千楽が、雪に覆われた桜の木の下で、商家の旦那風の二人組に声をかけた。

ひょろりと背の高いのと太鼓腹の男で、どちらもお人好《ひとよ》しで呑気《のんき》そうである。

雪を被った桜木は、灯籠に照らされて、それ自体が夜空に浮かぶ雪洞《ぼんぼり》のようであった。

「ばか言え。おれらはそんなお大尽ではないわ。ただの手代同士よ。吉原参りのときだけ、いい恰好をしてくるだけさね」

ひょろりと背の高い手代が扇子《せんす》を首に当てて、わっはっはと明るく笑った。

相方も、

「お大尽に見られるとはいい気分だ」

と腹をぽんぽん叩いている。

正直なふたりだ。なるほど山谷堀《さんやぼり》の船宿で、日頃の小袖から一張羅《いっちょうら》の絹物に着替えてきたのであろう。

大店の手代だろうが、それでも吉原に繰り出すのはハレの日なのだ。

「それで手代さんたち、今日はどちらへの登楼で？」

噂話を集めるのが役目の千楽は、さりげなくそう聞いた。

「大見世の格子を覗いて、上がるのは江戸町二丁目の『亀鶴楼《きかくろう》』。中見世さね。それも床急ぎだよ。もう腹は一杯だしな」

とひとりがまた甲高《かんだか》い笑い声をあげた。

とにかく、吉原歩きが楽しいらしい。町っ子の典型だ。

床急ぎとは、直登楼で、すぐに馴染みの女郎と同衾するということだ。要領よく遊んで、また給金をためてやって来るのだろう。

千楽は、このふたりに目をつけた。

「お楽しみなことで。しかし手代さん、誰ぞわっしのような流しの幇間を拾ってくれるような酔狂なお客を知りませんかねぇ」

千楽はおどけて手足を動かして踊って見せる。

「俺らそんなお大尽とは無縁さね。大見世は素見《ひやかし》だけで、あがったこともねぇ。逆に、幇間なんて呼んでみたいものだぜ。なぁ玉助《たますけ》」

ひょろりとしたほうが言う。

「あぁ、やってみたいよな。座敷で芸者を呼んで、幇間の芸を見るなんてよっ。一度はやってみたいよなぁ。芸者はさ、ふたりでいいんだよ。大勢はいらない。それで幇間を入れて、あの、『とらと〜ら、と〜らとやっ』っていうのをやってみたい。なぁ末三《すえぞう》」

太鼓腹の方も上機嫌で腹を叩く。夢見るような目つきだ。

虎拳《とらけん》のことを言っているようだ。

近松門左衛門《ちかまつもんざえもん》の『国性爺合戦《こくせんやかっせん》』を元にした姿じゃんけん遊びである。屏風《びょうぶ》を間に置いて、虎、虎退治の侍、婆さんの三方を演じ勝敗を競う遊びだ。

お座敷遊びの定番である。

ひょろりとしたほうが末三、太鼓腹が玉助だ。

「なんなら、わっしがここでやりましょうか」

千楽もおどけた。

「通りでやられてもなぁ。せめて芸者は欲しい」

と末三。

「末三、そんなつれないことを。さぁさぁ、いっぱい」

腹の出た玉助が科《しな》を作って見せる。芸者になった真似だ。どちらも粋な江戸っ子である。吉原の事情にも長《た》けていそうだ。

「おっ、玉さん、なかなかの芸達者だねぇ。それをやられたら、わっしがおまんまの食い上げだ」

千楽は両手を上げて万歳をし、最後にどんっ、と腹の上に置いた太鼓を叩いた。

それを合図に、秋葉《あきは》常明灯《じようみようとう》の方から三味線を背負ったおけさ笠の女が現れる。

「世之介《よのすけ》師匠、今夜もあぶれそうなのかい」

なりえだ。

てっきりこの役は娘のお芽以か空蟬の女将のお栄がやるもんだと思っていたので驚いた。その驚きが顔に出たので、信憑性《しんぴようせい》があった。座元の配役は絶妙だ。

「誰かと思えば、梅吉《うめきち》じゃないか。そっちもあぶれかい」

当意即妙に台詞《せりふ》を告げる。世之介、梅吉という役名になっている。

「その通りだよ。大見世さんは内芸者で間に合っているっていうし、見番《けんばん》さんにいったら、今夜は外芸者も余っているって」

なりえは梅吉としてきちんと吉原見番に登録したらしい。両国芸者の夢吉の伝《つ》手《て》を使ったに違いない。天保座の贔屓筋だ。

「な、なんなんだぁ。売れ残った芸者と幇間が、おれらに寄ってくるとは、貧乏神かよ」

玉助が顰《しか》め面《つら》をした。

末三も眉間に皺を寄せた。だが目元は笑っている。

「やな夜だねぇ」

「手代さん、こんなに早く登楼するのは野暮天っていうもんですよ。運が落ちやす。どうですあっしらとそこらの小料理屋で一杯引っ掛けてから上がるっていうのは」

千楽が誘う。

吉原《なか》で働く者の口は堅い。

聞き込みの相手で一番都合がよいのは、吉原の噂に通じてそうな客と知りあうことだ。このふたりのように通いなれ、さらに堅気とくれば申し分ない。

「あんたら、集《たか》りかよ」

末三が目を細めた。愛嬌《あいきよう》のある眼だ。

「いやいや、幇間はひとりちびちびやっていたんでは、恰好が悪いだけです。割り勘ってやつで」

「あたいは、横で三味でも弾くから、二合と肴ぐらいは奢って欲しい」

なりえが背中から三味線を包んだ風呂敷を降ろす。

末三が頭を掻いた。

「玉助、小料理屋の座敷で、お大尽遊びの真似事と洒落《しやれ》込むか」

「それもおつなもんだねぇ」

末三の誘いに玉助も乗った。

「世之介爺さん、あんたにも二合ぐらいならめぐんでやる。とらとら、やんねぇか」

「へい。卵焼きと海苔《のり》はわっしが払います」

「なら、行くさ」

四人は揚屋町の木戸をくぐった。

幅三百六十三間（約六百六十メートル）、奥行き二百七十五間（約五百メートル)。二万坪に及ぶひとつの島である吉原には、外に出なくともすべての暮らしが賄《まかな》える商店、料理屋、床屋、医者が揃っており、揚屋町と角町にはそれぞれ湯屋もあった。

町名の由縁である揚屋はとうの昔になくなっており、いまはせいぜいが小料理屋だ。

諸国大名や豪商が高級料亭である揚屋に妓楼から花魁を呼び、大番振る舞いをしたのは、八十年前までのこと。

妓楼三浦屋と並び往時の揚屋として知られる『尾張屋《おわりや》』も享保の改革とやらで、大名が来なくなりあえなく潰れた。三浦屋が倒れる数年前である。

千楽たちは、その尾張屋の跡地にある小料理屋『招福《しょうふく》』に入った。

往時の面影は全くない。深川の居酒屋と大して変わらない店だ。

客は少なかった。

「四人連れかい。奥の座敷に上がっておくれ」

台所は妓楼に運ぶ膳を作るのに忙しいらしい。女将らしい四十がらみの女が、前掛けで手を拭きながら、土間から一段あがった六畳の座敷を指差した。

「女将さん、大見世の宴会に運ぶような膳はあるかね」

末三が満面に笑みを浮かべながら聞いた。

「そりゃあるさ」

「いくらだい？」

「松、竹、梅とあるんだけどねぇ」

女将が怪訝な顔をする。

「そりゃ、梅に決まってらぁ。こちとら雰囲気を楽しみたいだけだから」

「二百文（約五千円）だよ」

「それを四人前くれ。ちゃんと脚付きの膳に載せてだよ。それと二合徳利を四本」

末三がすっと一朱銀を二枚出した。

「毎度ありぃ」

女将が引っ込んだ。

「手代さん、わっしは三十文（約七百五十円）ぐらいしか持ちあわせがねぇですよ」

魂胆はわかっているものの千楽は、驚いた風に聞いた。

「割りだが、世之介は二十文でいい。ただし、ここからは我らを若旦那と呼んでくれ」

末三がいうと、玉助が手を打った。

「そいつぁいい。大見世の和歌山や艶乃家やなんかの座敷で膳を取ったら、梅でも一分（約二万五千円）じゃきかねえ」

「そうともよ玉助。それに四人前なんてことはねぇ。女郎の他に、芸者、新造なんてのがぞろぞろついてきたら、小判が二枚（約二十万円）は飛ぶ。そいつをここで、気分だけやろうって魂胆さね。玉助、おめぇは一朱（約六千二百五十円）払え」

「もちろんだとも。ほれ」

玉助はすぐに一朱銀を渡す。なかなか気持ちの良い遊び方をするふたりだ。

「世之介、後で屛風《びょうぶ》っていうか衝立《ついたて》でもいいので、ひとつ借りてくれないか」

末三は、この狭い部屋で虎拳をやる気だ。

「へい若旦那、まずはわっしもこれで仲間入りさせていただきます」

「確かにいただきました。御膳は堪能《たんのう》してください」

千楽は畳の上に二十文を置いた。集りではないという意思表示だ。

末三、どこまでも清々《すがすが》しい。

「じゃあ、あたいは新内でもやらせてもらうよ」

なりえが三味線を膝《ひざ》の上にのせた。面白い宴席になったものだ。

四

同じ頃。

団五郎は浅草広小路《ひろこうじ》から並木町に入った裏路地にいた。影同心、木下英三郎と騙り浪人、大杉勘九郎の亡骸《むくろ》が転がっていた場所だ。

しゃがみこんで、黴《かび》臭い土を丹念に見た。

日が経ちすぎて土の上の文字など見当たりようもないが、和清からは、影の者なら、今わの際に他にも何か手がかりを残しているはずだと言われ、探しているのだ。

あれから雨や雪が何度も降っている。

仮に何か残していたとしても、風雨に流されかき消されているだろうによ。と腰を上げようとしたとき、隣の家の板に矢印のような形をしたものが見えた。

上に向かった矢印だ。

たまたま砂が張り付いて、そんなふうに見えたのかと目を凝らしてみると、砂とはどこか違っている。

団五郎は顔を近づけた。

こいつは血だ。

血で上向きの矢印を書いたのだ。

団五郎はその家の屋根の方を眺《なが》めた。何の変哲もない。落ちてくるぼた雪が顔にべちゃっと当たった。

上に何か手がかりがあるやも知れない。

雪之丞ならば、飛び跳ねるところだが、そうはいかない。団五郎は簡単にあきらめて、並木町の通りに戻った。

人気の蕎麦屋藪下はすでに暖簾《のれん》を降ろしていたが、居酒屋が何軒か開いていた。そのうちの一軒に入った。

樽《たる》の上に板を載せただけの粗末な店だ。それでも職人風の男が数人呑んでいた。それぞれひとりだ。

「酒と豆腐に刻んだ生姜《しょうが》を載せた奴をくれねぇかい」

「へい」

明日死んだと聞いても驚かないようなよぼよぼの爺さんが背中を丸めたまま返事をした。豆髷を結うのがやっとなほど禿《は》げている。

「ここいらの方ですかい？」

団五郎は居合わせた藍染め半纏の若い男に聞いた。二十七、八の小柄な男だ。

「あんたは？」

じろりと睨み返される。半纏の襟に丸に桶の紋があった。桶屋のようだ。

「浜町で荷車を引いているけちなもんですよ。多喜次《たきじ》といいやす」

適当に言う。

「そうかい。おらあ、花川戸の桶屋の三吉《さんきち》さ。なんか聞きてぇのか」

桶屋の職人三吉は警戒を解いたようだ。

「へい。暮れに、知り合いがそこの路地で死にましてね」

爺が腰を折ったまま升に入った酒を運んできた。

「どっちの知り合いさね」

爺が聞いてきた。

「吉原《さと》で妓夫《ぎゆう》をしていた英太って者《もん》があっしの幼馴染でしてね」

「あぁ。若い方だな。俺が早桶を作った。浪人のほうは親方だ」

職人は蝗《いなご》の佃煮だけを肴に、呑んでいる。

「そうでしたか。それはお世話になりました。爺さんこちらにも、一杯つけてやってください」

「おう、三の字ならぬる燗《かん》だな」

「それでいいです。払いはあっしが」

爺が裏にひっこんだ。

「悪いな」

三吉が相好《そうごう》を崩した。

「何も大晦日にも死ななくてもねぇ」

団五郎は遠くを見るような眼で言う。亡くなった友を偲《しの》ぶような芝居だ。世話物は好きではないが、いちおうそんな芝居も出来る。

「仲間同士の揉め事のようだったな。どうせ金の貸し借りのことだろうよ」

「そうですかい。英太はもともと妓夫なんて柄じゃなかったんですがね。元は絵師ですから」

英三郎の人物像は、和清から聞かされている。

「そうだったのかい」

「けどよ、橋蔵《はしぞう》親分はどうもおかしいって、言っていたぜ」

端の方で呑んでいた男から声がかかった。

居酒屋は野次馬の吹き溜まりだ。噂話に花が咲く。

待ってましたとばかり、団五郎はその男の方を向いた。

「おらぁ、船頭だよ。死んだふたりは、あの夜、おらが日本堤橋の袂から吾妻橋まで乗せた、妓夫同士に違《ちげ》ぇねんだ。一緒に年越し蕎麦を食うような話をしていていたぜ。浪人風のほうは先に誰かに匕首のようなもんで刺された傷口があったってよ。橋蔵親分ていうのは、大川端を仕切っている親分さね」

船頭が一気にしゃべった。

「本当かい」

「けれども、定廻りの旦那が、所詮は吉原の者同士だから、めんどうくせぇと。吉原《むこう》の同心とも話して、仲違《なかたが》いってことにしちまったんだと」

まあそんなところだろう。

「大晦日のことだからわしもよく覚えているんだが、あの日、よく見たことのねぇ破落戸のような奴が、あの一件が起こるちょっと前まで、ここにいたんだ」

爺が丸盆を胸に当てながら、ぼそりと言った。

「あぁ、それなら俺も覚えてる。頬に傷痕のある男だろう」

桶屋の三吉が答えた。

「あいつなら俺も知っている。前に今戸町の全勝寺《ぜんしょうじ》の賭場に出入りしているのを見たことがある」

今度はまた別な方向から声が上がった。髭面のがっしりした身体の男だった。

握り飯を頬張っている。いずれ力仕事だろう。

「名前はわかりますか」

「権蔵って呼ばれていたが、本名かどうかは知らねぇ。頰に刀傷のある男よ」

それだけ聞けば充分だった。

「ありがとうございます。まぁいなくなってしまったものは仕方がないです。いろいろ聞かせていただいて、いい供養になりました」

団五郎は早々に葺屋町に引き返した。

五

「とらと～ら、と～らとやっ。それっ」

神田の太物屋《ふとものや》の手代という末三が、襖の陰から槍を持った恰好で出て行くと、待っていたのは腰の曲がった婆さんの恰好をした千楽であった。

「あぁ～また負けだぁ」

末三が大げさに額に手を置いて悔しがった。

なりえは軽快に三味線を鳴らしている。最初は渋い声で新内を歌っていたが、いまは清掻《すががき》だ。

「末三、弱《よえ》えなぁ。なら今度は俺が相手だ」

玉助が立ち上がって襖の陰に隠れる。押し入れの襖を勝手に外して使っているのだ。すでに、四人で一升ほど飲んでいた。

「とらと～ら、と～らとやっ。よいしょ」

玉助は婆さんの恰好で出た。

「がぉ」

千楽は指の角を出していた。虎だ。

「うわぁ、また負けた」

玉助ががっくりと腰を下ろす。

塩気の効いた鯛の尾頭付きに、大根、人参の煮物、生姜をのせた白飯に肝吸いの膳はほとんど平らげていた。

「俺たちさ、太物屋なんでさ、日頃は呉服は着られないわけよ」

鼠色《ねずいろ》の光沢のある男物の江戸小紋に神田結びの玉助は、もう顔が真っ赤だ。

「それは、仕方がありませんなぁ。わっしはおふたりをてっきり呉服屋の若旦那だと見込んでおりました」

千楽が持ち上げると、横から末三が、

「女郎じゃゃなくて幇間が引っかかりやがった。世の中おもしれえなぁ」

と、また大声をあげて笑った。

典型的な町の遊び人だ。

半刻(約一時間)ばかり、飲み食いしては遊びに興じたところで、千楽は独り言のように呟いた。

「暮れに艶乃家さんの妓夫が亡くなりましたねぇ」

「あぁ、立ち番の英太だね。俺たちみたいな素見《ひやかし》と分かっている客にも、何かと声をかけてくれたいい兄ちゃんだった」

玉助が瓜の奈良漬けを齧《かじ》りながら懐かしそうな眼をした。

「ご存じでしたか」

「おうっ、艶乃家になんて敷居が高くて上がれねぇよ、なんて言うと、昼なら、部屋持ちでも初会から床急ぎ出来ますよ、なんてね、こっそり教えてくれた」

「それで昼に行ったのですか」

千楽は突っ込んだ。

「な、わけないだろ。おれらが昼から遊びに出られるわけがねぇ」

「そうそう、大見世の立ち番にまで、俺らがどこぞの若旦那に見えたんだろうな。朝から暮れまで、太物を両手に抱えて汗まみれで働いているっていうのにさ」

末三が腿《もも》をぴしゃりと叩いて、愉快そうに猪口を呷《あお》った。

「吉原は嘘で固めているのはお女郎衆ばかりじゃねぇ。客も、ここぞとばかり見栄を張っている。小見世や、中見世あたりで、どんなにお大尽ぶっても土手を戻るときには、ただの手代ってな」

玉助がまた大笑い。

なりえまでが三味を弾く手を止めて甲高い声で笑った。

「まったくもっていい話で。通いなれた末三さん、玉助さんから見て、近頃の吉原《さと》はどんな風ですか」

千楽は改まった口調にした。

「そうさなぁ。俺らの吉原通いも十年になるが、この頃、ちょっと違う風が吹いてきているような感じがするな。なぁ玉助」

末三がそう言い、肝吸いを啜った。

「俺もそう思うぜ、女郎の応対に変わりはねぇんだが、裏方の入れ替わりが早くなったよな」

玉助が頷く。

末三がまだ残っていそうな徳利に手を伸ばしながら、

「それも廓の酸《す》いも甘いも嚙み分けたような廻し方や遣手が急に減っちまったんで、どうも段取りが悪いんだよな」

と不満そうな顔をした。

「そうなんで。わっしら幇間は座敷を務めるのが精一杯で、気が付きませんでした」

千楽は素早く徳利を取って末三の猪口に注ぐ。

なりえがまた三味をつま弾き始めた。話の腰を折らない程度に、静かに鳴らす。

「俺らが行くような中見世、小見世ばかりか、最近では大見世も妓夫の出入りが頻繁だって言っていたよな。玉助、聞いているだろう」

「おうよ。江戸町の艶乃家や『翔傳楼《しょうでんろう》』、それに京町の和歌山まで裏方がどんどん辞めているって、俺のこれが言っていたぜ」

玉助が小指をあげた。

「おっと、そろそろ見世にあがろうぜ。泊るわけにはいかねぇし」

思い立ったように末三が腰をあげた。

「料理屋で散財しちまったから、玉助、今日のところは切見世ですますか」

「それはやだね。着物が汚れるってもんだ。俺は『山吹楼《やまぶきろう》』に行くよ。なあに月二のところを月一にすりゃぁいいんだ」

玉助は小遣いのやりくりをきちんとしているようだ。締まりのいい手代たちだ。

「なら、おれも山吹楼だ。おまえだけが顔を出したら小里《こさと》がむくれる」

末三も同意した。山吹楼は京町二丁目の小見世だ。床入りだけなら総額一分（約二万五千円）で遊べるはずだ。

「なんだか、わっしらが、使わせちまったようで申し訳ないですな」

千楽となりえは深々とお辞儀した。

「なんの。おれたちの見栄遊びよ。楽しませてもらった。こんなときは、祝儀を渡すもんだな。ほら真似事だよ、世之介師匠、梅吉姐さん、とっといてくれ」

末三が、袂から塵紙《ちりがみ》に包んだ小銭を差し出してきた。

「これはとんでもねぇ」

「そんなことまでしてもらっちゃ」

千楽もなりえも恐縮した。

「だから真似事だって言ってるだろう。中身は二十文（約五百円）さね。旦那気分に浸っているだけよ。ついでに店の前でも、よっ、若旦那っ、行ってらっしゃいまし、ってやってくれねぇか」

「喜んで」

千楽となりえは京町二町目の山吹楼まで見送りに行った。

六

かーん、かーん。

雪之丞は長い廊下を廻りながら拍子木を入れて歩いた。

引け四つ（午前零時頃）。

二階廻りとしての長い一日が終わった。

中庭を囲む廊下を一周して、遣手部屋の前に戻ったところで、不寝番の畑野芳之助に後を引き継ぐこととなった。

「お後をよろしくお願いします」

拍子木を渡すと、芳之助は、

「ちっ、まったく俺はいつまでこんな番をしてなきゃならねぇのかね」

と不機嫌そうに頬を歪《ゆが》め、しぶしぶ廊下の隅に歩いていき、そこが不寝番の定位置である行灯の脇に胡坐《あぐら》をかいた。

「やる気のない者を何人雇っても居付きはしないね。このところ、立て続けに浪人を不寝番に雇っているが、楼主も何を考えているのやら、だね。近頃万太郎の言いなりでさ、あたしゃ気に入らないね」

赤襷《あかだすき》の紐を解きながら、お京が芳之助を睨みながら言う。

「あっしもへまばかりでしたから、芳之助様をどうこう言えません」

三刻（約六時間）ばかり働きづめだったが、役になりきり、お京の指図どおりに動いたので、実際のところおおきなへまはしていない。

「鈴吉は、あたしが見込んだ通り、この道に向いているよ。なにより威勢がよく、客あしらいも上手い。きっと生まれ持ったものだね。一服つけていきなよ」

お京が遣手部屋の襖を開けながら言った。

「へい」

腰をかがめて、長屋よりも狭いお京の私室に入った。

小ぶりな行灯だけの薄暗い部屋で、煙草盆を挟んで対座した。

「お前さんを見込んで言っておくよ」

刻みを煙管に仕込み、ふっと一息吸ったところでお京が、背中を丸めて話しかけてきた。

「へい」

雪之丞も懐から煙草入れを取り出し、煙管を叩きながら背を丸めた。そうやって聞いたほうがよさそうな気がしたのだ。

「たぶん、あたしも長くはないね」

いきなりそう言われたので、雪之丞は噎《む》せた。

「元気そうじゃないですか」

「いや、そうじゃない。ここで遣手をしているのも長くないってことだよ」

行灯の明かりが揺れて、お京の顔に影がさした。

「それはまたどうしたことで」

「万太郎が楼主に、いい遣手がいると持ちかけているって聞いたもんでね」

お京はまた一服する。老猫がじっと眼を凝らしているような顔だ。雪之丞は返答に窮した。一言、言い間違えれば、どんな誤解が生じるか分からない。

「あたしが煙たいんだろうね。あたしに代えて、息のかかった遣手を入れて、この見世を裏から仕切るつもりだよ。花魁『藍川』と謳《うた》われたあたしもなめられたものだよ」

お京の眼が光った。

「こちらの花魁だったのですね」

「呼び出しまでは登れなかったけれど、昼三を十年張った。三十年以上も前のことだけれど、あの頃は、楼主も生き生きしていてね。よく働いたもんだよ。女将さんは、その頃の呼び出し昼三だった初代『松川』だよ。それはそれは競ったものだけど、松川の色気と嗜《たしな》みには勝てなかった」

お京が眼を細めた。

「そうだったんですか。おふたりとも艶乃家に残ったんですね。お京さんにも、よい話はたくさんあったのではないですか」

雪之丞が一服した。

「そりゃね。お大尽の囲い者になる話はいくらでもあったさ。けどね、鈴吉、よくお聞き。廓で育った女は、世間のことは何もできないんだ。大根のひとつも切れない。掃除なんてこともしたことがないよ。そんな女が大門の外に出て、暮らしていけるかい？」

「たしかに」

雪之丞は顎を引いた。

「あたしも松川も先代のときにこの見世に買われ、禿から育った。つまり根っからの廓育ちさ。世間の目は違うが、禿から振袖新造、花魁への道というのは旗本のお姫様みたいな暮らしなんだよ」

お京は懐かしそうだ。雪之丞は無言を通した。

「落ち目になっても、なんで居付いたのかって聞きたい顔だね。それはあたしも楼主に惚れていたからさ。うちらが禿の頃、松太郎さんは風呂焚き見習いの小僧だった。あの人もここに売られてきたんだよ。いっしょに育ったようなもんさね」

「えっ、楼主は先代の御子息ではないんですか」

雪之丞は思わず声音を上げ、あわてて口に手を当てた。

「先代に子供はなかったよ。松太郎さんはよく働いていなさった。十五の頃から給金や祝儀を貯めていてね。いずれ切見世か台屋でも、と思っていたらしい。あのひとも、ここから出る気はなかったんだね。その懸命さを見込んで、先代が松太郎さんに見世を譲ったんだ。もちろんそれなりのことは要求された。根岸《ねぎし》に隠居家を建てて、先代夫婦の面倒を死ぬまで見るということだった。松太郎さんはそれを守ったね。先代夫婦が旅立ったのは二十年前。それから松太郎さん、ずっとこの見世を守っている」

また行灯の光が揺れた。板を踏む音が聞こえた。客が小便に行ったようだった。

「それならなおのことお京さんは、遣手としてこの見世の行く末を見守らないといけないのでは」

「左前なんだよ。万太郎が来てからだよ。古参がどんどん辞めて、贔屓筋からの評判が落ちたんだ。特に稼ぎ頭の松川の太客《ふときゃく》の登楼が極端に減った。この二年、花魁道中をやれていないのは、大見世ではうちと夢屋さんぐらいだね」

「どうしてそんなに古参の皆さん、辞めていくのでしょうか」

「博奕に引っ掛かったか、万太郎に妙なことを吹き込まれたかだね」

お京がさらに声を潜めた。

「妙なこと？」

「もっといい働き口があるって、吹き込んでいるのさ。はっきりはしないけどね。あたしも言われたよ。神田か市ヶ谷で小料理屋か小間物屋でもやらないかと。売り出しの店を何軒か知っているって。それもかなり安く叩けるんだって」

「悪い話じゃないですね」

「あたしが小金を貯めているのを知っているからさ。あたしゃ、大門の外には出る気はないよって言ったらそれっきりだよ。今度は、追い打ちをかけるように、楼主に新しい遣手を世話すると吹き込み始めた。つくづくいやになってきた。あたしゃ確かに、小料理屋の一軒もやれる金は貯めてるよ。角町にある蕎麦屋の爺さんがもう隠居したいらしい。跡を継ぐのも悪くないかなとね。ここには、せいぜいあと数か月と決めている。だから鈴吉、おまえさんを仕込みたいのさ」

お京の眼には決心したと書いてあった。

「しっかり励みます。ですが、なんで楼主はそんなに万太郎さんの話に耳を傾けるんですかねぇ」

「あたしの睨んだところあれは地の者だね。鈴吉、よーくあいつの動きを見ておきな」

地の者とは地廻り、つまり極道ということだ。

「艶乃家を食い物にしようと？」

雪之丞は思わず前のめりになった。お京の額とぶつかりそうになる。

「あたしゃもう寝るよ。一緒に寝るかい。これでも元花魁さ。花代は一両だよ」

お京は煙管をカンと叩いた。

「出過ぎたことを聞きました」

雪之丞は一階の雑魚寝部屋へと引き下がった。

第四幕　楼主の境涯

一

「『越前屋《えちぜんや》』がもう追い貸しは難しいと、今朝ほど断りを入れてきました」

帳場番の嘉兵衛《かへえ》が渋い顔をして頭を下げた。今年で五十八になる嘉兵衛は、お京と同様、松太郎が最も頼りにしている古参だ。

「たった百両（約一千万円）も貸さぬとか」

松太郎は頬を掻いた。隣に控えているおしまは、気を紛らわすように煙管に刻みを詰めている。

暮れに張り込んだ見世の造作の改築賃や、庭木の手入れ、薪代、油代、それに米や魚などの台所回りの支払いが晦日に八十両ほど出ていく。

三十人の女郎と五十人の妓夫を雇っているのだから、月々の払いもそれなりである。

茶屋にはその倍以上の売掛が残っているが、茶屋からの払いは盆暮れの二回きりだ。その間、艶乃家は手元金と両替商からの借入で回さねばならないのだ。

長火鉢の上で南部鉄瓶《なんぶてつびん》の口からぷぅ〜と湯気があがった。

おしまが身を乗り出して蓋を上げた。

「はい。あっしも、大番頭の勝吉《かつきち》さんに直に談判してきたのですが、大旦那が、暮れに入れるはずだった分の半分でも戻してくれないことには、他に示しが付かないと——」

越前屋からの借金が千両（約一億円）に膨らんでいることは、松太郎も知っている。

たかだか千両である。

そのぐらいの借金は吉原の大見世ならばあたりまえで、借りてやっていると言いたいぐらいの端金《はしたがね》である。

一日百両の売り上げがあり、蔵には千両箱のふたつやみっつはある。それが吉原の大見世だ。千両の借り入れは、両替屋の顔を立ててのことである。

もっとも艶乃家に関して言えば、そう言えたのも三年前までである。

このところ売り上げがじりじりと落ちているのだ。馴染みの登楼の間隔が開きだしたのだ。

「京野池さんには当たってくれたかい」

京野池は京橋《きょうばし》に構える両替商である。嘉兵衛は頷いた。渋い顔のままである。

「京野池の方にも越前屋が千両で貸し止めにしているという情報《しらせ》は入っているようで、いましばらくお待ちくださいの一点張りで。貸すとも貸さないともはっきりしません」

嘉兵衛が身を縮めた。

かつて艶乃家はこれほど金策に苦労したことはない。まだ楼が傾くほどではないが、晦日（三十日）払いの始末をつけるために、蔵の金に手を付けねばならないのは、商人《あきんど》として情けない。

商売とは、借金で回すものである。

ふと庭の方から声が聞こえた。

「もうちっと雪囲いを見栄《みば》えよくしてくれねぇかね。これじゃあ、上から見たら野暮ったくてしょうがない」

見やると万太郎が松の木の前で職人に指示をしていた。

如月は一年で一番多く雪が降る。そろそろしっかり囲っておかなければ雪の重みで枝が折れるのだ。

ふと万太郎がこちらを見たので目が合った。万太郎がすぐに会釈をした。だがその直前の眼は、なにか冷徹で、こちらの様子を覗き込んでいるふしがあった。

「万太郎から大黒屋を紹介すると言われていますが、それはいかがなもんでしょうね」

嘉兵衛も一度万太郎の方に目を向け、それから思案顔になった。

大黒屋は両国の両替商だ。

越前屋や京野池に比べると歴史は浅い。まだ両替の官許を得て十年のはずだ。越前屋と京野池がそもそもは呉服商だったのに対して、大黒屋は質屋を起原としており、損料貸しや質流れの販売で財をなし、ついには両替商の官許を得たのだ。

御年六十の徳兵衛が一代で興した店《たな》である。奇《く》しくも松太郎と同じ歳。お互い小僧から商いを叩きこまれた口である。

「大黒屋はやめておこう。越前屋さんが気を悪くするだけだ。嘉兵衛、晦日の始末は、蔵から降ろして済ませなさい」

大黒屋から借りるということは、他に借りる手立てがなくなったと吉原界隈に触れまわるようなものである。そうすれば、なおのこと贔屓筋は離れてしまう。

「はい」

嘉兵衛が頷いた。

「藤左衛門《とうざえもん》さんのところに、一度私が行ってくる」

藤左衛門は、越前屋の五代目である。京野池と並び吉原の大きな後ろ盾でもあり、またふたつの両替商にとっても、吉原は利息を稼ぐための大得意である。

その越前屋が艶乃家を厳しいと見るのは、やはりあの一件について、漏れ聞いているからだろう。

あの一件。

嘉兵衛が帳場に戻っていったところで、松太郎は立ち上がり庭を眺めた。今日は晴れている。

あの一件。

花松《はなまつ》を突き出し取り止《や》めの、不始末である。

突き出しとは、禿から育て上げた振袖新造の初売りである。水揚げともいう。この日のために妓楼は十数年の歳月をかけて、禿を手塩にかけて磨き上げる。そして、突き出しの相手には、贔屓筋から相応の格と費用を賄える客を選ぶ。

松太郎は、花代から宴席、衣装、夜具一式を含め、天保六年（一八三五）の相場で六百五十両（約六千五百万）と決めた。

十数年、蝶よ花よと育て上げた掛かりを、これで先《ま》ず回収するのだ。

もちろんそれを容易く賄える客は少ない。

なにせ生娘を抱くというだけで六百五十両である。

ほうぼうに声を掛け、花松の突き出しの相手は、芝金杉町《しばかなすぎちょう》の廻船問屋『海丸屋《うみまるや》』の大旦那、長兵衛《ちょうべえ》が引き受けてくれることと相成った。御歳七十の吉原通である。

まさかの落とし穴があった。

突き出しの日まで、あと七日というところで、花松が湯番の洋吉《ようきち》と情を交わしてしまったのだ。ふたりは、幼い頃から妓楼の中で育ち、惹かれ合っていたようだ。いざ、花松が突き出しとなるということで、ふたりは居てもたってもいられなくなったようだ。

薪小屋でこっそり身体を合わせていたところを、お京に見つかった。

お京が、花松の身体のあちこちを触って検めると、とっくに未通子《おぼこ》ではなかったことが発覚する。

触るときちんと身体が反応してしまうのだ。

花松は愛くるしいだけではなく、書道、活け花、琴、三味線、俳句、囲碁までの教養を身に付けているぶんだけ、役者でもあった。

未通子のように振舞っていただけで、裏では、行商人のふりをして吉原《さと》の中を歩く、地の者とこっそり嵌めていた。

突き出しも演技で乗り切ろうと考えていたようだが、それを見抜けないような海丸屋長兵衛ではない。

松太郎は蒼《あお》ざめた。

名刹《めいさつ》の僧正に間に入ってもらい、突き出し取り止めを頼み込んだ。

表向きは花松が労咳《ろうがい》を患い引退することになったとしたいと、海丸屋に了解を求めた。海丸屋は、その禿頭《とくとう》を真っ赤にして怒ったが、どうにか収めてくれた。

内々のうちに、花松は品川の岡場所に五十両で払い下げられた。吉原流れとして、当面は箔《はく》が付くが、五十両を品川で務めるとなれば、生涯抜け出せないことだろう。

洋吉は花川戸の始末屋が一両で引き取っていった。こちらも池之端の裏陰間で、歯の抜けた年増女や老僧などに生涯弄《もてあそ》ばれることになる。その性癖がない者が、ここに落とされるとまともな女が抱けぬようになるという。実に吉原らしい仕置きだ。

すべて内々に済ませたつもりでも、この手の悶着は、吉原通の間ではすぐに知れ渡る。

身から出た錆なので艶乃家としては陰口に耐えるしかなかったが、恥を承知で受けてくれた海丸屋には相応の始末料が生じる。吉原の裏も表も知り尽くした海丸屋長兵衛だからこそ、腹に収めてくれたのである。

この場合、倍返しである。

松太郎は一千三百両（約一億三千万円）を現金で渡した。蔵の千両箱ひとつでは効かず、さらに三百両だ。

「しかと受け取った。わしも古希《こき》じゃ。これにて私の吉原通いも終いにする」

海丸屋は快く応じ、それから深川に隠居屋敷を建て、妾三人と暮らしている。

丸く収まったもののあの時の損料がいまだに効いている。入ってくるはずの六百五十両が消え、出銭が千三百両だ。

実質千両箱がふたつ消えたようものである。

以来、艶乃家には花魁道中の金主も現れず、ましてや突き出しを受けるお大尽もいなくなった。

耐えるしかない。

松太郎は、拳をきつく握りしめた。

二

その日も、明け六つ（午前六時頃）に無事に泊りの客を帰し、雪之丞は二度寝に入った。朝帰り客を送るのは面倒なことだが、そこからもう一度寝直すことが出来るのが、二階廻しの役得だ。

料理番、風呂番、掃除番などはこの刻限から忙しく働くが、艶乃家の二階廻しは女郎と同じで、再び起きるのは四つ（午前十時頃）でよい。

それから湯に入って朝飯を食う。女郎たちも稽古事に精を出したり、廓の中で買い物をしたりだ。

大門の向こうで働く人々は忙しい刻限であるが、雪之丞にとっては、昼見世が開くまでのこの一刻（約二時間）ばかりが、憩《いこ》いのひとときとなる。

如月の空は晴れ渡ってはいるが、吐く息はまだ白い。

朝風呂を終えた雪之丞は、誰も座っていない赤格子の前で腕を伸ばしていた。

「結びにししゃもいらんかね」

「冬瓜《とうがん》に野菜の煮つけだよぉ」

この時間さまざまな棒手振《ぼてふ》りが、往来している。

隣の夢屋から禿が駆けだしてきて、焼き芋を買って行った。花魁に頼まれたのだろう。

「結びとししゃも」

雪之丞も棒手振りのひとりに声をかけた。合わせて二十文（約五百円）だ。広間で賄いも食えるが、こんな晴れの日は道端で塩結びを食うのも悪くない。

紺の小袖の袂から銭をとろうとしていると、背中から声がした。

「そんなんじゃぁ、伸《の》し上がれないね」

振り向くと、総籬の脇にお京が立っていた。

「えっ」

「大広間に行ったら、朝飯なんか食えるのにわざわざ買い食いなんて、もったいないねぇ。鈴吉、おまえさん、本気で吉原《さと》の者になる気はあるのかい」

お京の眼が険しい。

「確かに」

雪之丞は、そう答えたものの、すでに棒手振りが塩結びとししゃもを桶から取り出していたので、

「もうひとつずつおくれ」

とさらに二十文を多く取り出して渡した。

「仰る通り、節約を心掛けなければお金は貯まりませんね。買い食いは今日を最後にします。戒めてくれたお京さんに感謝です。一緒に食べましょう」

笹の葉に乗った塩結びとししゃも一本を差し出した。

お京はすぐには受け取らず、しばらく雪之丞の眼を覗き込んできた。冬のような低い日差しが、お京の顔を照らす。お京は眩しそうだ。

「これは教え賃の代わりに貰っておくよ。あたしの部屋においで、茶ぐらい淹れるよ」

二階に上がる。

奥の方から三味線や琴の音が聞こえてくる。

「この一刻の間の使い方ひとつで女郎の行く手は変わってくるもんさね。ああして、早くから稽古に励む女郎と、ぎりぎりまで寝転んで、見世に並ぶ既《すんで》の所で慌てて化粧をする女郎では、見た目の輝きが違ってくるってものだ。遣手や廻り方はそうした女郎の性根も、見極めておかなきゃならない」

お京がぶつぶつ言いながら遣手部屋の襖をあけた。

小さな火鉢に真鍮《しんちゅう》のやかんが置かれていた。上等な品物だ。

「花魁時代の名残《なご》りのやかんさ。さ、お座り」

雪之丞とお京は火鉢を挟み、対座した。湯呑に茶を入れてもらう。

「朝の一杯は煎茶がいい。なあにあたしが買うわけじゃない。女将さんが分けてくれるんだよ。昔は競った仲でも、いまはよくしてくれるよ」

「ありがとうございます」

礼を言い、塩結びを食べ始めた。

「鈴吉、これから言うことをよくお聞き」

両手で持った塩結びを小さな口で品よく食べながら、お京は背筋を伸ばした。

「はい」

自然に雪之丞の背筋も伸びる。

「他でもない。楼主が艶乃家の主に収まるまでどれだけ苦労を重ねて来たかという話だ。それを聞いて、ちょっとばかし真似てみるだけでもこの先、役に立つものさ」

お京がぽつぽつと話し始めた。

三

松太郎が安房《あわ》の寒村から船に乗せられ淡水門《あわのみなと》を越えたのは安永十年（一七八一）の春のことである。

まだ六歳であった。

年に一度やって来るその古びた樽廻船は人買い船と呼ばれ、ふたりの人相の悪い男が漁師の家を廻って歩いていた。

女衒《ぜげん》である。

女衒たちは不漁で食い詰めた家々から四、五歳の女子を品定めして買っていくのだが、そのついでに男子も引き取っていた。

女子であればたいてい二両（約二十万円）である。

貧しい漁師の家ではこれで二年は凌《しの》げるという額であった。

親が売りたがらず、それでも女衒がどうしても欲しいという女子には三両がついた。場合によっては四両になることもあった。

女衒たちはまとめて十人ほどの女子を買い付けていた。

男子はただで引き取るか、せいぜい一分（約二万五千円）である。男子が三人いれば、口減らしのために、ひとりは引き取ってもらう家が多かった。

松太郎は、その頃、どんな名前で呼ばれていたのか覚えていない。上に兄ふたりの末っ子であったが、どういうわけか、松太郎ばかりが毎日父親に折檻《せっかん》された。酒を呑んでは怒ってばかりの父親だった。

女衒に引き渡される朝、はじめて父親が笑った。

「てめえの父親は博奕打《ばくちうち》の極道だったが、いい男だったらしい。おかげで、てめえは二分になった。これで姦《や》られたかかあも、浮かばれるってもんだ。さぁ、とっとと連れていってくれ」

松太郎もとっとと出ていきたかったので、それほど哀しい気分でもなかった。ただし、これからはすべて自分の力で生きて行かねばならないのだ、と覚悟をしたものだ。

他にもふたりほど男子が船に乗せられたが、どんな顔だったかも覚えていない。その子らは松太郎と違って泣きじゃくるばかりだったからだ。

女の子は七人乗っていた。

自分の本当の父親が、極道だと知って妙に肚《はら》が据わった。

女衒が仕立てた樽廻船は老朽化が激しく、松太郎は六歳ながらも、本当に江戸までたどりつけるのだろうか不安であった。

房総から江戸湊《みなと》にむかう船は、晴天の朝に出立したものの、淡水門を越えるあたりで、何度も大波に乗り上げ、女衒も子供たちも船内を右へ左へと転がった。

船が大きく傾き、船縁《ふなべり》からすべり落ちそうになったときは、松太郎もここまでかと思ったものだ。

幸い日が暮れる少し前に船は鉄砲洲《てっぽうず》に辿《たど》りついた。

生きた心地がしなかったせいか、船が岸に舫《もや》われる頃には松太郎の肚はすっかり据わっていた。行く手にはどんな苦難が待ち受けているか知らないが、頼るものは所詮自分しかいない。度胸と辛抱で運を切り開いていくしかないと肝に銘じたものだ。

芝からは男女が分けられた。ふたりの女衒が、それぞれを引率する。女子は小舟に乗せられ大川を上っていった。

男子三人は、歩かされた。

茜色に染まる江戸の町をひたすら歩かされた。海沿いの漁村で育った松太郎にとっては見るものすべてが驚きであった。たいそうな門構えの武家屋敷、豪壮な寺、軒を並べる商店の数々。忙《せわ》しなく行き交う町の人々。

それらすべての光景に胸が躍った。同時に、行き交う人々に比して、己がいかにみすぼらしい恰好をしているのかと情けない気持ちになった。

いつか町の人になりたい。そんな気持ちを抱いたものだ。

はじめ神田の鍛冶屋と染物屋で、それぞれ男子が引き渡された。どちらも怖そうな親方が出てきて、品定めをするように男の子たちを眺めていた。

「そっちの子供はか細そうだな。うちじゃ使えねぇ」

松太郎を一瞥《いちべつ》し、鍛冶屋の親方がそう言ったのを、いまも覚えている。

女衒は銭を受け取ると笑って、松太郎の背中を押して再び歩き出した。着いたのは下谷池之端《したやいけのはた》の茶屋。

すぐにはそこが何をする場所なのかわからなかった。

「荒波でも泥は落ちませんでした。二両ってところでどうでしょう」

「どうせついで、いで買いだろう。一両に負けておき」

そうやって松太郎は陰間茶屋に売られた。そこではじめて名前を付けられた。菊介《きくすけ》。

それが生まれてはじめて聞く自分の名前だった。

三日後には何をさせられるのか分かった。

茶を運ばされた座敷で、老僧に抱かれている陰間の姿を目撃したのだ。身体に戦慄《せんりつ》が走った。本能として受け入れられない所業だった。松太郎はその日からどうやって逃げ出そうかとばかり思案した。

茶屋の主が上玉と見込んだのか、すぐには売りに出されなかった。じっくり芸事などを仕込み、大きく稼ぐつもりだったらしい。

時が稼げたのだ。

掃除、風呂焚き、兄陰間の世話にこき使われたが、客を取らされなかったことだけは、運があったとしか言えない。

この間に松太郎は江戸の様子にだいぶ慣れた。これはいよいよだと覚悟をせねばならなくなり、八歳のときに踊りの師匠をつけられた。松太郎は、ある日、みずから背中を炎で焼いた。

蓮の池の畔《ほとり》で諸肌脱いで、背中に行灯の菜種油を流し、蠟燭《ろうそく》の炎で焼いた。背中にたちまち炎が舞った。

地獄を見る思いだったが、地獄に落ちてしまうよりはましだと思った。

そのとき、通りかかったのが、吉原の妓楼主、先代松太郎だった。羽織を脱いで火を消し、池の水を掛けてくれた。余計なことをと思ったが、すでに大人の手のひら分ほどの水ぶくれが出来ていた。

先代松太郎は、子供が自死をしようとしていると見たようだった。

「おまえさん、陰間に落ちずに済んだら、死ぬ気で働くかい。俺はお前さんの主人《あるじ》と同じような商いをしているが売るのは女郎だけだ」

「陰間にされるくらいなら、人殺しでもやります。助けてください」

松太郎は必死で訴えた。

蛇《じゃ》の道は蛇《へび》だった。いや、吉原の顔役は池之端の顔役よりも貫目が上だったのだ。

背中に火傷《やけど》の痕が残ったこともあり、茶主はあっさりと譲った。後で聞いた話だが、二分で話が付いたそうだ。

村を出たときと同じ額だった。

艶乃家の小僧になると、同じ村から船に乗せられた女子がいた。すっかり磨き抜かれ、禿として育てられていた。その子も村では名前がなかったが、おしまと名がつけられたそうだ。後の花魁、松川だ。

お京という禿もいた。

松太郎は、それから必死で働いた。給金などなかったが飯は食えた。雑魚寝《ざこね》でも雨露をしのげる部屋で眠れるのだ。お仕着せだが着物もある。極楽である。

花魁や部屋持ち女郎の使いであれこれ買い物に行くと、駄賃がもらえた。五文（約百二十五円）、十文（約二百五十円）の駄賃も使わなければいつまでも残る。

妓楼に奉公して七年、十五になる頃には巾着が十個以上にもなり主に預けた。

二十両だと聞かされた。

銭は使わなければ減らない。衣食住が揃っているのだ。使うことはない。

十五で立ち番を任されると、客からの祝儀も入った。五十文（約千二百五十円）が相場だ。一日声を嗄《か》らすだけで二百文（約五千円）から三百文（約七千五百円）の祝儀を貰える日もあるのだ。

松太郎は決して銭を使わなかった。使わなければ使わないほど、楼主から信用を得た。

十七で二階廻し、二十で見世番、二十五で帳場番になった時には、女郎たちからやりくりの金を無尽されるようになった。

一朱（約六千二百五十円）や二朱の小金貸しである。年季を延ばしたくない女郎は松太郎から時借《ときが》りをして、簪や白粉を買う足しにして、後に客からそのぶんの小遣いを巻き上げて返すのだ。

松太郎は気軽に貸した。利息も催促しなかった。自分で使う用もなかったからだ。

あるとき先代から説教を食らった。

てっきり金を勝手に貸すなと叱られると思ったら違った。

「菊介、貸したら利子を取りなさい。それが商いというものです。女郎を甘やかしてはなりません。その代わり取りはぐれの責任も負いなさい。利子は早く返す女郎には安く、なかなか戻さない女郎には高くなさい。それでお前さんの女郎を見る目が据わります」

楼主からそう言われたのだ。

その日から利息は二分（二パーセント）から五分（五パーセント）と決めた。

期間は三十日である。

楼主からは、

「お前さんは優しいねぇ」

と言われた。

三十二歳の時に先代から店を譲ると言われた。資金は出来ていた。時期を同じくして松川が退くことになり、松太郎の女房になった。

二代目松太郎が艶乃家を継ぐと、見世は大きく変わった。

立ち番は素見《ひやかし》の客にこと細かく、好みを聞いて女郎を宛《あて》がうので、相性がとてもよくなった。松太郎の女郎に対する観察眼が冴えたのだ。

妓夫たちの動きにも無駄がなく、同僚同士の足の引っ張り合いが、見事に消えた。それも松太郎が、薪割り、風呂焚きから下足番、料理番、廻し方、帳場番まですべての役に精通しているからであった。

親から見世を譲り受けた二代目、三代目とは異なり、妓楼の隅々にまで目が行き届き、下働きの者の心の葛藤までを読むことが出来るからだった。

売られてきた女郎の心情にも松太郎は心を寄せることが出来た。自分自身が、売られた身であったからだ。

そんな松太郎の采配で艶乃家の評判はあがり、徐々に京町二丁目の和歌山と張り合うほどの勢いとなった。

　それを傍らでずっと見てきたのが、朋輩の藍川。いまのお京であった。

四

　お京から松太郎のこれまでのことを聞き終えたとき、雪之丞の胸に迫るものがあった。

「火傷の痕はいまは鬼の刺青《いれずみ》になっている。苦しい時に楼主は必ず手鏡を翳《かざ》して見るんだよ。先代同様、子供はいない。女郎はそういう身体になっちまうからね。ふたりにとっては、この艶乃家が手塩にかけた子供なのさ」

　お京が茶を飲み終えた。

「しかし、楼主がここまでになれたのは、かつて松川、藍川と謳われた、おしまさんとお京さんが、楼主の右腕、左腕となって支えてきたからでしょう」

　世辞ではなく本気でそう思う。

「そんなあたしらも見抜けなかったことがあって、楼主に大恥をかかせてしまった。遣手としてはまぁ一生の不覚だね」

「それはどんなことですか。あっ、二十文払いますけど」

「ふん。そんなことは、あたしから聞かなくとも、いずれお前さんの耳にも入るさ。あたしの口からは言えないね。いまでも、見抜けなかったことを悔やんでいるんだから。さぁ、昼見世の前に、女郎の仕度を見て回るよ」

ぽんと手を叩いて、お京が立ち上がった。

いろいろと訳がありそうだ。

雪之丞はお京と共に、女郎の部屋を廻った。まだだらしなく寝ている女は起こし、湯に入ることを勧める。

熱心に三味や琴の稽古をしている女は、ひたすら褒める。世辞でも褒められるとさらに身が入るのが芸事というものだ。

「持山さん、太鼓がとても上手くなりましたね。あっしはその音を聞くと、もう弾むような気持ちになります」

「うれしいでありんず」

と腕を捲《まく》ってさらに威勢良く打ち出した。

「お前さんも口が達者だね。持山は太鼓以外に芸がないんだ。踊りもだめだ」

お京が忌々《いまいま》し気に言う。

「だったら、いっそ相撲でもやらせたらどうでしょうね。土俵入りとか」

「それはいいかも知れない」

お京も笑った。

きちんと化粧をし始めている女郎の部屋は、飛ばして先に進む。

松絵の部屋の前まで来たとき、半分開いた襖の前に、髪結いのお芽以が座っていた。天保座の結髪だが、ようやく潜り込んできたようだ。

お芽以は千楽の娘であり、櫛《くし》と簪を使った必殺技を習得している。

「あれ五十間通りのお勝《かつ》さんところの人だね。どうしてそこに座っているんだい」

お京が声をかける。

「松絵さんが、ただいま真剣に考え込んでいるので、ちょっと待つようにと」

お芽以が困ったような顔でお京を見た。雪之丞にも会釈した。裏方ながら、なかなか芝居が出来ている。雪之丞は安堵《あんど》した。

部屋を覗き込むと松絵は、双紙を手にしたまま将棋盤を睨んでいる。詰将棋の双紙らしい。

「松絵、仕度の刻限だよ。いい加減におし」

お京が叱責しても、松絵は将棋盤から視線を上げない。

「松絵っ」

と、お京が襖を大きく開いたところで廊下の奥の松川花魁の部屋から禿が駆けてきた。慌てている様子だ。

「お豆《まめ》、どうした」

お京の眼が吊り上がる。

「花魁が、お腹《なか》が痛いというので、下に頓服《とんぷく》を取りに行ってきやんす」

お豆が階段の方へと走る。

「あれ、ゆんべはずいぶん冷えたからね。あたしが見てくるよ。鈴吉、ここは頼んだよ。この武家落ちの根性曲がり女郎に早く髪を纏《まと》めるように言い聞かせるんだ」

お京は花魁の部屋へと向きを変えて行った。

いい間ができた。

雪之丞は、すぐにお芽以の耳もとで囁いた。

「花松の不始末。そう座元に伝えてくれ」

お芽以が頷く。

松絵は鼠色の江戸小紋姿で端座し、将棋盤に頭《こうべ》を垂れている。笄《こうがい》も櫛もすべて外したざんばら髪のままだ。

「結髪さん、この髪を島田に仕上げる暇は、どのぐらいかかる？」

「ちゃっちゃっとやれば四半刻（約三十分）で」

聞くと雪之丞は、すぐに松絵のそばに寄り、盤を見た。

「三手で詰みます。ほら」

すいすいと駒を寄せてやる。

「あぁ〜、なんて無粋な真似をっ」

松絵が眼を吊り上げた。

「お女郎、髪結の刻限でござんす。艶乃家の部屋持ちの名に恥じないように、お仕度を願います。玄人には玄人の矜持ってもんがあるはずです」

雪之丞は有無を言わせぬ眼力で、睨みつけた。

「鈴吉、その殺気は……」

松絵の眼も見開かれた。

雪之丞は、しまったとすぐに目じりを下げた。

「説教など、百年早過ぎました。あやまります」

うっかり本性が出てしまったようだ。雪之丞はひれ伏した。

お芽以が進み出て、すぐに松絵の髪を束ね始めて気を逸《そ》らそうとしてくれた。

「鈴吉の言う通りだねぇ。わちきは玄人でござんした。結髪さん、今日は鼈甲《べっこう》の笄と櫛で頼みます。昼見世の客を舐《な》めちゃいけないでありんすね」

雪之丞は松絵が廓言葉を使うのを初めて聞いた。

「わっしは出過ぎました」

廊下に下がった。

松太郎の半生の話を聞き、つい己の厳しい修行時代を思い出してしまったのだ。

人は他人の生きてきた道に自分の人生を重ね合わせる習性がある。

生きている時代が異なっても、その人物と同じ年齢のとき、ふと自分はどうであったかと考えるのだ。

雪之丞も特殊の里に生まれ、厳しい修行に明け暮れてはいたが、松太郎の八歳までよりもはるかに幸せな日々を送っていたと思う。

二階の出格子から浅草田圃のほうを眺め、ふと物思いに耽《ふけ》った。

＊

雪之丞はかつて雪丸《ゆきまる》と呼ばれていた。

生まれた年がいつなのかは知らない。だから自分の本当の年齢がいまも分からない。

人別帳には文化七年（一八一〇）五月《さつき》十四日、内藤村《ないとうむら》生まれと記《しる》されている。だがこれは天保座が控控櫓として認められた際に、座元がひとりひとりの出生を創作して名主に届けたものだ。

真実ではない。

このとき瀬川雪之丞という芸名がそのまま本名となった。生まれを内藤村としたのは、座元の東山和清と出会った場が、そこだったからだろう。

本当に生まれ育った場所は違う。

いまでも眼を閉じると、幼き頃の光景が浮かんでくるが、そこは四囲を山に囲まれた閉鎖された里だ。

甲賀という。

物心がついたときには、すでに木から飛び下りる修行させられていた。足裏に激痛が走り、膝まで痺《しび》れる修行が、繰り返されるのだ。

生まれ持った特質だったのかも知れない。

なぜ、そんなことをさせられるかなど考えたことはなかった。この里ではどこの子供たちも、同じような修行をさせられていたからだ。

両親からは雪丸と呼ばれていた。雪の日の朝に生まれたからだそうだ。男ばかり六人兄弟の四男であった。

兄は月丸《つきまる》、晴丸《はれまる》、夏丸《なつまる》。弟は水丸《みずまる》、早丸《はやまる》という。

兄も弟も父に似て立派な体格の持ち主であったが、なぜか雪之丞だけが母に似て小柄であった。

同年の仲間に比べてもそのぶん体力で引けを取り、一日中行われる飛び下りの修行は苦痛であった。

他の仲間が午後になっても、しっかり足を地につけ微動だにしない着地ができるのに、雪之丞だけが疲労に負けて揺れた。

「出来るようになるまで繰り返せ」

容赦《ようしゃ》なく師範にそう命じられた。

仲間が着地の修行を終え、跳躍《ちょうやく》の修行へと進んだ後も、雪之丞だけはまだ着地に明け暮れていた。

「母者《ははじゃ》、なぜおいらをこんな小さな身体に産んだのじゃっ」

雪之丞は何度も夕餉の膳をひっくり返し、母にくってかかった。そしてその都度、父と長兄から無言の鉄拳を受け、母に謝罪させられた。

そんな苛酷な飛び下り修行であったにもかかわらず、そこから逃げ出そうとは思わなかった。

この里に生まれた宿命のようなものを感じていたからだ。

仲間から遅れること半年、雪之丞はようやく次の修行へと進むことが出来た。

着地のこつを体得すると、次は跳び足の修行だった。

猫のように、木の枝に飛ぶのである。これを成すための脚力をつけるため、今度は来る日も来る日も、兎跳《うさぎと》びさせられた。

太腿《ふともも》に疲労がたまり、泣きたくなる日々であった。

半年前からこの修行をしている仲間たちのなかには、膝《ひざ》を壊して徐々に脱落する者もいた。この里では修行から脱落すると、生涯この地から出ることを許されず労役に回される。里の暮らしを維持するための人足となるのだ。

幸い雪之丞は膝も太腿も壊すことなく、ある日、忍びの術の師範に、五尺（約百五十二センチ）ほど上にある木の枝に跳躍するように命じられた。

多くの仲間はこの跳躍にしくじり、再び兎跳びの鍛錬に戻されていた。

要は跳べるようになるまで脚を鍛えるか、あるいは膝を壊すことになるか、どちらかなのだ。

雪之丞は一回目の挑戦で跳躍に成功した。

そしてすぐに枝から枝に飛び移る飛翔の修行へと向かわされた。同い年の仲間の中で、唯一この難関を突破したのだ。

「母《かか》さまが、お前だけを小柄に産んでくれたからだ。おまえは忍びになれる」

父に頭を撫でられ、雪之丞は母の前で号泣した。

それからも苛酷な修行が続いた。

兄者《あにじゃ》ふたりは修行を終え先にどこかに出て行った。弟でも行く先は知らされていない。この先の人生で再会するとすれば、互いに役目を終え、再び里に戻った時だという。

「雪丸。そなたは少し優しい。情は捨てよ」

長兄月丸が里を出るときに、そう告げていった。

「いずれおまえの技は、兄の俺なんかよりも勝るようになるだろう。だがおまえは素直過ぎる。忍びは技だけでは生きていけぬ。非情になることだ。我ら甲賀の者は、天下安泰のために働く。それ以外は些細《ささい》なことと切り捨てよ。いいな」

次兄晴丸も旅立ちの前にそう言っていた。

父や師範からも同じようなことを何度も言われた。忍びは感情、特に哀情や同情を持ってはならぬ役目だと。

肝に銘じますと答えたが、幼心にもこればかりは腑に落ちていなかった。

暮らしの中ですり足、忍び足を学ばされた。

最後に夜中に他の家に忍び込み、決められた道具を奪ってこられたら一人前と認められるのだ。

にしていたのだ。戦国の世では合戦を有利にするための間諜であったが、家斉公の時代も半ばとなった頃からは、特定の大名の依頼で働くことが多くなったという。

甲賀の忍びは薬売りとして諸国を歩き、依頼主のために間諜をすることを生業《なりわい》

甲賀者の持つ薬は、命を助けるためだけではなく奪うためにも使う。そのため、雪之丞たちは薬種問屋以上の薬の知識を持っている。

逆に祖父たちの世代が用いた呪文や、父が学んだという分身の術などは伝授されなかった。父が言うには、なんの役にも立たないということだった。

代わりに十歳ごろまでに書や算術は厳しく仕込まれた。

十一歳からは、剣術を学んだ。

剣は新甲飛流《しんこうひりゅう》。

跳躍を生かした空中殺法である。相手が斬りかかってきた瞬間に、その背丈よりも高く跳躍する。そして下弦にした刃先で敵の脳天を突き刺すのだ。

このときの跳躍の威力が、明暗を分ける。

来る日も来る日も、飛ぶことに命をかけた。

手裏剣も修行した。一町（約百九メートル）先の相手の眉間や胸を直撃出来るようになるまで続けられた。肩が千切れるのではないかと思うほど投げた。

鉄砲は火縄銃が主で、分解してその構造を知ることから始まった。何事も原理を知れば、上達も早い。その上で短銃の扱いも習得した。

松太郎が吉原に移り、小僧の仕事に熱中していた頃のことだ。

ふと思う。

房州の村を出て、陰間茶屋に売られるまでの松太郎の人生は悲惨なものであったが、そこから吉原に拾われ、妓夫の修業をし始めてからの松太郎は、それを天職と考え夢中で学んだのではないか。

人には得手不得手があるが、その仕事が好きになれば、夢中になれるものである。大事なのはそこに矜持を持てるかどうかだ。

雪之丞は忍びとしての技量を学びながら、この仕事の大義のようなものも体得していた。

間諜とは卑怯道ではなく、大事を未然に防ぐための正道である。

甲賀ではそう考えていた。

戦国の世は去ったが、いまも世を混乱に陥れ、その隙に権力を手中に収めようとする不届き者は無数にいる。権力への憧憬は魔物のようなものであろう。

陰謀を事前に察知し、大事に至る前に闇に葬る。それが忍びの役目である。

雪之丞はこの道に進めることを誇りに思った。誇りがあれば、恐れる躊躇《ためらい》もなくなるものだ。十五で江戸に放たれた。

まずは江戸の甲賀者衆に加えられた。

江戸を預かる頭目の指示に従うことになる。

山を越えたむこうにある伊賀《いが》の忍びたちとは、大きな違いがある。伊賀は金で雇われ、対価に従って働く。したがって伊賀者は雇い主が敵同士であっても、依頼とあれば双方に忍びを派出する。

甲賀にそれはない。雇い主と対抗する一派に加担することはしない。

原則は幕府方である。

雪之丞は雇い主が決まるまでの間、百人組のひとりとして配属された。忍びとしての隠れ蓑《みの》である。百人組とは、甲賀組、伊賀組、根来《ねごろ》組、二十五番組がそれぞれ百名の足軽《あしがる》を配した鉄砲隊である。若年寄配下だ。

鉄砲隊にはほかに、幕府番方の与力、同心で構成される先手組があるが、それよりも甲賀、伊賀、根来など鉄砲の扱いに慣れた里の出身者で組織したほうが実戦的であるとして招集されたのだ。

日頃は江戸城大手三之門の警固に当たっていた。

とはいえ太平の世では有名無実の役で、登城する諸大名や旗本を威嚇するような役でしかなかった。

組屋敷は甲賀組が青山、伊賀組は大久保、根来組が市ヶ谷、二十五番組が内藤新宿であった。

『いずれ雇い主に付ける』

と江戸で甲賀衆を仕切る頭領から言われたまま四年を過ごした。

いまにして思えば退屈な日々をどう過ごすか、試されていたのだ。

雪之丞は暇さえあれば、江戸市中の様々な地域に足を運び、つぶさに観察して回った。見聞したことは書き留めず、大事と思われることは脳裏に焼き付けた。

幕閣有力者の屋敷の位置や、そこに訪れる人々の顔ぶれ、あるいは悪所を仕切る極道などの動きなどだ。

昼過ぎまでは鉄砲組として三之門に詰め、下城後は夕刻までは、物見遊山《ゆさん》と称して、市中の観察に出回っていた。

主命は忘れた頃にやってきた。

三年前の夏。

雪之丞は内藤新宿の水茶屋で団子を食っていた。その日は非番で、二十五番組の組屋敷に友人を訪ねた帰りだった。

宿場町のことだ。悪所もほうぼうにある。

一目で飯盛り女だと分かる女たちが強引に客を引いたり、無頼の輩《やから》たちが棒手振りや町娘、それに太刀は差しているが抜いたことなどなさそうな侍に集《たか》っている。

剣より算盤《そろばん》の時代である。武士など弱い。願人坊主《がんにんぼうず》や無頼浪人はそんなことは百も承知だ。いまも目の前で、どこかの勤番侍らしい男が集られていた。

涼しげな顔ではあるが、頼りなさそうだ。羽織もみすぼらしい。おそらく小大名の祐筆などであろう。文には長けていても剣はからっきしの典型だ。

「お侍さんよぉ。旅籠に遊びに来たんだ、二分（約五万円）や三分（約七万五千円）ぐらいは持ってきてるだろうよ。われらが世話してやるよ」

願人坊主ふたりが寄って集っている。首から胸にかけ長い鎖を垂らし、鉄杖でがんがんと道を叩き脅している。

ふたりとも埃まみれの顔をしている。その背後には破落戸らしい男が数人たむろしている。このあたりを仕切る一家、鬼新一家《きしんいっか》の若衆《わかしゅう》たちだろう。願人坊主とは別口のようだ。

「いやいや拙者《せっしゃ》、岡場所には用はない」

侍は顔の前で懸命に手を横に振っているが、目は恐怖に怯えている。

雪之丞は情けない時代になったものだ、と不快な気持ちで眺《なが》めていた。団子がまずくなる。武士として助太刀してやろうとも思ったが、せっかくの番開けのひとときだ。余計な口出しは無用であった。

「やいっ、すっとぼけてんじゃねぇぞ。おめぇがそこの土産物屋《みやげものや》で、たいそうな文箱《ふばこ》を買ったのを見ているんだ。巾着にはまだ銭が残っていると見たぜ」

頭頂部だけが禿げ、側頭からは長い髪が伸びっぱなしの坊主が、鉄杖で侍の足をつっかけた。

「うっ」

侍があっけなく転んだ。

持っていた風呂敷包みを落とす。筆箱が転がり出た。漆《うるし》塗《ぬ》りに金の蒔絵《まきえ》。たしかに良い品のようだ。

背後の破落戸たちが笑い声を上げた。いずれ願人坊主たちが、強請り取ったら、その上前《うわまえ》をはねるのだろう。

「さっさと出すものを出さねぇから、そういうことになるんだ」

もうひとりの願人坊主が文箱を拾い上げしげしげと眺めている。蓋《ふた》を開けようとしている。

「それは、家老に頼まれた品。返してください」

武士が願人坊主に泣きを入れている。

情けなさすぎて、腹が立ってきた。それでも雪之丞は見て見ぬふりをした。下手に口出しすれば羽織が汚れるというものだ。

と、そこで旅籠の二階の障子が開いた。

「いやぁああ。そんなつもりで来たのではありません。帰してください」

飯盛り女とは見た目が違う女が泣き叫んでいる。黄色に格子柄の綿入り小袖を着て窓から這い出そうとしていた。胸のあたりが開かれ、乳が見えそうである。

何事か？

雪之丞はさすがに、立ち上がった。

よく見ると女は幼子を連れていた。その子の手を引き、一階の軒先に降りようとしている。

男の子のようだ。町娘のように見えたが母親のようだ。

「五両（約五十万円）だ。稚児《ちご》としては破格の値だぞ。どうしても引き受けたいという寺がある。そなたのことは、この旅籠が一両で請け負う」

女の丸髷を掴み、さらに胸の中に手を突っ込もうとしている男の顔が現れた。鰓《えら》の張った顔に太い眉の四十がらみの男である。女衒のようだ。

「この子と住み込みで働ける奉公先があると聞いてやって来たのです。話が違うではありませんか」

「違わぬ。寺はすぐ近くだ。一緒のようなものだろう。これは下しらべじゃ。極上か上玉なれば吉原に連れて行ってやる」

女衒が女の胸襟から手をこじ入れ、乳をまさぐった。女の質を極上、上玉、並玉、下玉と見極め売り先を決めるのが女衒だ。

雪之丞の目には女は年増とはいえ、上玉以上に見えた。内藤新宿の旅籠の飯盛り女としてはもったいない気品もあわせ持っている。

最初《はな》から女衒は騙したのだ。

「卑怯な。帰ります」

女は男の子を手を引き、二階の軒に出ようとしている。

「母《かか》さまっ」

男の子はきりりとした顔をしていた。五歳ぐらいだ。

その筋の好き者ならば、花魁並みの金を払ってでも手籠めにかけたい子であろう。その嗜好のない雪之丞にとっては吐き気を催す話だが。

母親は騙されて男の子を連れてきたようだ。場所柄も知らず岡場所のある宿場町に出て来るとは、世間知らずだ。

いずれ武家崩れ。

たとえば御家人の夫に先立たれた口ではないか。

「おいっ、女衒、そこでやってしまえ。屋根の上のまぐあいを見せろ」

道端にたむろしていた破落戸どもが囃《はや》したてた。

「そのほうが覚悟が決まるかもな。よし見世物にしてやる」

と女衒は己の着物を脱いだ。ほうぼうの村に出向いては女を集めているのだろう、筋骨は隆々としていた。

「ひいっ」

女と子供が広い軒に這い出した。男の子は泣き出した。

「鬼新ご一家の若衆さんたち、逃げぬよう押さえてくれぬか。どうせ通る者から見物料を取る算段だろう」

女衒が破落戸たちに声をかけた。

「がってんだ」

ふたりの若衆が、旅籠の前に横倒しになっている梯子を立てかけた。

「いやぁああ」

女は泣く子をせおい、四つん這いで軒伝いに隣の平屋の屋根に移ろうとしていた。

梯子が掛かり、すぐに若い衆が上って追い出した。

女衒は褌《ふんどし》一枚になり窓枠を跨いでいる。

——無体な。

雪之丞は立ち上がった。

甲賀の術を使い跳躍し、母子《ははこ》を助けることは出来る。

だが、迷いがあった。

衆人が見物している中で甲賀者と知れることはまずい。百人組甲賀衆の頭領からも、市井《しせい》での暮らしの中では、甲賀者と悟られないようきつく言われている。

『忍びたる者、市井での情は捨てよ』

頭領の教えである。

あの母子を見殺しにするしかないのか。自分の習得した技や術は、貧しい者のためには生かせぬのか？

雪之丞は煩悶《はんもん》した。

「女、尻から剝いてやるわ」

若衆の手が女の着物の裾を捲った。白い脛が露《あら》わになる。

「母さまっ」

背負われていた男の子の身体が揺れた。

その子をもうひとりの若衆が奪う。女はよろけた。

「公太《こうた》っ」

女が泣き叫ぶ。

そのときだ。

願人坊主ふたりに蹴られぐったりしていたはずの侍が、やにわに立ち上がり、ふたりに手刀を食らわせた。狙《ねら》ったひとりは鼻梁《びりょう》、もうひとりは顎《あご》だ。

「ぐふっ」

鼻梁を打たれた坊主が叫び、鼻から鮮血を噴き上げる。その血飛沫《ちしぶき》に当の本人が慄《おのの》いていた。

「うごぉ、んがぅ」

もうひとりは顎を押さえたまましゃがみこんだ。涎《よだれ》を垂らし言葉にならない声を発している。

一撃で顎の接《つなぎ》を外されたようだ。

侍から顎を外された坊主は、目に涙を浮かべながら奪った筆をぽろりと落とした。

侍が拾った。

鼻梁と顎をやられても命に別条はないが、相手がもっとも動揺する急所だ。派手な血飛沫や、言葉が発せられない衝撃は、実際の痛み以上に動揺する。

弱々しく思えた侍は古武術の心得があるようだ。刀を抜かずとも、相手を倒せるとはたいした腕だ。雪之丞は侍を見直した。

「いやぁああ。裾を捲らないでください」

女の悲鳴が一段と高くなった。

若衆に着物を捲られ腰巻の尻のあたりまでが露わになっていた。

すると空に向かって筆が飛んだ。侍が放ったのだ。雪之丞の視界を鮮やかに横切っていく。

苦無《くない》？

筆の柄尻が矢のように尖っている。忍びが使う苦無に似ている。苦しくなく死なせるので苦無という。

「ぐえっ。あぁ～」

女の着物を捲っていた若衆が肩を押さえて、軒から転がり落ちてきた。

「誰だっ。鬼新一家に逆らう気かっ」

子供を抱いたもうひとりが喚《わめ》いた。子供を軒の上から放り投げようとしている。

「公太っ。私は見世物になってもかまいません。でもその子だけは」

母親はみずから腰巻を捲ろうとしていた。

あまりにも酷《ひど》い。

侍はもう一本の筆を投擲《とうてき》しながら、梯子に向かって走っている。疾風《はやて》のような速さだ。

「うわぁああ」

褌一枚になっていた女衒が仁王のように目を見開き、股間を押さえた。その手が血まみれになっていく。

筆苦無が睾丸に刺さったようだ。

「ぎゃぁあああ」

女衒が鬼の形相《ぎょうそう》のまま、窓から転がり落ちてきた。

「ふざけやがって。だったら、女は俺がやってやらぁ」

ひとり軒上に残った若衆が、抱いていた子供を空に向かって放り投げた。

「公太っ」

女が軒を這った。

酷過《むご》ぎる。

これでも目を瞑《つむ》らねばならないのが甲賀者なのか。ならば何のために己は術を学んだ。

天下のためか。百人組として徳川家を守るためか。

いいや目の前の母子を救わずして人とは言えぬ。

情なきは人にあらずっ。

雪之丞は団子を捨てて、地を蹴った。

身体が宙に舞う。飛襲《ひしゅう》の術だ。衆人が見守る中で、空高く上がった。道端に寄り固まっている人々がどよめいた。

「忍びは、やっぱ跳べるんだねぇ。その子を頼んだよ。あっしは母親を助《す》けるから」

梯子を上ってきた侍が言った。もはや忍びと認められるのは仕方がない。

「そなたは？」

「侍崩れの役者よ」

「役者？」

宙で手を伸ばしながら聞いた。

すとんと子供が手の中に入る。雪之丞は広い軒の上に着地した。道から喝采が起こった。

檜舞台《ひのきぶたい》にいるような気分だった。

「いいねぇ、あんた千両役者になれるよ」

「そなたも忍びか？」

「とんでもねぇ。こういう舞台で立ち回るのが好きでねぇ。役者の東山和清という」

言うなり和清が、鬼新一家の若衆の首に手刀を浴びせた。息が詰まる急所である。若衆は一言も発せず、軒から滑り落ちた。また喝采があがる。

「公太っ」

涙する母親に雪之丞は子を返した。

「内儀《おかみ》さん、あっしと一緒に帰りましょう。葺屋町だが煮売り屋の二階が空いている。そこで女筆の師匠でもやったらいい。銭が入るまで、あっしの小屋で飯だけは食わせます」

和清はそんなことを言っている。

この男はどういう生業《なりわい》をしているのだ。雪之丞は呆気《あっけ》にとられた。

母親は頷き、子を抱え、窓から座敷に戻っていった。

旅籠の軒には雪之丞と和清ふたりだけになった。

「忍びだってことは伏せておこう。お侍も役者ってことでいいじゃないか。軽業が得意なことにすればいい。あっしに任せておきな」

和清がそう言った。

「何故それがしを気に入った？」

雪之丞は問うた。

「忍びのくせに情があるみてぇだ」

和清は町人言葉になった。

「忍びとしては失格だ」

「いいや、裏仕事っていうのはな、非情すぎるのもよくねぇ」

「裏仕事?」

「おいおい話す。道具屋に仕込みの筆を買いに来たら、とんだ騒ぎに巻き込まれた。俺も素顔は見せたくなかったが、あの場面ではな。やべぇ筆だとばれてもしかたがねぇ」

あれだけ蹴られても、本性を明かさなかった和清が、母子の危機には敏感に反応した。

「あんたは何者なんだ。何の役者なんだ」

「だからおいおい話す。どうでぇ、いっしょに蜻蛉《とんぼ》を切ってここから降りないかい」

「和清さん、飛べるのかい?」

「上には飛べねぇが、跳ね降りながらの宙返りぐれぇは出来るさ。役者を舐めんなよ」

にやりと笑う。

一緒に飛んだ。

くるりと同じ位置で宙返りをして、ぴったり一緒に着地した。

驚いたことに投げ銭がいくつも飛んできた。

それが座元との出会いだった。

じきに甲賀組の頭領からの使いがやってきて、この男の下で生涯役立てと伝えられた。

それから三年、役者の修業をしている。

まさか忍びから役者になるとは思わなかった。

いや確かに忍びなのだが、それ以上に扮装が多く、もはや自分が何者なのか分からなくなってきそうだった。役者は忍者よりもきつい稼業だ。けれども、その大儀を聞かされて以来、夢中になっている。

御裏番だ。生涯を賭《か》けるに値する稼業だと思った。

＊

「花魁が腹を壊したようだよ。誰か妙なものでも飲ませたんじゃないのかい。あれは薬じゃきかないね。鈴吉、おまえ、角町の竹庵《ちくあん》さんを呼んできておくれ」

「へいっ」

不意にお京の声を聴き、雪之丞は我に返った。

解毒の薬なら俺が煎じますと言いたかった、ぐっと抑えて、雪之丞は廊下を走った。

第五幕　旗本の内情

一

「あの男が権蔵のようです。聞いている人相と相違ないですから」

石灯籠の陰で団五郎が千楽に囁《ささや》いた。

宵五つ（午後八時頃）。藍色の空に上弦の月が浮かんでいる。

今戸橋近くにある全勝寺の境内《けいだい》。

社務所での盆が中締めとなり、十人ほどの客がぞろぞろと山門に向かって歩いてきたところだ。商家の手代や職人風の男が多い。灯籠の灯りが、その最後尾を歩く痩せて目つきの悪い男を照らした。俯《うつむ》き、頰の傷を撫でながら歩いている。

「負けた、って顔だな」

千楽も小声で答える。今宵は茶人帽を被っていた。

盆は一刻（約二時間）ほど休憩し、再開する。四つ（午後十時頃）に再び始まる盆は、掛け金がぐっとあがり、客種も大きく変わる。

「尾《つ》けよう」

千楽が言い、団五郎が従った。今宵の団五郎は、綿入れの着流しに雪駄履きである。

権蔵は今戸橋の脇でたむろしている町駕籠を雇った。

「まだそのぐらいの銭は残していたということか」

千楽と団五郎も、間をおいて駕籠に乗る。権蔵の駕籠を追ってもらった。

如月の夜風は、駕籠の中でも身に染みる。千楽は襟元を合わせ直した。

権蔵を乗せた駕籠は花川戸、浅草、駒形と大川端をひた走り、両国橋の西詰めから、広小路に入った。

大川を猪牙舟《ちょきぶね》で下れば四半刻（約三十分）のところを駕籠では倍以上かかる。権蔵、さすがに舟を雇う金はなかったようだ。

両国広小路はこの刻限でもごった返していた。見世物小屋は芝居小屋と同じく、日暮れと共に閉めるのは決まりだが、広小路を囲む露店売りはその限りではない。紅灯を灯し、寿司、てんぷら、総菜の店が居並び、その脇では辻講釈や手品、浄瑠璃《じょうるり》の芸人たちが投げ銭を目当てに、声を張り上げている。

舞台に上がる板の芸人に対して、砂の芸人と呼ばれる連中だ。

千楽はかつて自分も同じように辻講釈や偽薬を売っていたことを思い出す。座元に拾われなければ、未だに辻に立っていたことだろう。

広小路の喧騒をちょうど抜けたあたり。

駕籠は米沢町一丁目の大店《おおだな》の前で止まった。

すでに戸は締まり、正面の灯りも消えていたが、軒先の上にしつらえた大看板の文字が、月明かりでもどうにか読めた。

『大黒屋』だ。

江戸で売り出し中の新興両替商。

元は尾張の質屋だったが十年前に両替商の官許を得て江戸に進出している。

権蔵は駕籠舁《か》きふたりを待たせたまま、店の脇にある勝手口らしい木戸を激しく叩いた。

千楽と団五郎は、そこから七間（約十三メートル）ほど離れた位置に駕籠を止め、権蔵の様子を見守った。

「うるせぇぞ。誰だ」

木戸が開き、小田原提灯を掲げた髭面の浪人が顔を出す。用心棒のようだ。

千楽は息を呑んだ。はっきりとは見えないが、どこかで見た気がする。

「すまねぇが、駕籠代を払ってくれ。一朱（約六千二百五十円）だ」

「なんだとう、この破落戸《ごろつき》が」

浪人は差し料の柄に手を掛けた。

「番頭さんに、本所の権蔵が来たと言ってもらえりゃ分かる。取り次ぎがねぇとおめえさん、あとで叱られることになるぞ」

権蔵は強気だった。

「ちっ。ちょっと待て」

浪人が引っ込んだ。

「蕎麦、蕎麦はいらんかねぇ。二八の蕎麦だよぉ」

屋台を担いだ蕎麦屋が大黒屋の前を過ぎていく。醤油と鰹節《かつおぶし》のきいた蕎麦汁らしく、いい匂いだ。

「おいっ、何故ここに来たのじゃ。せびるなら万の字に言え」

黒羽織の恰幅《かっぷく》のよい男が、浪人と共に出てきた。

「ところが万さんの居場所をわっしは知らねぇんでね。最初に柳橋の居酒屋で会った後、段取りを言うと万さんはすぐに姿を消しちまいましたからね、わっしはあんたを尾けたんですよ。そしたらここに入った。翌日店を覗いてみると番頭さんだったとはねぇ。番頭さん、ついでに一両（約十万円）ほど用立ててくれませんか。賭場ですっちまって蕎麦も食えねぇんですよ」

権蔵が手のひらを差し出してくる。

「おまえ、図に乗ると泣きを見るぞ。この大黒屋を甘く見るな。これでとっと失《う》せろ」

番頭は袂から銭を取り出し、権蔵に渡した。

「ちっ、駕籠代の他は二分銀（約五万円）一枚だけですかい」

「それでも多いぐらいだ。失せろっ」

番頭はそれだけ言うと、腰を屈めて木戸の中に戻ってしまった。

「二度と来るな」

浪人が小田原提灯を掲げて、権蔵の顔を照らした。そこで浪人の顔もはっきり見えた。

あの男は！

千楽の脳に閃光《せんこう》が走った。

横山町の小間物屋滝沢堂を強請っていたふたり連れの浪人のうちのひとりではないか。名前がはっきりしない。確か同じ小間物屋の藤島屋の印籠と同じものだと難癖をつけていた男だ。

千楽は扇子で頭を叩いた。

頭蓋の奥から、綿埃《わたぼこり》でも落ちてくるようにふわりとその名が降りてきた。

唐木伝四郎。

たしか、滝沢堂でそう名乗ったはずだ。あの唐木伝四郎。そうに違いない。

もうひとりは畑野芳之助と名乗っていたが、強請りの口上も、滝沢堂の用心棒との斬り合いもこの伝四郎が仕切っていたはずだ。

「ちっ。はした金で追い出しやがって。銭がなくなったらまた来るよ。なんなら花川戸の橋蔵親分に、洗いざらい喋ったっていいんだ」

権蔵は悪態をつくと駕籠舁《か》きに銭を払い、ふらふらと広小路のほうへと歩いて行った。

「団五郎。あの浪人を張ってくれ。唐木伝四郎という元御徒衆だ。わしはあの男と顔を合わせたことがあるでな。剣は出来るので気を付けろ」

千楽は仔細は、後ほど和清も交えたときに伝えることにし、団五郎にそう頼んだ。

「座元が言っていた影同心の遺言らしき『大』っていうのは、大黒屋ってことですかね」

「団五郎、そうじゃ。きっとそうじゃ。店そのものをしっかり張り込むのじゃ。なりえもこちらにまわそう」

千楽はそう伝えると、自分は権蔵を追うことにした。

権蔵は広小路の屋台で寿司を食い、ついでに六合徳利を一本買った。その酒を呑みながら、演題で見せる人形浄瑠璃を眺め、気前よく投げ銭をしてまたふらふらと歩いて行った。

長さ九十六間（約百七十五メートル）の両国橋を渡り、東詰めに降りると回向院前からすぐに北に入ったところにある仙太郎《せんたろう》長屋に入った。裏長屋の一番奥が塒《ねぐら》のようだった。腰高障子に下手くそな字で『ごん』と書いてある。在所を摑んだので、千楽はそれで引き返した。

両国橋を戻り、広小路で寿司折を三個ばかり買い、再び大黒屋の前を通ると、柳の下で、団五郎が息を潜めていた。頬被りまでしている。

「まるで夜鷹だな」

「勘弁してくださいよ。たったいまも年増と坊主に声をかけられたところです」

団五郎が苦笑した。色男だからしょうがあるまい。

「まぁ、その手合いに見られた方が怪しまれまい。伝四郎が出てきて、欲しいと言われたら、なすが儘《まま》にされよ」

と、寿司折をひとつ渡した。

「それだけはご勘弁を。天保座は芸を売っても、けっして色を売らないのが決まりで」

「冗談、冗談。分かっておるわ。夜通しはつらかろう。いったん戻ったらなりえを寄越す。交替で見張ってくれ」

そう言い残し、千楽は馬喰町《ばくろちょう》、横山町を抜けて葺屋町まで戻った。天保座に入ると、すぐになりえに助っ人に入るように頼んだ。


明け六つ（午前六時頃）。

霞《かすみ》がかかった朝だった。

時の鐘の鳴るのは、夏よりも半刻（約一時間）ばかり遅いだろう。

千楽は早々に天保座を出た。

今日一日、権蔵の動きを見張り、攫《さら》う機会を探すのだ。もしも権蔵が影同心木下英三郎と騙り浪人大杉勘九郎殺しの下手人ならば、その背後が必ずある。

千楽は久しぶりに薬売りの格好で出かけた。

寒い朝も、日が昇ると同時に両国広小路は人の群れで溢れていた。芝居町と同様で、日の出と同時に見世物小屋が開くのだ。

辻立ちの芸人や屋台も威勢の良い声を張り上げている。

朝霞の中を多くの人が行き交う、両国橋を東に渡った。昨夜は暗くて気が付かなかったが、回向院の参道には、相撲の幟旗《のぼりばた》がずらりと並んでおり、稽古する力士たちの声が飛び交っている。

「おいっ、太助さん早桶《はやおけ》を頼む」

仙太郎長屋の方から、しわがれた声が聞こえてきた。

千楽は胸騒ぎを覚え、早足になった。

「それに誰か、番所へ走っておくれ」

今度は年増の声だ。

長屋門の中を覗くと、住人たちが奥の方の井戸端を囲んでいる。

「これは、しこたま呑んだ上で、一番寒い刻限に厠に出て、ここできゅっとなったんだろうな」

職人らしい腹掛けをした中年の男が、頰に手を当てながら言っていた。

「そうじゃないのかい。ゆんべもずいぶん遅くに帰ってきたからね。いずれ博奕で勝ったんだろうけどさぁ」

桶を抱えた年増女が、そう答えた。

「もし、どうなさいました。薬売りです。多少心得が」

千楽はどぶ板の上を走り、井戸端に寄った。

「もう薬屋じゃなくて坊主の出番さね。ほらお陀仏《だぶつ》なんだ」

人垣の中を割って入ると、井戸の脇でうつ伏せに倒れている権蔵の姿があった。すでに顔は土気色《つちけ》で四肢は硬くなっていた。

左手は喉《のど》を押さえ、右手は井戸の釣瓶《つるべ》に向かって伸びている。

酒に酔ったまま急に寒い所に飛び出して、心の臓が詰まったのとは違うようだ。権蔵は苦しかったのだ。それで水を飲もうとしたが、息絶えた。

千楽はそう見立てた。

「そうでござんすね。あっしの出る番じゃなかった」

そそくさと人垣を出て、開けっ放しになっている権蔵の部屋を覗き込んだ。昨日、両国広小路で買った六合徳利とその脇にもう一本、柄の違う六合徳利が割れたままになっていた。

昨夜あれから誰かが来たらしい。

口を封じられた。

千楽はそう思った。

二

千楽が仙太郎長屋にいる同じ頃。

「ねぇ。大黒屋徳兵衛が出てきたようよ」

団五郎はなりえに背中を揺すられ目を覚ました。大黒屋の斜向《はすむ》い。柳の木の下に座りこみ、うとうとと寝込んでしまっていたようだ。

「なんだと」

団五郎は目を擦りながら立ち上がった。

すでに大黒屋は店を開いており、店頭には多くの商人がやってきていた。

「番頭や用心棒を連れてどこかに出掛けるようだわ」

昨夜九つ（午前零時頃）前に、張り込みの助《すけ》に来たなりえが、大黒屋の店先に向かって顎をしゃくった。

昨夜見た番頭よりも、さらに太鼓腹のしかも大柄な男が、黒羽織の房を締め直しながら空を見上げている。きちんと袴をつけ、大きな風呂敷包みを持っている。

だんご鼻で目は大きい。蝦蟇《がま》を彷彿《ほうふつ》とさせる面構えだ。

その右に、同じく黒羽織の番頭が立ち、左には唐木伝四郎が番傘を持って立っている。

いつ雪になってもおかしくないので用心のためであろう。

すると駕籠がやって来た。町駕籠の中でももっとも上等な宝泉寺《ほうせんじ》駕籠だ。側面は畳表の装飾張りで屋根や窓枠は春慶塗《しゅんけいぬり》。町民が乗れるもっとも見栄《みば》えのいい駕籠で、小身の大名もこれに乗る。

徳兵衛は大きな身体を屈めて、駕籠の中に入った。駕籠舁きが持ち上げると、番頭と伝四郎が駕籠の左右についた。

「尾けましょう」

なりえが言い、団五郎が頷いた。

駕籠は横山町から神田川沿いの柳原《やなぎわら》通りを西に進む。朝の寒風が団五郎の眠気を醒ましてくれる。見通しのよい大通りで、駕籠を見失うことはなさそうだったので、ふたりは気づかれないように、充分間合いを取って尾けた。駕籠は町人地からどんどん武家地へと進んでいく。

「ねぇ団五郎さん。ちょっと聞きたいんだけど」

一歩後ろを歩いていたなりえに声を掛けられた。どちらかと言えばおけさ笠を被った門付け芸者の方が似合うなりえだが、今日は継《つ》ぎ接《は》ぎだらけの綿入り小袖に茶の前掛けという、商家の奉公人らしい格好をしていた。

「なんでぇ」

「和清座元は、ちょくちょく吉原通いをしているんですかい」

藪《やぶ》から棒に妙なことを聞かれた。団五郎は勘が働いた。

「おぉおおおっ、莫連女《ばくれんおんな》の癖に妬《や》いてやんの」

振り向きざまに言うと、思い切り手を突き出された。見かけに寄らず凄い力だ。団五郎は尻もちをついた。

おかげでとても尾行をしている者になど見えなかったと思うが、尻は痛い。

「お前さん、いったい元は何をやっていたんだよ」

起き上がりながら、こんどは団五郎が聞いた。

「相撲取り」

なりえが不敵に笑う。

そんなわけないだろうと、尻の土を払っていると、

「本当は練馬《ねりま》の百姓だよ。大根づくりさ」

という。

それも嘘だろう。

日頃から人を食ったようなことばかり言っている女だ。何がどこまで真実《まこと》なのか計り知れない。雪之丞は上手くあしらっているが、団五郎はこの手の女が苦手であった。

しかし、いま弱点が見つかったような気がする。

なりえは座元に惚れている。そうに違いない。

「座元なら、五日に一遍は吉原に通っているぜ。馴染みがいるんだろうな」

そんなことはないと知りつつ、団五郎はそう言ってやった。

「やっぱり」

なりえの眼にあきらかな落胆と嫉妬の色が浮かぶ。これはまずかったか、とも思ったが、少しは狼狽《うろた》えさせたほうがいい。

「どんな花魁なんだろ」

声の勢いまでなくなっている。意気揚々と歩いていたはずの足も、少し重たげだ。

「花魁までは呼んでいねぇだろう。そりゃ贔屓筋に連れられて登楼《あ》がったときなら別だけどさ。座元でも馴染みはせいぜい部屋持ち女郎どまりだろうよ」

本当のところを団五郎は知っている。

座元は決して馴染みを作らないのだ。毎年、大晦日の夜に『年貢の納めどきさね。それと神籤《みくじ》を引きにな』と言って大門を潜り、各町を素見《ひやかし》て歩く。座元の言う年貢とは、一年間、儲けた金や貰いすぎたと思った祝儀を廓に落としに行くことだ。

金は天下の回りもの、帳尻をあわせたほうが運が上がる。

それが口癖でもある。

神籤とは、格子の向こうに居並ぶ女郎の中から、勘でひとりを選び、その女郎の性格で、あくる年の運を見るのだ。

裏は返さない。それっきりだ。従って馴染みになることはなく、毎年、場当たりに上がる妓楼を決められるのだ。

だから吉原の作法にある不実の客にはならない。そして初会の相手がどんな女郎であっても、たっぷりと祝儀を渡して帰ってくる。

そんなふうに綺麗に遊ぶ人だ。

けれどもなりえには教えない。

「ちぇっ。座元もただの男だねぇ」

なりえは下駄の先で石ころを蹴った。

川向こうに佐久間《さくま》河岸が見えてきた。大黒屋を乗せた宝泉寺駕籠は筋違橋御門《すじかいばしごもん》の前をひょいと左に曲がった。神田須田町へと入る道だ。

「おっとと。見失うといけない。行くぞ」

団五郎は早足になった。

曲がり角は丹波篠山《たんばささやま》藩、青山忠良《あおやまただなが》公の上屋敷である。六万石の大名にして寺社奉行。それにふさわしい広大な屋敷であった。

その門の前に駕籠は止まっていた。まだ大黒屋は降りていない。番頭がうやうやしく戸を開けているところだ。

まるで侍気取りである。

寺社奉行に大黒屋が何用かと思いながらも、団五郎となりえは素知らぬふりで駕籠の前を通り過ぎた。

一町(約百九メートル)ほど行き過ぎたところで、振り返ってみると駕籠から降りた大黒屋は、寺社奉行のお屋敷ではなく、その真向かいにある屋敷の小門の前に立っていた。

こちら側は連雀町《れんじやくちょう》だ。

門は青山公の屋敷の表門の四半分ぐらいしかない。

大黒屋の番頭が門番に来意を告げているようだ。門番はすぐに通用門を開け、出てきた中間《ちゆうげん》が三人を招き入れた。

駕籠舁きが立ち上がり、再び柳原通りに戻っていった。辻駕籠の溜まり場で待つことだろう。

「どこの殿様の屋敷だろう」

門構えからして大名ではなく旗本屋敷のようだ。

「あそこの鍋屋で聞いてみようよ」

なりえが前に向かって歩き出しながら言う。青山公の屋敷の塀の先に『いせ源《げん》』という提灯が見える。

行ってみると、朝っぱらだというのに混んでいる。

たいした人気の店らしい。

壁にあんこう鍋、寄せ鍋、ねぎま鍋、白魚鍋などの品書きが並んでいた。

「もし、ちょっとお尋ねしたいことが」

なりえが、仲居に聞いた。

「へい、でも割り込みはだめですよ。ちゃんと並んでくださいな」

「はいはい並びます。で、あそこに見える屋敷はどこかの大名様かい」

「いえ、御旗本ですよ。ご当主さまは奥平善次郎《おくだいらぜんじろう》さま。あたしらなんかは見たこともないですけど、お屋敷の方はときどき此処《ここ》にも来ます。鼓を打つ音がよく響いてきますよ」

「そうですか。ありがとうござんした。今日はこれで。次はちゃんと並びますよ」

それでなりえは引き返してきた。

「奥平善次郎という旗本のお役目はなんだろうな」

「さてね。そこは座元が調べるでしょう」

団五郎の問いになりえが答えた。

しばらくふたりはいせ源の前に立ったまま、奥平の門を見張った。幸いなことに、客がひっきりなしにやってくるので目立たなかった。

寒空にあんこう鍋の煮立つ匂いがたまらなかった。

団五郎は腹をぐうと鳴らした。

四半刻（約三十分）もしないうちに、唐木伝四郎だけが出てきた。身なりが変わっている。浪人ではなく、どこかの勤番侍のようなちゃんとした出で立ちだ。

先ほど大黒屋が持っていた風呂敷包みよりも大きな包みをぶら下げてきた。

こちらに向かってくる。

団五郎となりえは下を向いた。

伝四郎は足早に、町駕籠の溜まり場へと進んでいく。

「俺があいつを尾ける。そっちは座元に大黒屋が奥平の屋敷に入ったことを伝えてくれ」

「あいよ」

そこで二手に分かれた。

団五郎も駕籠を雇い、伝四郎の駕籠を追った。

駕籠は半刻（約一時間）ばかり走った。入谷から葛西《かさい》村に入ってようやく止まる。

大きな百姓家の前だった。

葛西と言えば、蓮根、葱《ねぎ》、きゅうり、小松菜、春菊、せり。江戸市中の食材に欠かせない産物の栽培で知られている。勢い文化《ぶんか》、文政を過ぎる頃には、商人も顔負けの豪農が多くなった。

伝四郎が入った家は、田作《たざ》衛門《えもん》と表札がかかっている。元は田作《たさく》だったのではないか。立派な屋敷を構え、両国、向島界隈《むこうじまかいわい》の料亭にでも通うようになったのだろう。

それで村名主と役人に賄賂《まいない》を握らせて、田作に衛門をつけた。そんなところだろう。

葛西田作衛門と名乗れば、吉原でも聞こえがいい。

半刻ほどして伝四郎が出てきた。

駕籠に乗って引き返していった。

団五郎は、藁《わら》を焼く匂いのする大きな前庭を渡り、田作衛門の屋敷の三和土《たたき》に入った。

「いま、唐木ってぇ浪人が来なかったかい」

奥に向かって声を張る。これでも役者だ。声の通りはいい。

「なんだす？　おまえさんは？」

女房らしき年増が出てきた。

「浅草花川戸で岡っ引きをしている橋蔵というけちな者《もん》だよ」

並木町の店で聞いたことがある親分の名を伝えた。

「あら、親分さんですかい。いま来たのは浪人なんかじゃありませんよ。なんでも尾張の殿様に連なる名家の衣紋方だそうで、大杉様とおっしゃいましたよ」

「大杉？」

団五郎は眼を尖らせた。

「はい。伊藤若冲《いとうじやくちゆう》とかいう絵師の肉筆画を、こっそり売り払いたい方から預かったと」

そんなものがあったら、一度拝みたいものだ。

「売り主は？」

「持ち主は名乗れないらしいですが、両国の大黒屋さんが仲をとりもってくれたとか」

「見せてもらえませんでしょうかね」

すると奥から亭主らしい中年の男が出てきて、怒鳴り始めた。

「おめえ、そう言って、若冲の作を盗み取ろうって魂胆だな。この偽者め。花川戸の親分なら五十を超えている。おめえ、集《たか》りだろう」

亭主は鍬《くわ》を持っている。

「そいつぁ、真っ赤な偽者さ」

団五郎は慌てて引き返した。

三

同じころ。

「松川花魁が、目を瞑ったままになっちまったよぉ」

お京が泣きながら、階段を駆け下りてきた。

「まさか」

一階の大広間で白飯に沢庵と大根の煮つけで朝飯を食っていた雪之丞は、箸を止めた。

「松川が」

奥の内証から楼主の松太郎が飛び出してきた。女房のおしまも一緒だ。

「本当だよ。息継ぎが長くなったので、あたしゃ、何度も声をかけたんだけど。いますーっと目を閉じちまった。息もしていないんだよぉ」

お京は階段を下り切ったところでへたりこんでしまった。声を上げて泣いている。

「誰か、竹庵先生を呼んできて。早く」

おしまが悲痛な声をあげた。

「へいっ」

と、雪之丞が立ち上がると、楼主、松太郎に止められた。

「お京が動けなさそうだ。おまえさんが二階の女郎たちを落ち着かせてくれ」

「畏《かしこ》まりました」

雪之丞は松太郎に付いて階段を上がった。

角町の町医者には万太郎が若い衆をふたり連れて走った。医者を担ぎあげてでも連れてくると息巻いていた。

二階に上がると女郎たちは何があったのかと、部屋から顔を出したり、廊下で立ち話をしたりしていた。

「さあさ、お女郎衆は部屋に入って仕度をしておくれ。話はあとでするから。はいっ、下がって、下がって、襖を閉めて」

雪之丞が声を出すと、女郎たちは不服そうではあるが、部屋に下がった。

「まずは一緒に松川の部屋に」

楼主に促され、花魁の大部屋に入る。

部屋は静まり返り、松川が日ごろ使っている文机《ふづくえ》の前に、禿がふたり端座していた。ふたりとも頭を垂れていた。

松川はその右手の部屋の三段重ねの布団の上に仰向《あおむ》けになっていた。眼は閉じているが、眠っているようにしか見えない。

松太郎がその顔に手を当てた。

「まだ温かいんだが」

その声に雪之丞は松川の細い腕を取った。脈拍がない。首を振って見せた。

「竹庵先生が来ても無理かと」

「そうか」

松太郎が観念したように頷いた。

天保九年如月の十六日のことである。

「二十九だったたな」

「浄閑寺《じようかんじ》に運びますか」

雪之丞は聞いた。千住にある吉原遊女の投げ込み寺だ。

「いいや。松川はうちの菩提寺《ぼだいじ》で葬る。年季もとうに明けているし、娘も同様だった。しかし、なんでこんなことになっちまったのか」

松太郎が額に手を当て、天井を仰いだ。

三年前の花松事件以来、内証の苦しい艶乃家を一身に支えていたのが松川花魁である。愛娘《まなむすめ》同然の花魁を失った哀しみもあるだろうが、楼主として先行きを憂慮するのも無理のないことだ。

しかし松川は何故、急死してしまったのか。一昨日の五つ（午後八時頃）に部屋を覗いたときには、大得意の『加賀屋《かがや》』の主《あるじ》一行に舞を見せるほど元気であったのに。

朝になると具合が悪くなった。

雪之丞の呼んできた角町の町医師、竹庵が冷えで腹を壊したと見立て頓服《とんぷく》を飲ませたが、松川は徐々に弱まり、寝込んだままとなった。昨夜の客は丁重にお断りして、様子をみていたが、今朝になって息を引き取ったわけだ。

松太郎は枕元に座り、呆然《ぼうぜん》としていた。

雪之丞は座敷へ戻り、

「お豆ちゃんたち、おとといの夜、花魁はなんどきぐらいに寝たのかい」

ふたりの禿に尋ねた。

「あーい。花魁は、子《ね》の刻（午前零時頃）に床に入りやんした」

子の刻は寝の刻だというのが松川の口癖で、客にもそういって宴会の刻限を決めていたという。その夜、加賀屋は宴会だけで帰っている。

「お豆ちゃんたちも、加賀屋さんのお席の御膳は食べたんだよね」

優しく聞く。

「主《ぬし》さんも花魁も、お食べ、言うのでいただきやんした」

答えているのはいずれも、やや年嵩《としかさ》のほうの禿で、もうひとりはそれに頷くばかりだ。

「お腹《なか》の具合は平気だったかい」

「あーい。平気でありんす」

もうひとりも帯の前を撫でながら頷いた。

膳に問題はなかったようだ。

そうだとすれば？

雪之丞は、ふと松川の文机に目をやった。読みかけらしい双紙が開いたまま伏せてある。

「ちょいとそれを」

手を伸ばしてその双紙を取った。黄表紙本である。喜多川幸喜《きたがわゆきよし》の戯作『遊廓一代男《ゆうかくいちだいおとこ》』だ。吉原《さと》の裏方たちの苦労話を綴《つづ》ったもので人気がある。

どの頁《ページ》の隅にも赤い紅の跡があった。

松川は唇を舐《な》めながら双紙を捲《めく》っていたようなのだ。

雪之丞はその先の頁もぱらぱらと捲ってみた。

おや?

どの頁の隅にも黄緑色の染みがある。すぐに匂いを嗅《か》いだ。菫《すみれ》の花のような香りがする。甲賀の里で暮らしていた時分の記憶が鮮やかに甦《よみがえ》った。

鳥兜《とりかぶと》の球根を擂《す》り潰したものではないか。それは医薬にもなり毒にもなる。

誰かが双紙の一頁ごとに微量の毒を擦り込み、花魁の身体に徐々にしみ込ませたのだ。

「お豆ちゃん、この双紙は花魁が自分で買ったのかい?」

雪之丞は年上の禿に尋ねた。

「それは松絵様からお借りした双紙でありんす」

松絵女郎が?

「あい、花魁に渡してくれと。花魁は楽しそうに読んでおりんした」

雪之丞は松太郎に気づかれないように、双紙を懐にしまい込み、禿に諭《さと》した。

「いまの話は他にはしないように。広まればややこしいことになる」

禿たちは無言で頷いた。子供ながらも廓の仕来りは知っている。言ってはならぬことはけっして口にしない。

「竹庵先生をお連れしました」

そこへ万太郎が飛び込んできた。背後に背中を丸めた竹庵がいる。

「とうに間に合わなかったようです。竹庵先生、わざわざご足労願い申し訳なかった。あとはあっしらで始末をつけます」

松太郎が礼を述べ、万太郎に目で促した。いくらか包むようにということだ。

「へい」

と万太郎は返事をしたが不意に文机に近づいてきた。じっと机の上を見ている。禿たちは下を向いた。

双紙のことを知っている。

雪之丞はそう確信した。

階下に下り、お京を慰める。

万太郎が帳場で小銭を紙に包んでいる背中に声をかけた。

「そう言えば、今朝は不寝番の芳之助さんが見当たらないのですが、万太郎さんはご存じで」

「あぁ、昨夜辞めたいと言ってきてね。浪人とはいえ、元武士が廓で、女郎と客の番なんか出来ないとさ。今夜から若い衆の中から誰かを不寝番に回すから、鈴吉に負担はかけないよ」

そう言って、そそくさと二階に戻っていった。

こんなときに畑野芳之助が消えた。不可解《おかし》すぎる。

雪之丞は、見世の前に立ち結髪のお芽以がやって来るのを、いまかいまかと待った。

四

「奥平善次郎は、三千石の旗本だが、寄合だ。特に便宜が図れる立場でもないのに、なにゆえ大黒屋が包みを持って参じているのか」

和清は顎を撫でながら、首を捻《ひね》った。

寄合とはつまり無役ということだ。旗本もなまじ三千石級ともなれば、ふさわしい役が限られてくる。番頭《ばんがしら》などの役につければ、小国の大名などよりも格上の扱いとなるが、その役につかずば、道楽でもしている以外にない。

奥平善次郎は四十歳だ。本来ならば働き盛りのはずで、力を持て余しているのではないか。

天保座の桟敷席。

玄翁《げんのう》や板を挽く鋸《のこぎり》の音が響き渡り、大鋸屑《おがくず》が飛び交っていた。

改装中を理由に座を閉めているので、半次郎はじめ大道具衆が、客席の板壁を打ち直しているのだ。

この際、壁に役者絵を並べることにした。

「あの風呂敷包みの中身は、山吹色のお饅頭だったら五百両（約五千万円）は間違いないですよ」

なりえが大きさを両手で示した。十寸（約三十センチ）四方に厚さが三寸。そのぐらいだろう。

「で、浪人の唐木伝四郎は、大杉勘九郎の代役になっていたわけです。商家よりも知識の少ない葛西の農家を騙していたということですね」

今度は団五郎が言った。

それぞれ空蝉から届いた助六弁当を食べながらだ。なりえが急須で番茶を注いで回っている。

「そこに大黒屋が一枚噛《か》んでいたとはな。百姓もあっさり信じるわけだ。影同心が書き残した『大』の字はたしかに大黒屋に違えねえだろう」

和清は眼を瞑った。

大黒屋が尾張の出身。

何やら、絡繰《からく》りが見えてくる。

だがどうもその芯《しん》が見えてこない。

戯作で言うところの筋は立つのだが、主題というか芯が見えてこないのだ。

芝居の「芯」とは、そのまま「心」に通じる。

どこかにもっと大きな裏がありそうだ。

その鍵がどうやら旗本奥平の屋敷にありそうだ。

「座元ぉ、報《しら》せです」

そこに息急き切って、お芽以が駆け込んできた。

「雪の字から、艶乃家で働いていた畑野芳之助という浪人が消えたと。そして万太郎という妓夫が怪しいとも」

「なんとっ。畑野芳之助に万太郎とは」

太巻き寿司を頬張っていた千楽がいきなり噎《む》せた。番茶をひと飲みし続ける。

「そいつなら、唐木伝四郎の仲間です」

どうやら繋がったようだ。

「俺が、奥平の屋敷に潜る。千楽師匠となりえ、お芽以は引き続き吉原《さと》で雪之丞の手助けを。団五郎は大黒屋の奉公人を上手く抱き込んでくれ」

そう伝えて和清は、浅草の請け人宿鶴巻屋に向かった。

いずれそんな役が回るかも知れぬと、前髪を伸び放題にして浪人らしい頭になっていたところだ。無頼な表情作りはお手の物だ。

元影同心が始めた請け人宿である。

主《あるじ》は求人がなくとも潜りたい先に打診し、何とか押し込んでしまう剛腕の請け人であった。

和清は事のあらましを伝え、潜り込めるよう頼み込んだ。

和清の希望《のぞみ》を聞いた鶴巻屋は、その日のうちに請け人仲間を集め、奥平家に押し込む段取りを整えた。一方で、密かに持っている全藩の分限帳の中から、適当な侍を見つけ出した。分限帳とは侍の名簿のようなものである。

五

二日後、和清はめでたく警固役の若党として雇われた。

せいぜい渡り中間として潜り込めたならばと願っていたが、請け人仲間たちからの過去の斡旋《あっせん》歴をさぐると奥平家は、常に警固役の浪人を探していたのだ。それも弁の立つ浪人ということだった。

鶴巻屋の主、亨造《きょうぞう》はぴんときた。

さすがは南町奉行筒井政憲の懐刀《ふところがたな》である。

そこで和清を、萩坂田《はぎさかた》藩の元祐筆《ゆうひつ》で、書画骨董の記録をつけていた男として斡旋したのだ。

和清は名を錦織雅裕《にしきおりまさひろ》と名乗った。

これも萩坂田家に実在した人物だが五年前に病死している。二十八歳で流行り病にかかっての死である。年恰好は和清に近い。

鶴巻屋はこれを利用した。

『実はですね。錦織雅裕には公金横領の疑いがあり、その事実を隠蔽《いんぺい》するため病死したことにしたのです。おかげで沙汰闇になりました。現在は嫡男が継いでおります。つまりこの浪人は現在無宿人でございますが、腕も口も立ちます。はい、てまえ鶴巻屋が身請け人となります』

凄い口実を立てた。

奥平家は乗ってきた。

屋敷に上がるなり若党部屋ではなく、奥座敷に通された。風流を凝《こ》らした築山《つきやま》のある庭に面していた。池まである。

「おぬし、骨董に通じていると聞いたが」

奥平家の用人、橋本重蔵《はしもとじゅうぞう》が聞いてきた。齢《よわい》六十の白髪頭だ。

「はっ、国許では由緒ある品々の作表をしておりました。通じているというほどではありませぬが、役目柄、相応の品を見届けてまいりました。それが？」

和清は、警固役として雇われたはずなのに腑に落ちない、という顔をして見せた。

「おぬしに見てもらいたいものがある」

重蔵の目が光った。

「はて？」

首を傾げる和清を尻目に、重蔵は、

「伝四郎、これへ」

と控えの間に声をかけた。

すっと襖が開き、侍が現れる。唐木伝四郎に相違ない。紫紺の風呂敷包みを持っている。重蔵が続けた。

「包みを開けて見せてやれ」

伝次郎が首肯《しゅこう》し、風呂敷を解《ほど》くと桐の箱が現れた。うやうやしく蓋が開けられた。

「茶壺《ちゃつぼ》でござるか」

「さよう。この茶壺をどう見る」

重蔵が睨むような視線を向けてくる。焦げ茶色のざらざらした表面の茶壺である。

「古信楽《こしがらき》……」

と言いかけて、和清は言葉を区切った。

暫く考えるふりをする。

「……のように見えるただの信楽ですな」

そう答えた。

「何故にそう思う。古信楽ではないのか」

重蔵がさらに目を尖《とが》らせる。

「土の発色が新しすぎます。古信楽とは鎌倉、室町の時代に甲賀の里で作られたものを指します。この茶壺は、少なくともそれがしが見てきた古信楽とは異なります。近頃の作かと」

江戸近郊の工房で、大量に焼かれたもののようだ。

「古信楽とは、どのようなものか」

重ねて聞かれた。

「一見、そこにある茶壺と変わりません。ですが佇《たたず》まいというか風情が異なります。信楽とは土と火の織りなす風合いで価値が決まります。二百年、三百年、と時を経た土はおのずと、今の世の土とは異なった風合いを醸《かも》すものでございます」

いかにもな話をした。どんな骨董や書画にも通じる言い方だ。絵画ならば絵具、筆具合のときの経過が違うとでも言えばいい。誰も三百年の前の土の性質は知らない。

「そなたは、曜変天目《ようへんてんもく》茶碗などは見たことがあるか」

「さすがに見たことはございません。曜変となれば天目茶碗の中でも最高級。それがしがいた小藩ではお目にかかることなどございません」

当然のことを言った。よほどの有力大名でもない限り目にすることのない代物だ。

重蔵は頷いた。

「なるほど、確かな知識のようじゃのう。では、この信楽茶碗を当家は騙されて買ってしまったようじゃ」

表情を緩め、箱の裏を見せた。

『水野忠邦所蔵』

とある。花押《かおう》まである。老中首座の名である。

「はてさて、これはそれがしの眼も曇ったようでござるな。しかし、お役目は警固と聞いております。骨董の眼力など無用かと」

和清は身を縮めてみせた。

「確かにな」

と、重蔵は咳ばらいをし、庭の方を見ると、突如『殿っ』とひれ伏した。伝四郎も慌てて、伏せた。勢い和清も真似た。

池の畔《ほとり》のほうから奥平善次郎がやってきたようだ。和清は畳の目を見るしかなかったので、風体はまだ分からぬ。

「まだ、善次郎殿はお役に就かぬのかと、親戚も煩《うるさ》く言ってきております。私も体裁が悪いのでございますよ」

女の声がした。奥方のようだ。

「間もなく大役に就くと言っておけ」

当主が不機嫌そうな声を上げた。

「そう言って、早二年になります」

「だから間もなくだっ」

縁側に上がってくる音がした。

「わらわは義政《よしまさ》の様子を見てまいります。今日は史学に取り組んでいると」

内儀の足音は消えていく。

「どうだ、重蔵。その者は使えそうか」

上座に進む白足袋《しろたび》が見えた。

和清は息を呑んだ。

床の間を背にした上座に座る音がした。

「はい。確かかと」

重蔵が答えると、

「面《おもて》を上げい」

と声がかかった。

和清が顔を上げると、錦糸の羽織袴をつけた奥平善次郎が胡坐《あぐら》を掻いていた。

旗本三千石の貫禄。

二万石程度の外様大名などよりはるかに、よい暮らしをしている気配が漂っていた。

「錦織と申したな。若党に加える。そこにおる伝四郎ともども重蔵に従え。働きによっては、祐筆に取り立てる。その際にはどこぞの養子になって姓をあらため、あらたな士分を得ることだ。では」

それだけ言うと奥平はすぐに立ち上がり、再び庭に出て行った。

祐筆に取り立てるとは、奉公人ではなく家臣に加えるということである。士分を失った浪人にとっては大きな飴である。

「重蔵、鼓《つづみ》を打つ。小姓を回せ」

足早に庭の奥へと姿を消した。

「ははあ」

重蔵はただちに襖の向こうに控える小姓に善次郎の部屋に向かうように伝えると、和清に向き直った。

「登城の際の役は、伝四郎に聞け。それよりもひとつ難儀な役を引き受けてもらいたい」

いきなり、妙なことを切り出された。

「難儀な役とは？」

「他でもない。ここにある古信楽。当家は五十両（約五百万円）で摑まされた。箱書きがあったので、疑いもせなんだ。老中水野様の筆跡を殿は知っておる。それですっかりそう思い込んだ」

「やはり中身は違うと」

和清は問い直した。

「無粋なわしに分かるわけがない」

重蔵は惚《とぼ》けた。真贋《しんがん》には触れようとしない。

「ですが、箱書きを見れば、確かな筋のものかと」

「だが、そちがそう言うのであれば、真贋は不確かじゃ。そこでこの茶碗、粋を気取る商人にでも譲ってしまおうと思う。そちがこの伝四郎と共に、売りに行ってくれんか」

「売り先の目途はおありで？」

遠くから鼓の音が聞こえてきた。威勢がよい。

「伝四郎が案内する。そちは弁を立てるとよい」

和清は大げさに目を剝いた。

「いかほどで」

「まずは百両（約一千万円）。負けて七十両」

重蔵がにやりと笑う。本物でも高すぎる。この品の価値は、概《おおむ》ね百五十文（約三千七百五十円）といったところだ。

「命とあれば……」

そう答えるしかない。家臣に加えるという飴を先に出したなかなか上手い詰め方である。

「とはいえ初陣《ういじん》だ。その額でまとまらない場合はいくらでもよいから取ってこい。追って、日取りを伝える」

重蔵も立ち上がった。

屋敷の裏側に三十軒の長屋があった。家臣や奉公人の住まいである。

和清は中間に案内されてそのうちのひとつに入った。八畳ほどの部屋には、一通りの道具が揃っている。

案内してくれた中間は、蓮司《れんじ》と言い、みずから渡りであると笑った。四十ぐらい。いかにも崩れた感じのする男だ。

渡り中間は、半年限りの奉公で、ほうぼうの屋敷に勤める者たちだ。旗本の場合もあれば、大名家のこともある。登城の際の行列の見栄えを整えるため、雇われていることが多い。

そして渡り中間ほど、奉公先の家の内情に精通している者はいない。どこそこの家はこうだああだと、同稼業の者同士で語り合っているものだ。

「ここは働きやすいかい。まぁこれ引っ越し蕎麦の代わりだよ」

和清は一分銀（約六千五百円）を一枚握らせた。

「悪かないよ。殿様は、奥方に頭があがらないようだがね。払いは悪くねぇし、飯もまともだ」

蓮司はべらべらしゃべった。

「奥方に頭があがらないとは？」

ふと先ほど聞いた奥方の甲高い声を思い出す。

「殿さまは、末期養子《まつごようし》さ。元は五百石の次男坊。十五年前に前の殿さまが急死したんで、慌てて養子を探したが、家格が合う御旗本はいなかった」

三千石級の旗本は四十五家ぐらいしかないから当然だ。

「しかし、早々に決めないと断絶となるってえんで、名前は忘れたがずいぶんと低い石高の家の次男坊である善次郎様が入ったということだ」

「ほう。しかし、お子もいるようだし、奥方になぜ頭があがらないのだ」

「奥方は二千五百石旗本の出よ。ご実家は小普請頭《こぶしんがしら》を代々勤めているっていうじゃないか。こちらの殿様は、ずっと寄合さね。体裁が悪いと嘆《なげ》いている。それにこちらの御親戚筋も、嫡男にそうそうに家督を譲ってもいいのじゃないかと言い出してね」

「さもありなんな話だ」

「で、殿さまは焦っている。近頃は若年寄に、何とか取り入って相応のお役を貰おうと必死さ。近習《きんじゅ》や取次たちの噂では、若年寄の佐々木昌行にたいそう愛でられているらしく、いよいよお役に就くのではないかと」

「蓮司、何を余計な話をしている。さっさと門前の掃除を済ませろ」

「おっと、押足軽《おさえあしがる》の滝之助《たきのすけ》だ。ちっ、でっけえつらしやがって」

蓮司は早々に出て行った。和清は滝之助に会釈をして、板の間に座り込んだ。

初日からして、この家の内情が見えてきた。

若年寄、佐々木昌行。譜代七万石の大名のはずだが、何故、無役の奥平に目を掛けているのだ。

和清は気になった。

ふらりと裏門から出て柳原通りの蕎麦屋『若紫《わかむらさき》』に入る。そこで女将に文を言づけた。女将は、天保座横の小料理屋空蟬の女将お栄と懇意にしている。

ここに毎朝、小道具係の松吉が、顔を出して文の有無を確かめることになっていた。

第六幕　陰謀の輪郭

一

「それは確かに、わちきが松川花魁に渡した双紙でありんすよ」

松絵が廓言葉でにこやかに笑った。

雪之丞が双紙『遊廓一代男』を胸元から取り出して見せたところだ。

「この双紙、お女郎がお買い求めになったので?」

雪之丞は聞いた。

「いいえ。不寝番の芳之助さんから、花魁に渡すように頼まれたのですよ」

「そうなのですか。しかしなぜ芳之助さんは、直接渡さなかったのでしょう」

雪之丞はそう尋ねた。

「花魁から頼まれて角町の古本屋で買ってきたが、その朝は花魁が禿に三味線の稽古をつけていたから、部屋には入りづらいので、わちきに渡してくれと言うことでありんした。面倒なので、廊下ですれ違った禿の小鳩《こばと》に預けましたがね」

そういうことらしい。

松絵の目を見ながら聞いていたが、虚言《うそ》を吐《つ》いている女の目には見えなかった。

雪之丞は双紙を再び懐に仕舞いこんだ。

松川花魁の通夜と葬儀は大門脇の吉原会所で盛大に執り行われ、贔屓筋《ひいき》からも香典が山と積まれた。贔屓にしてみれば手切れ金のようなものである。

昨日、浅草新寺町にある艶乃家の菩提寺に土葬した。雪之丞も野辺送りに参列したが、お京の落ち込みようが尋常ではなく、間違いが起こらないように見張るのも役目であった。

お京は埋葬の後に、暇《ひま》を取らせてほしいと楼主に懇願したが、楼主はこれを認めなかった。ひとりにはしないほうが良いと判断したわけだ。

今朝からお京は遣手に復帰したが、やはりまだ声に活気がない。雪之丞は、楼主から、お京に充分に気を配るように頼まれている。

「鈴さんは大変でありんすな。廻し方としてお京さんの分まで気を回さなくてはならないし、不寝番も新しい人に替わられた。昼も夜も気が抜けないでありんすね。わちきごときが手助けになるなら、なんなりと」

松絵が煙管に刻みを詰めた。

様《さま》になって来た感じだ。

「お女郎、ならばあっしの胸の内を聞いてくれませんかねぇ」

「あい、好いた女《ひと》でもできなさったかな」

天井に向けて大きく煙を吐きながら言う。

「そんな浮ついたことじゃ、ござんせんよ。お女郎が松川を継いでみなさったらどうかと。いや楼主にも相談していねぇ、勝手な望みですが」

あけっぴろげに言った。

「わちきが？」

と松絵が目を丸くした。そして笑った。

「へい」

雪之丞は首肯《しゅこう》する。

「わっちはまだ昼三にもなっていません。それより、禿からきちんと新造に進んだ艶乃家育ちの女郎が花魁を務めるべきかと」

松絵がもっともらしいことを述べた。

「肝が据わった人でなければ、この難しい場面は越えられねぇんじゃないかと。

吉原《さと》の習わし、吉原《さと》の中の眼で見れば、松絵女郎の言う通りでしょう。けどね、あっしは、廓育ちの花のような女郎よりも、大きな修羅場《しゅらば》を潜った方が、この艶乃家の花魁を張るべきだと思うんですよ」

「わちきが修羅場を潜った女だと？」

松絵が煙草盆に灰を落とし、居住まいをただした。

「はい。そうお見受けしました。洋々とした行く手があったはずでござんす。本当は廓なんぞに落ちることはなかったはず。もともと学も品もある。訳は知りませんが、ここに落ちなきゃならないことになった。だから不貞腐《ふてくさ》れて、斜めに構えていた。けれども近頃は肚を括《くく》ったように見えます。難事《なんじ》に際しては、そのような方がてっぺんに立つのがよろしいかと」

雪之丞は、早口で伝えた。

本心だった。

吉原に入ってまだ二月《ふたつき》も経っていないが、妓楼が何たるかは読めてきた。芝居小屋と同じだ。座元も裏方も大事だが看板を張る役者で、その座の価値が決まる。

見世の看板役者は花魁だ。

座元と同じ役割の楼主の意図を汲《く》んで、きっちり大芝居が打てないと、繁盛はしない。

そう感じたのだ。

「鈴さんは怖いねぇ」

松絵が中庭の方に視線を移しながら続けた。

「わちきはね、鈴さんに諭《さと》されてはたと気がついたんですよ。変えられない運命《さだめ》なんてないとね」

「あっしがそんなことを言いましたっけ？」

「先《せん》に言った肚を括れとはそういうことでしょう。嘆《なげ》いていても始まらないと気づかされました」

中庭を見たままだ。

「聞かせてもらえませんかね。ここへ来た経緯を」

雪之丞は踏み込んだ。

人を知るには、その足跡を知ることだ。それでその人物の思考もおのずと読めてくる。松絵が見込んだ女かどうか知りたかった。

「簡単ですよ。ありがちな話です」

と松絵は武家女の口調に戻った。

「実家は旗本四千石です。十八まで姫様と言われて育ちました。嫁ぎ先は、幕閣に名を連ねる由緒正しき家の嫡男とまで決まっておりました。その通りになっていれば、今頃は、そこの庭よりも何十倍も大きな庭で、殿様と草花でも見ていたことでしょう」

聞いていて松絵の挙措《きょそ》の優雅さが、廓で磨いたものとは違うことの訳が分かってくる。書や和歌への造詣の深さも、廓育ちとは異質な香りがしたのだ。

「嫁いでしまっていればよかったのですけどね」

松絵が笑みを浮かべながら、雪之丞の方へ向き直った。どこかの部屋から三味線の音が流れてくる。いまはのんびりした昼見世の前のひとときだ。

「四千石には四千石なりの掛かりが入り用です。総勢百人もの家臣や奉公人の扶持も出さねばならないですし、体面上家の手入れも欠かせませぬ。千石以下ならば、多少は草木が荒れてもそのままにするでしょうが、わらわの実家はそうは行きませんでした。札差《ふださし》から前借を繰り返し、それでも足りぬ時は商人から借金を重ねました。父に遠国《おんごく》奉行の話があった時期だったので、老中水野様、若年寄佐々木様への付け届けにも一層拍車をかけねばなりませんでした。ところが、競った挙句、父は遠国奉行にはなれませんでした。残ったのは莫大な借金です」

松絵がため息をついた。

「それでもお武家にはお断りという奥の手があるのではないですか」

雪之丞はそう返した。お断りは一方的に借金を棒引きにする武家の特権だ。

「手としてはあります。ですがそれでは二度と貸し手はいなくなります。わらわの実家はまだ体面を保っております」

それが松絵がここに来たわけだと言う。

「貸し手はどちらで？」

「両替商の大黒屋がすべてをまとめたと聞いています。言っておきますが、売られたのとは違います。わらわは、みずから父を説得して吉原に飛び込む決心をしたのです。お家が安泰ならばそれでよいのです。わらわが戻ることはありますまいが、父がいつの日か大役に就き、兄もまたそうなればよいと。願うのはそのことばかり。いつの間にか、武家言葉になっていました。未練でありんすね。もう吹っ切っておりんすよ」

松絵の表情が女郎の艶っぽい笑顔に戻った。

「聞かせていただきありがとうございます。他言はしません。あっしはなおのこと、松絵女郎に花魁を張ってもらいたくなりました」

「そういう鈴さんは、何者だったんだい？　元は町人とは違うんじゃないのかい」

松絵がじっと雪之丞の顔を覗き込んできた。

「いやいや、あっしは、元から千住の旅籠の呼び込みで」

「そうかえ？　暮れに来た芝居町の座元と似ているんだよねぇ。堅気でもないのに、さっぱりしている。これは女郎の見立てでありんすがね」

「それはどこの座元で？」

「天保座の座元さあね。東山の旦那。わちきは惚れたね。客じゃなくて情男《まぶ》にしたいって、初めて思ったんでありんすよ。初会で胸の内を言うのも野暮だから、付け文まで送っているんだけど、いまだに裏を返してくれない。振られたようで癪《しゃく》でありんす」

　松絵はぷいと横を向いた。

「それも花魁になって見返すことですよ」

　雪之丞は、それだけ言って部屋を出た。

　座元も罪作りだ。

と胸底でぼやきながら階段を下りた。

　大広間に下りると、帳場番の嘉兵衛と万太郎が立ったまま睨み合っていた。

「嘉兵衛さん、何度も言っているけれど、もう大黒屋さんから借りるしか手はないと思うんですよ。おいらはあそこの手代と仲がいい。旦那様同士を引き合わせる段取りをつけますよ」

　万太郎が詰め寄っている感じだ。

「だから、旦那様は大黒屋からだけは、借りてくれるなと」

　嘉兵衛は顔を顰《しか》めた。年中渋い顔をしている嘉兵衛だが、いまは酸《す》っぱすぎるみかんを食ったときのような顔になっている。

「花魁がいなくなっちまった艶乃家がそんな悠長なことを言っていられますか。如月の締め日は蔵から出すとしても、弥生の晦日なんてすぐに来ますよ。早いうちに手を打っておいた方がいいんじゃないですかい」

「今夜、旦那様が越前屋の藤左衛門さんにお会いするそうです。どうにかしてもらえるでしょう。香典もずいぶん集まりました。弥生の払いは蔵から出さずともすむでしょう」

　嘉兵衛が帳場の番台へ向かって歩く。

「見立てが甘かねぇですかい。香典はいっときの凌ぎに過ぎねぇですぜ。松川花魁がいなくなったとあらば、お大尽たちは和歌山、夢屋、『西野楼《にしのろう》』にどんどん流れるでしょうね。もう不実を問われることはないと、内心、ほくそ笑んでいる客も大勢いますよ。どうです嘉兵衛さん、ここは一番、わっしに任せるように旦那に言ってもらえないでしょうか」

万太郎が追いすがりながらまくし立てている。

雪之丞はその話を聞くともなしに飯台へと向かった。今朝はまだ食べていない。湯漬けに沢庵を載せてさっと食っちまいたい。

「嘉兵衛さんに意見するとは、万の字もずいぶんと偉くなったもんだねぇ」

突如、階段のほうからお京の声がした。

階段の端を腰を曲げながらゆっくり下りてくるが、眼は鋭く尖っていた。

「お京さん」

雪之丞は取って返し下りてくるお京の手を取った。手の甲は骨と皮だけのような感触だった。

「艶乃家と越前屋さんは、先代から数えて六十年の仲だよ。見捨てるもんですかい」

一歩ずつ段を確かめるように下りてくるお京であったが、その声には気迫があった。

「その越前屋が、先刻追い貸しはしないと言ってきたんですよ」

万太郎がお京を睨み返した。

こと勘定事に関しては遣手の出る幕ではないが、お京を睨み返すなど、この男にしては珍しい。

鷹がとうとう爪を出しやがったか？

雪之丞は万太郎に対しそんな気配を感じた。

「へぇ。渋くなったもんだねぇ。何か訳あってのことじゃないのかい。こっちの窮状を知って見捨てるほど越前屋さんは不人情じゃないと思うけどね」

お京はようやく大広間に下りた。まだ顔色はよくない。

「お京さん、あっしもそう思うんですよ。いままでも千両（約一億円）やそこらの繰り越しで、騒ぎ立てることとなんてなかった。ちょっとおかしいのですよ」

嘉兵衛も小さな眼に怪訝《けげん》な色を浮かべた。

「誰かが後ろで糸を引いているってことはないのかい」

お京が曲がった腰を叩く。

「お京さん、お言葉ですがね。相手は金を貸すのが御商売の両替屋ですよ。先があると見れば、急ぎの取り立てなんてしません。けれども、古くからの妓夫はどんどん辞めていく、看板の花魁は病死となれば、見方を変えるのは当たり前です。いまは追い貸しを渋っているだけですが、こちらの蔵の箱がじりじりと減っているとみたら、取り立ても始めるでしょう。そうなる前にわっしは、大黒屋に鞍《くら》替えしておいた方が得だと言っているんです」

万太郎が淡々と述べた。

「ではなぜ同じ両替屋の大黒屋は貸してくれるんだい。そんな危なっかしい艶乃家にさぁ」

お京が切り返す。

「大黒屋は新手の舗《みせ》だからですよ。老舗《しにせ》の得意を切り崩して行かなければ、勢力は伸ばせない。他所《よそ》が貸さないところに貸すのはその不確かさを承知のうえでのことだと聞いています」

「ほう。ずいぶんと詳しいじゃないか」

お京が腰を曲げたまま、万太郎を見上げた。

「いやわっしはあそこの手代をちょいと知っているだけで」

常に自信ありげな万太郎の眼が微《かす》かに泳いだ。甲賀者の雪之丞でなければ見逃してしまうほどの微かな揺れだ。

「けどもお京さん、大黒屋は貸し剝《は》がしもきついと評判で。一日でも飛ばすとすぐに取り立てが始まるって話です」

嘉兵衛がお京を向いた。

いまさっき松絵から聞いた話も大黒屋だった。

繋がっているのか？

「ならば、ここは両替屋ではなく、ご同業か他の商人さんに頼んでみたらどうだろうね。金貸しとは違った見方をしてくれるかも知れないよ」

お京が内証の方へ向かってそう声を張り上げた。松太郎に聞かせているようである。

「どこにそんな酔狂な商人がいるんですかい。おいらは知りませんよ」

万太郎が不貞腐《ふてくさ》れた顔をして表に出て行った。どうやら借り先は大黒屋でなければ都合が悪いらしい。いろいろ読めてきた。

雪之丞は飯台に向かい直した。

まずは朝飯だ。

二

「藤島屋に拵《こしら》えさせたら、断然質が高くなったたな」

用人の橋本重蔵が伝四郎に、棚に居並ぶ壺や茶碗、それに掛け軸を眺めながら笑った。

「はい。それに、それがしなどよりも骨董に精通し弁も立つ、この雅裕が加わりました。売り先さえ見つければ、どんどん金に換えられますでしょう」

伝四郎も笑う。

旗本奥平善次郎の屋敷の奥にある納戸。優に十畳はある板の間の三方の壁には棚があり、そこにずらりと逸品が並んでいる。

「これはまた……」

和清は驚愕した。

天井下の小さな明り取りからしか日が差し込まない薄暗い部屋で見る限り、それは本物の古信楽、古伊万里《こいまり》、あるいは天目茶碗である。

「すべて売れれば吉原が買えるほどの品物よ」

重蔵が自慢気に言う。

「たしかにそれぐらいの値になるかと。しかしこれほどの品をどうやって拵えなすった」

和清は聞いた。

重蔵はじろりと和清の目を見たが、すぐに笑った。

「まぁよい。売るにはそちの弁舌が必要だからな」

と一呼吸置き、喋り始めた。

「これまでは博奕ですったり、岡場所に入れ上げて首の回らなくなった飾り職人にこっそり作らせてたんだが、所詮はだらしのない職人ばかりだから質が悪く、見破られそうになったことも多々あった。とある藩の衣紋方だった浪人の口があったから捌けたのだ」

大杉勘九郎のことのようだ。

「なるほど」

「ところが、その浪人が暮れに消えてしまってな。新たな浪人と質の良い職人を探していたところ、この伝四郎ともうひとりと出会った。しかも小間物屋の用心棒をしていたとは、もっけの幸いだった」

重蔵の話は、千楽が聞いた一件と合致した。

そこで伝四郎と芳之助のふたりの浪人を雇い入れ、類似品を作って売ることを得意としていた藤島屋を取り込んだようだ。

職人に放蕩《ほうとう》癖があり流行りの二番煎じ商品ばかりを並べていた藤島屋だったので、大黒屋を近づけることで、すぐに陥落したという。

「蛇の道は蛇というがまことじゃな。藤島屋の下にいる職人は独創性はないが、写しの絵があればその通りに作る。まさか本物として売られているなどとは思っていないだろうがな」

重蔵は声を上げて笑った。

「それで御用人、次の売り先は？」

伝四郎が聞いた。

「深川の材木問屋『与井屋《よいや》』の主だ。まだ若いが酔狂で知られているらしい。大黒屋の徳兵衛が、柳橋《やなぎばし》の料亭『満八楼《まんぱちろう》』で知り合いになったそうでな」

重蔵は納戸を出て、庭に面した廊下を歩きながら話し始めた。このところ、一日ずつ日が長くなり、頬打つ風も幾分暖かくなってきた。

その分、草や花の香りも強くなっている。

和清はこの香りが苦手であった。やたらくしゃみが出るのだ。いまも必死で堪《こら》えている。

「満八楼といえば川遊びで知られる名店ですな。それがしなども一度は行ってみたいもの」

伝四郎が羨《うらや》まし気にいう。

「わしもあんなところで川遊びなどしたことがない。せいぜい寄合の屋形船に乗ったことがあるぐらいのものよ。殿がお役についたならば、お供でいけることもあろうぞよ。いまはしっかり働くことだ」

大身旗本の用人である重蔵も、主人が無役では余得がないとみえる。年嵩《としかさ》はあっても俸禄はせいぜい百俵取り（年収約五十両）というところか。家族を養っていれば、かなり汲々《きゅうきゅう》としていることだろう。

出入りの商人から見返りを貰っていることは間違いない。和清の町奉行所の同心時代は、独り身であったために幾分よかった。

役者になって以来、満八楼は贔屓筋に連れられてたびたび上がっている。天保の世はつくづく町人の世であると思う。

「それで与井屋の主というのは？」

伝四郎が聞いた。

「玉助というそうだ。絵師や戯作者を引き連れて川遊びをする放蕩者らしい。そんな商売に身を入れていない者など、たちまち大黒屋の餌食《えじき》になろうぞ。この度、茶碗を売りつけて金を毟《むし》り取るのもその一環じゃよ」

重蔵がそう言ったところで、和清は大きなくしゃみをした。春は嫌いだ。芝居の途中でもよくくしゃみが出る。

「すんません」

和清は洟《はな》を啜って詫《わ》びた。辛《つら》い。

「春風にやられたか。よい。雅裕、先だっての古信楽を与井屋に上手く押し付けよ。そのほうの知見があれば落とせるだろう」

「はい、精一杯つとめます」

「とにかく、当家はいま金が入りようなのだ。頼むぞ」

さすがに重蔵は猟官争いに勝つためとは言わなかったが、その争いが激烈になっているようだ。

奥平善次郎は、いったいどのあたりの役を狙っているのか。

それにしてもとんでもない大きな金が動いている。

和清は手繰《たぐ》ればより大きな黒い影が現れるのではと、奇妙な胸騒ぎを覚えた。

翌日の八つ（午後二時頃）過ぎ。

和清は伝四郎を伴い、深川入船町《ふかがわいりふねちょう》に出掛けた。

汐見橋《しおみばし》と平野橋《ひらのばし》に挟まれた一帯は材木置き場になっており、独特の匂いがした。

入り江に浮かぶ大木の山を見ながら平野橋を渡り越中島《えっちゅうじま》の方へ戻るように進むと与井屋が見えてきた。

間口十間（約十八メートル）の大店だ。

伝四郎が、

「唐木と申す。連雀町の旗本奥平善次郎家の使いの者だ。主人に取り次いでくれ」

と店先で箒《ほうき》を持っていた小僧に伝えた。

小僧は大きな声で返事をし、帳場に座る番頭に伝えるとそのまま奥に駆けて行った。

じきに紺色に丸与の紋がある暖簾を割って、狸顔《たぬきがお》の男が笑顔で出てきた。

「宝物が来ましたか。さあさ、こちらへ。私が玉助《たますけ》です」

てっきり手代が案内してくれるのかと思いきや、主人が直に揉み手をしながら出てきた。

「唐木と申す」

「錦織です」

「はいはい、おふたりのことは、大黒屋さんから聞いていますよ。錦織様は、萩坂田藩の元御祐筆。しかも宝物品《ほうぶつひん》の目録を作成していたと。それはたいそうな眼力でございましょう」

階段を上がっていく。

川の見える座敷に通された。大きな座布団の前にすでに膳が据えられていた。床の間には、高価そうな壺が置いてある。すぐに女中が徳利と酒肴を運んできた。真っ昼間から豪勢なものだ。

「『籠清《かごせい》』の蒲鉾《かまぼこ》と伊達巻《だてまき》ですよ。それに海苔《のり》とべったら漬け。これであっしは六合はあけられる」

上座に座った玉助が、伝四郎と和清のそれぞれの猪口《ちょこ》に酒を注いでくれた。

風流を突き抜けて、すでに浮世から離れてしまっているような気配を漂わせている男だ。

年の頃は三十二、三といったところか。

「小田原からわざわざ取り寄せですか」

和清は猪口を掲げ、畏まりながら尋ねた。

「隣に廻船問屋があってね。蒲鉾も運んでいるんですよ。そのお裾分けです」

言いながら玉助はぐいっと呷《あお》った。出格子から長閑《のどか》な風が入って来るが、川風のせいかくしゃみは出なかった。

伝四郎も風呂敷包みを傍らに置いたまま、猪口を呷った。

「ささっ」

と玉助がまた徳利を傾けてくる。

「いやいや、酔ってしまいそうじゃ」

伝四郎はそうは言ったものの、根が酒好きなのか猪口は差し出していた。

和清は蒲鉾を頂いた。

「旨《うま》いですね」

歯ごたえがあり、舌触りもよい。魚のすり身がみっちりと詰まっているようだ。

「でしょう。小田原に行かずともこれを食べられるのは、酒好きには堪りませんよ。吉原にこれを持参するとお女郎や遣手にも喜ばれます。お帰りにお包みを差し上げましょう」

玉助はもてなし上手である。

四半刻（約三十分）ばかり、近頃の芝居や黄表紙の寸評や評判の食い物屋の話などをして、おもむろに、

「それではお品を見せていただきましょう」

と切り出してきた。

伝四郎はすでに酔いが回り始めていた。虚《うつ》ろな視線で紫紺の風呂敷を解き、桐の箱の蓋を恭しく開けた。

わざとらしく上蓋の裏側を玉助にも読めるように箱の前に置く。

「ほほう。これが水野様の直筆ですか？」

玉助は蓋を手に取り、目を皿のようにして眺めている。

「まさに」

和清が言った。ここからは自分の出番であろう。

「ご老中の書の師はどなたでありましょう」

いきなりそんなことを聞かれてしまった。

「さて、そこは聞いてござりませぬ」

そう言うと、玉助の眼が微かに光った。

「しかし、水野様の筆跡は、それがし、藩士のときより数多《あまた》拝見しております。この筆跡に間違いはございませぬぞ」

切り返した。

「そうじゃのう。見たことがある者の説を信用するしかあるまいのう」

皮肉にも聞こえる。

ここは突っぱねたい。

「それがしの目に曇りがあるとでも」

あえて目に怒りを滲ませる。

「いやいや、そのようなことを言う気はありません。古信楽を拝見させていただけますか」

玉助は恐縮して伝四郎の方を向いた。

伝四郎が桐の箱から茶壺を取り出した。うやうやしく手拭いを添えて取り出している。

出格子から注ぐ陽光に茶壺が照らされる。なるほど、玉助は真贋を見極めるために明るい座敷を用意したのだ。

まずいかも。

和清は胸底で舌打ちした。

「これだ。手垢《てあか》はつけておらぬぞ」

伝四郎が居丈高に言った。

「室町初期の作かと。出所は堺《さかい》の商人です。豊臣《とよとみ》流れとされております」

和清がすかさず能書きを垂れた。

「これが室町初期。三百年も前のものと」

玉助がぱっと眼を輝かせ、手を差し出してきた。

「お手を触れたら、言い値で買って戴きますぞ」

和清は制した。

それでなくとも陽光を浴びた古信楽と称したただの信楽茶壺は、つやつやと輝いて見える。釉薬が効きすぎているのだ。どうみても古色には見えない。

伝四郎もそれには気づいたようだ。

そ知らぬ顔で、出格子の向こうの川を眺めている。吐く息が酒臭い。

手をひっこめた玉助だが、半身を乗り出し、茶壺に顔を近づけて眼を見開いている。

「おいくらと?」

壺を凝視しながら聞いてくる。

掛け合いの始まりだ。

「水野様の箱書き花押付きでございます。百両。安いかと」

和清は一気呵成《かせい》に伝えた。伝四郎が見ている限り、下手《したで》に出るわけにはいかない。

「百両……高いですな」

玉助は頬に手を当てた。しばらく押し黙ったまま、茶壺を凝視している。長い。

「負けて八十両。そこまでです」

和清は刻んだ。

「折り合いませんな」

玉助は口を尖《とが》らせた。本当に狸のようだ。

「いかほどならば、引き合いまする？」

今度は相手の出方を見る。玉助は再び押し黙った。

川風が吹き寄せてきた。材木置き場の方から木遣《きや》りの声が聞こえてくる。積み出しのようだ。威勢のいい掛け声だ。

玉助は沈黙したままだ。和清は焦《じ》れる心を抑えた。

「玉助ぇ。籠清の蒲鉾を持ってきたぞ」

いきなり階段のほうから声がした。

「末三《すえぞう》か。すまんな」

玉助が顔を上げ、和清たちに向き直った。

「先刻申した手土産ですよ。隣の『銚子屋《ちょうしや》』の主人が持って来てくれたようです。幼いころからの遊び友達でしてね。これも何かの縁、ご紹介いたします。骨董趣味のある者でございます」

「それはかたじけない」

和清は礼を言った。掛け合いの腰が折れる。

「末三、客人を紹介する。入って来いよ」

玉助が声をかけると襖が開いた。

「商談中、恐れ入りやす。てまえ銚子屋の主人、末三でございます」

ひょろりとして背の高い男だった。蒲鉾の箱をふたつと、どういうわけか狸の置物を持っている。

「末三、なんだよそれ」

「浅草の土産物屋に並んでいた。あまりにも玉助に似ているので買ってきてやった。おまえさん、信楽焼に嵌まっているそうだしな」

末三がぽんと畳の上に狸を置く。

「店先にでも置きなよ。他を抜くってな。縁起物だ。それともおまえが座るか」

末三、だ。洒落も利かせている。

奇《く》しくも茶壺と狸の置物が並んでしまった。

発色はほとんど同じだ。時代の違いは感じない。

まるで落語だ。『おあとがよろしいようで』と言って立ち上がりたい気分だ。

「ほほう。これが古信楽ですかい」

末三もまじまじと茶壺と狸とを見比べはじめた。

和清の背中に冷汗が伝う。

さすがに伝四郎も渋面になっている。

相手は江戸でも知られた材木商と廻船問屋の主人だ。啖呵《たんか》を切って強請《ゆす》るわけにもいかない。

「末三、この狸、いくらだった」

「百二十文（約三千円）さね。いや、これは浅草寺の縁日の屋台の品だぜ。由緒ある古信楽とは一緒にするな」

末三はそう言った。

「そうさな。この茶壺を狸と一緒にしちゃいけねぇ。錦織様、二両（約二十万円）でいかがでしょう。当方、大黒屋さんの顔は、目いっぱい立てるつもりです」

　玉助が腕を組みながら言った。

　偽物と見破ったが、それを騒ぎ立てる気はないということだ。

「その値では箱書きは付けられませんな」

　和清は精一杯の強がりを言った。

「では、箱に三両（約三十万）をつけましょう。都合五両（約五十万円）。いかがか」

　玉助はにやりと笑う。

　伝四郎が咳ばらいをした。手を打てという符牒である。

「箱の方に高値をつけるとは、ずいぶんと酔狂なことで」

「へぇ。道楽とはそういうものかと」

　玉助は、ぱっと扇子を広げた。

　負けである。

　この玉助と末三。目利きであった。これまで騙してきた俄《にわ》か公家趣味とは、まったく違うはずだ。

　和清と伝四郎は、小判五枚と蒲鉾を押し戴き、そうそうに引き上げた。

七つ（午後四時）頃。

団五郎は大黒屋から帰る途中の年増女中ふたりを尾けた。日暮れ前には長屋に戻り亭主の夕餉の仕度をする臨時雇いであろう。

古今東西、その手の女中が一番口が軽い。見たこと聞いたことを誰かにしゃべりたくってしょうがない性質《たち》の女たちだからだ。

横山町から両国広小路に入ったふたりは、屋台を覗き、狸の置物などを指さして大笑いしている。

「徳兵衛みたいな悪どい顔をしてるのもあるにはあるんだわねぇ」

肉付きのよい身体が綿入小袖のせいでさらに膨らんで見える。

「職人さんも、十個に一個ぐらいはそんなん作りたくなるのと違いまっしゃろか」

もうひとりは上方《かみがた》の出のようだ。こちらは店を出た後も前掛けをしている。着物を汚したくない節約家だ。

「そうだよね。にっこり笑っている狸ばかり作っていても、飽きてしまうだろうしね。職人さんも腹の虫の居所が悪いときは、極悪顔の狸を作って憂さを晴らしているとか」

たわいもない会話である。

「女将さんっ、『怒り狸』はいま人気なんだぜ。『招き猫』をぶっちぎりで抜いて売れている」

売手が声を弾ませる。四角い顔の中年男だ。

「誰が女将さんだよ。あたしらは独り身だよ」

そうだったのか、と団五郎は頭を掻いた。観察眼が足りないようだ。これでは座元や雪之丞にはまだまだ追いつけない。

「おっと。すまねぇ。あんまり艶っぽいんで、どこぞの小料理屋の女将さんかと思ったよ」

口が回る男だ。

「口先男だね」

「まったくだ。この香具師《やし》は後家殺しだよ」

そう言いながらも、ふたりとも頰を紅く染めている。

後家か。

団五郎は会話の糸口を探した。

「おいらはね。母ちゃんの口から生まれたそうなんだ。それも母ちゃんの口がぱっと開いたら、おいらの唇が出てきて『おぎゃあ』と泣いたっていうんだ。生まれた時からの口先男よ。口から生まれた寅太郎《とらたろう》ってぇのはおいらのことさ」

寅太郎の口上に、ふたりはげらげら笑った。

「ばかだよこの人は。おっかさんの口はどこまで大きく開いたんだい」

着ぶくれの年増が言う。

「俺を産んでからはおっかぁ、西瓜《すいか》も一口でくっちまう」

と寅太郎。ふたりはさらに尻を突き出して笑った。次第に人が集まってくる。

読めた。

「寅さん、怒り狸はひとついくらだい」

団五郎がふたりの肩の間から顔をだした。

「おっ、これはまたどこぞの若旦那だね。ひとつ百文（約二千五百円）さね」

「ふたつで百二十文（約三千円）に負けておきなよ。このお姐《ねえ》さん方にやりたいんだ」

団五郎はふたりに交互に顔を向け、軽く見得《みえ》を切って見せた。助六の見得だ。

「やだぁ。お兄さん、いい男じゃないか」

着ぶくれした年増に尻を撫でられる。

「うち、はじめて本物の東男《あずまおとこ》を見たわぁ。これでも京女《きようおんな》ですえ」

前掛けの年増が科《しな》を作る。嘘だ、どうみても浪花女《なにわおんな》だ。

「よしっ、負けた。ふたつで百二十文だっ。もってけ泥棒。しょうがねぇ。ここからはどれでも六十文（約千五百円）だ。さぁ買った買った。暮れたら終《しま》いだよ」

寅太郎は鉢巻きを締め直して、大声を張り上げた。

「おふたりさん、そこの水茶屋で汁粉でも」

団五郎が誘うと、ふたりは真顔になった。

「新顔かいな？」

浪花弁の女だ。

「いいや。あんまり面白いので、読売の種にしようと思ってさ。毎日やっているのかい」

団五郎も真顔で言う。

「なんだ読売屋さんかい。あたしら三日にいっぺんだよ。あれでお上りさんたちがくらいついてくるんだ。怒り狸なんて普通は買わないよ。一服つけるんなら、橋の向こうの方がいい」

着ぶくれ女が紐をつけた怒り狸の焼き物をぶらぶら振って言う。

両国橋で本所に渡り、回向院門前の茶屋に入った。

「奉公帰りの小遣い稼ぎさ。あたいらの役目は売り上げには関係ない。客のふりして笑い声をあげたり掛け合いをやって客寄せの餌になるのさ。それで明日の朝、通りかかったところで、寅に二十文（約五百円）もらう。店の給金だけじゃ暮らしが回らないからね。足しにはなるよ」

「どこの店に奉公してんだい？」

知ったうえで聞く。

「大黒屋やねん」

「それはまたたいそうなお店じゃないか。それでも給金は安いのかい」

ふたりに汁粉と昆布茶を振舞いながら、団五郎は矢立てと半紙を取り出した。

「とんでもない安ささ。でもそんなこと書いちゃいけないよ。うちら辞めさせられちまうからね」

「それどころか仕置きに、吉原の切見世に売られてしまうかも知れないし」

ふたりは汁粉を音を立てて啜りながら声を小さくした。

「名前は知らないんだから、書かないさ。なんなら、ふたりが嫌な奴の名前で書いてもいいさ」

団五郎は誘い水を流し込んだ。どんな仕事場にも、そりのあわない奴はいるものだ。

「そうなん。そしたらうちおまきと名のるわ。嫌いなんよあの仲居頭」

と浪花女。

「あたしは男になる。畑中芳之助。廓から戻ってきた用心棒。仲居のことをいつも女郎のような目で見るいけすかない浪人だよ」

芳之助は奥平家には入らず、大黒屋に潜んでいるということだ。敵の布陣が見えてきた。

「分かった。おふたりはおまきさんに芳之助さんとする。もっともそれも直接は書かないけどね。仲居を長いことをやっているまの字婆さんとか、用心棒に雇われた無頼浪人、芳太郎《よしたろう》みたいにするのさ」

団五郎は半紙に書いて見せた。

「なるほど、読売はこうして実話をうまく隠すのね」

ふたりは大いに関心を持ち、喋り出した。長屋に戻っても暇なのだろう。みたらし団子も追加すると、滔々《とうとう》と語り始めた。

「そんなに阿漕《あこぎ》な貸し付けと取り立てをやって、大黒屋さんは、何をしようっていうんだろうね。越前屋や京野池を抜いて江戸一番の両替になりたいんですかねえ」

内情をだいたい聞き終えたところで、団五郎は何気に聞いた。目的を知りたい。ここが肝《きも》だ。

「吉原の妓楼を買い取りたいんだとさ。それも大見世をね。手代の忠丸《ただまる》さんが両替屋よりもはるかに儲かるんだって言っていたわ。夢屋とか『花田楼《はなだろう》』とかはもうひと息で手中に収まるらしい。後は艶乃家っていうのを落とせば、江戸町の真ん中を押さえられるって。それで近頃は、吉原にいた妓夫をどんどん引き抜いて、まずは大黒屋で商いの修業をさせている。いずれ買い取った妓楼をその人たちに廻させるんだって」

と、おまきを名乗る着ぶくれ女。驚きの証言だ。

「両替商が廓を直《じか》にやる気なのかい」

突っ込んで聞く。

「廓を商売にするっていうよりも吉原そのものを大黒屋のものにしようっていうのが、魂胆さ。番頭さんがね、『江戸で一日千両落ちるのは、日本橋、芝居町、それに吉原だ』って。日本橋と芝居町には手が出せないけれど、吉原は所詮悪所。筋のいい商人は遊びには行くけど、自分たちが手を出すことはない。新手の大黒屋だから手を突っ込めるんだってさ」

とは、芳之助役になった浪花女の弁だ。

「汁粉だけじゃなんだな。蕎麦《そば》でもどうだい」

団五郎が誘うと、女たちは大乗り気になった。

三

夕刻、奥平の屋敷に戻り与井屋での顚末《てんまつ》を話すと、橋本重蔵は怒り狂った。

「俺が、呼んでくる」

伝四郎が用人部屋から荒々しく飛び出していった。強請りが得意な伝四郎も、あの手の粋を極めたような商人には手も足もでなかった。

さぞや悔しさと羞恥があったに違いない。

和清も似たような気分である。

小癪であるが、育ちの違いを痛感した。やつらは生まれながらにしての道楽者なのだ。

「それでも五両は上出来かと。より精密な品物を拵えねば、さらに襤褸《ぼろ》がでることになりまする」

和清は重蔵にきっぱりと言った。

「そのほうに知恵はないのか。その道には通じておるのだろう」

「精巧な写しが出来る絵師なら知っています。それと、手間はかかりますが甲賀の里より本物の古信楽を掠《かす》めてくるという手もあります」

和清はおもいきり悪人面《づら》をして見せた。

天保座の仕掛けづくりと役者がいれば騙せる。和清はそう踏んだ。

「おぬしも悪よのう。鶴巻屋から萩での悪行は聞いておるぞ」

重蔵が品定めをするように顔を覗き込んできた。

「生まれ変わるつもりでおりまする。そのために悪が必要ならば、一度限りで使おうかと」

和清はあらたな芝居を始めた。

「手配しろ。掛かる金は用立てる。ただし、裏切れば命はないぞ」

「しかと」

そう答えて長屋へと引き上げた。この先の筋書きを描くために寝転がる。火鉢の炭を熾《おこ》さずとも過ごせる暖かさだ。

今年の春は早い。

書院の方から鼓を打つ音が聞こえた。奥平善次郎であろう。

やけに間の取り方が乱れている。具合でも悪いのであろうか。しかしそれにしても、音は大きい。まるで、時の鐘か忍びの符牒だ。

そう思ったときに、和清は跳ね起きた。

長屋に近い裏門の扉が開く音がしたのだ。

すぐに長屋を飛び出し、庭を横切る。

ちょうど日が沈んでいく時分であった。

草履を抱えて足袋のまま書院近くに進む。忍び足だ。複雑な築山とあまりにも大きな鼓の音で、誰にも知られることなく、書院の濡縁《ぬれえん》近くまで進めた。

障子に鼓を打つ奥平の影がうっすらと浮かんでいる。

「奥平様。お呼びで」

誰かの声がする。重蔵ではない。和清は床下に潜った。蜘蛛《くも》の巣を払いながら、黴臭い土の上を這い、書院の真下へと進んだ。

「立花《たちばな》殿か。近くへ」

これは奥平の声だ。

立花と呼ばれた男が膝を進める音がみしみしと響いてきた。床下の埃が舞う。

「奥平様、鼓の音が少し大きすぎます。当家の殿は寺社奉行拝命後、月番の時は御城に上がる以外はほとんど屋敷におりまする。先ほども、あの大きな鼓の音を聞いて、奥平は乱心でもしたのか、どうした、とそれがしに聞いてきた次第で」

寺社奉行は町奉行や勘定奉行のように特定の奉行所を持たない。任命された譜代大名の自邸が役所となるので当番の月はほぼ屋敷に張り付くことになる。

「立花殿、それはすまなかった。このところ、親戚筋が余に代替わりせよと煩《うるさ》くてな。どうにか役に就かぬことには、奥平家の体面が保てないと。余も焦っているのじゃ。青山様はなにか聞いていないかと思ってな。本日はご登城なさったはず」

奥平が甲高い声で言っている。鼓は、やはり青山家への符牒であった。

察するところ立花とは、向かいに住む譜代大名、青山忠良の用人あたりではないか。忠良の身辺の様子を知れる者に違いない。

「はい、評定所で審議があり、その後しばし老中水野様、若年寄佐々木昌行様と懇談なされたとか」

立花が伝えている。

「なんと、老中と若年寄と懇談とな。して、どんな話か聞いておらぬか」

奥平が勢い込んでいる様子が見えるようだ。

老中首座の水野忠邦と若年寄の佐々木昌行を交えての懇談となれば、人事の話が出てもおかしくない。

奥平が望む書院番頭は若年寄の管轄である。

「お屋敷にお戻りになってから、御家老と吟味物調役の御二方と長い詮議をなさっておりました。水野様から吉原の冥加金の配分をなるべく早く変えるようにときついお達しがあったそうで、殿様もどうしたものかと煩悶《はんもん》しておられた様子」

「まったくもっていまだ吉原は日蓮《にちれん》宗偏重とは」

奥平が嘆息したようだ。

「さようです。当代家慶公は浄土宗を推してございます。代替わりしてそろそろ一年。相も変わらず大御所様の権勢が強いままでは、家慶公は飾り物同然。水野様、佐々木様は、どうにかして家慶公の世にせねばと焦っておるようです。とくに佐々木様は尾張派の再興を願ってやまないご様子」

それが冥加金配分の変更だ。

吉原に浄土宗へ多く出せと、そう言いたいわけだが、大御所の顔を潰すわけにもいかない。やはり大黒屋や奥平の背後にさらなる黒幕がいるようだ。

若年寄、佐々木昌行。

はてさて、老中首座、水野忠邦までからんでのことか。

和清は耳をさらに澄ませた。

「余も吉原の件では佐々木様に手を貸しておる。青山様は、佐々木様からなんぞ余の登用については聞いてござらんかな」

奥平のもっとも知りたいところだろう。

「はて、それがしの立場では、いかんとも。いつも心遣いには恐悦至極《きょうえつしごく》でございますが、いかんせん、聞き耳をたてるのが精一杯でして。何かを問うことなど出来ませぬ。お察しいただければ」

立花が泣きを入れている。

「察しておる。大儀であったな。これで、そちも上手く取り入られよ。武士は商人と違い、昇進せぬことには、うだつが上がらぬ。これからもよろしゅう頼む」

畳の上を何かが差し出される音。

「ははっ。これほどとは」

いくら渡した？

「殿、大黒屋が参りました」

「それがしはこれで。お庭から失礼いたします」

奥から重蔵の声がした。

立花が障子をあけて出て行った。

続いて、大黒屋が入ってくる気配がした。

「徳兵衛、もはや一刻の猶予もない。即刻吉原を乗っ取るのじゃ」

「ははあ」

大黒屋がひれ伏す音がする。

「すでに贋作詐欺で得た二千両（約二億円）もの金を、若年寄様に渡してあるのに、いまだ余の役が決まらぬ。もはや即刻吉原を乗っ取ってみせる以外、余の存在感が示せぬのだ」

「いかにも。この大黒屋も尾張商人の端くれ、もともと新吉原を興《おこ》した先人たちの失地を復活させたく踏ん張っております」

そういう野望が絡んでいたのか。

本丸派と西の丸派の権力争いに、吉原の尾張派復権の狙いが重なっているということだ。

「いいな、卯月の御代替わり一周年までに艶乃家は落とせ。そしてお主が楼主となり和歌山から吉原総名主の座を奪うのじゃ。いいな」

重蔵が激しく叱咤する声がした。

「ははっ、必ずや。吉原を乗っ取った暁《あかつき》には揚屋町に『新尾張』の復興を。そして京町二丁目の和歌山は『新三浦』と改称いたします」

「それはよい知恵だ。佐々木様が何よりも喜ぶ」

おおかたのことは読めた。

本丸幕閣は尾張の勢力、資金を用いて吉宗公以来、紀伊《きい》出身者で固められた幕閣を引っ繰り返そうとしているのだ。

その最大の金脈が吉原の勢力を尾張の手に取り戻すこと。

吉宗公の享保の改革で没落した尾張一党を再び吉原に復権させることで、豊富な資金を得ようとしている。

そう見るとすべてが腑に落ちた。

御庭番の吉原潜入。尾張商人大黒屋の元で暗躍した知多南家の衣紋方による贋作の資金集め、これらがひとつの糸で繫がるのだ。

本丸が西の丸の裁可を得なくても、独自に政《まつりごと》や改革を行うための資金がここに生まれることになる。

この家の役目は見えた。

幕閣が直接、大黒屋などに指示を出すのは疑われるので、この無役の旗本がうまく使われているのだ。

もはや用はなかった。

和清は翌朝、わざと納戸に入り込み、贋作の掛け軸数本を盗み逃げた。かっぱらいを演じたのだ。

大事《おおごと》には出来ぬはずだ。

天保座に戻り、結髪のお芽以に伸び放題になっていた月代を綺麗に剃ってもらうことにした。

「なりえさんから、若年寄佐々木昌行についての文《ふみ》を預かっております。なりえさんは、今宵も父と一緒に吉原に潜っております」

　髪を整えてもらいながら、なりえからの文を広げた。

『若年寄佐々木昌行様は四十五歳。元知多南家の御三男。十八のときに、同じく譜代大名の丹後福浦《たんごふくうら》の藩主佐々木家に婿入りされ、十年前に義父佐々木康光《やすみつ》様の御逝去に伴い家督を相続。丹後福浦七万石の藩主となられた。無役をよしとした故康光様と異なり、昌行様は幕閣として昇進することを強く望まれたようで、多額の賄賂をばらまいていたようです。八年前に奏者番《そうしゃばん》に抜擢《ばってき》され、三年前には若年寄に昇っております。いずれ老中入りを目指しているのは明白で、老中首座水野忠邦様とは昵懇《じっこん》の仲とか。水野様への袖の下は、幕閣随一との噂もあり、他の老中、太田《おおた》様、脇坂《わきさか》様、土井《どい》様も一目置かれているとのことです。この話の出所は、昨年まで本丸にいた茶坊主、真寛《しんかん》からのもの。確かかと思いますが、何卒内密に願います』

　とあった。

　佐々木昌行は元知多南家出身。

　まずそこに着目せねばなるまい。

　騙り浪人の大杉勘九郎は、知多南藩の出であった。大杉は元衣紋方という智恵と肩書を利用し、多くの贋作を売って歩いたが、佐々木と縁があったのではないか。

知多南藩は御三家尾張徳川家に連なる六万石である。

そして佐々木が奏者番だったこともまたさまざまな疑点を窺《うかが》わせる。奏者番も武家の礼法を伝える役であり、また寺社奉行は奏者番の中から四人が兼職させられる。つまり佐々木は、新米寺社奉行である、牧野忠雅《まきのただまさ》、青山忠良、阿部正暸《あべまさあきら》の先輩格になる。

青山の屋敷前の奥平善次郎を取り込んだのは、目が行き届くからか。

そうなると、あの青山家の立花という用人は、奥平に通じているというよりも、奥平の監視という色も浮かんでくる。

「綺麗に剃りあがりましたよ」

お芽以の声で、われに返った。

手鏡を翳《かざ》し、ここ数日、細めていた眼もぱっと開くと、無頼な浪人の表情が一転し、涼し気な町人のものとなった。

錦織雅裕とは別人である。

「座元。大黒屋の女中から色々聞きだしてきましたぜ」

そこへ団五郎が楽屋に入ってきた。

「おめぇ、色はつかってねえよな」

和清が厳しい視線を向ける。

「へい。天保座の役者は色は売らないのが決まりで。すべて芝居で聞き出してきやした」

「なら聞こうか」

「大黒屋の魂胆は……」

団五郎の話を聞き、和清はすぐに立ち上がった。ここまでくれば南町の奉行筒井正憲にすべてを伝えねばならない。

黒装束を身に纏《まと》い、闇の中を数寄屋橋へと走った。

四

如月も押し迫った晦日の朝。

春風漂う吉原に冷や水を浴びせるがごとく激震が走った。

「江戸町二丁目の夢屋さんと翔傳楼さん、それに京町二丁目の山吹楼が、店じまいだってさ。なんでも今月の掛かりが払えないらしいよ」

艶乃家の見世前の通り。

読売屋が声を嗄らしている。

昼見世の仕度をしていた雪之丞は、二階廊下の格子からこの声を聞いた。

「嘘だろう?」

女郎の仕度を覗いていたお京が、腰を叩いて格子に近づいてきた。

「おいら、ちょっと瓦版を貰ってきますよ」

雪之丞は階段を駆け下り、通りに飛び出した。瓦版をひったくり、隣の夢屋を見やると顔見世の格子に板を張り付けていた。

夢屋の立ち番の五郎吉《ごろきち》が、しょんぼり軒下にしゃがみこんでいる。十五日前に雇われたばかりの、まだ声が出ていない立ち番だった。

「いってぇ、なにがあったんだ」

雪之丞は聞いた。

「両国の大黒屋に乗っ取られたって話だ。先月と今月、二度続けて飛ばしをしたらしい」

「二度ばかり遅れたぐらいで、乗っ取られるかよ。夢屋は大見世だろう」

「そういう約定で、借りたっていうんだからしょうがねぇみたいです」

「繁盛しているように見えたがな」

雪之丞は夢屋の二階を見上げた。

「おいらが入る前のことだけど、風呂場で小火《ぼや》があったり、二階の客用の厠《かわや》が崩れたりってことがあって、その修繕費がかさんでいたらしいのさ。それに古手の妓夫がどんどん辞めてしまったので、おいらみたいな素人《しろうと》ばかりが雇われっちまったもんだから、余計に客足が鈍ったみたいで」

「それでどうなるんだい」

「おいらには分からねぇよ。たったいま大黒屋の手代から暇を出すって言われちまった。じきに昔いた立ち番が戻って来るらしいやね」

五郎吉は力なく空を仰いでいる。こんな日に限って青空が広がっている。

「まあ悪いこともあれば、よいことも起こるってもんだ。蕎麦でも食って、気を鎮めねぇ。餞別《せんべつ》だ」

雪之丞は懐から巾着を出し十六文（約四百円）を渡した。

「鈴吉兄さん、あんたみたいに仕事を覚えたかったよ」

五郎吉は下を向いた。

「いずれまたってこともあらぁ」

雪之丞は見世に戻り、瓦版を読んだ。

夢屋の他も概《おおむ》ね、同じような事情で大黒屋に差し押さえられていた。

どの見世も証文がきちんと出来ていて、公事方に訴えることも出来ないという。というより吉原《さと》の中のことは、中で片づけるというのが吉原の不文律であり、役人の手を煩わせるのは愚《ぐ》とされる。

大黒屋はすべて知ったうえで、手順を決めていたようだ。妓夫を徐々に引き抜き、見世の段取りを悪くする。客足が鈍ったところで、さらに小火や崩れを起こして、急な掛かりがいるようにする。売り上げが減ってきているので、まっとうな両替商は出し渋る。そこで大黒屋が手を伸ばす。

艶乃家にも同じような魔の手が伸びているわけだ。

「だから、早く大黒屋さんに借りておこうと言ったじゃないですか」

階下から万太郎の声がするので、雪之丞はお京ともども大広間に降りた。

「いや、まさか永楽さんが潰れるなんて」

帳場番の嘉兵衛が、顔を強張《こわば》らせている。

永楽は江戸町一丁目の仲乃町通りに面している引手茶屋だ。場所柄、艶乃家に登楼する客のかなりな数が永楽を通しているのだ。

そのひと月ぶんの売掛が飛んだ。

「まさかが起こるのが妓楼って商いでしょうよ」

万太郎が声を荒らげている。

「永楽さんの分はいくらなんだい？」

内証から主人、松太郎が出てきた。

「ざっと千両（一億）はあるかと」

嘉兵衛が唇を震わせながら言う。

「入るものが入らずとも、今日の払いはせねばなりませんね。それで蔵の残りはいくらになります」

松太郎が聞いた。

「千五百両（約一億五千万円）というところです。しかしこの騒ぎを知れば、越前屋さんも来月には千両のうち半分でも戻せと催促してくるやも知れません。そうなるとうちには手元金がなくなってしまいます」

「他のお茶屋さんからの入りは？」

「五百両（約五千万円）に欠けます」

聞くと松太郎は天を仰いだ。

持ってあと半月。

商人ならそう算盤を弾いているはずだ。

「ここは大黒屋さんでしょう」

万太郎の張りのある声が、大広間に響いた。

「それしかないかねぇ」

松太郎は大きく嘆息し、腕を組んだ。

「あっしが向こうの手代さんと繋ぎます」

万太郎が見世を飛び出して行った。

雪之丞は一刻も早く座元に報せねばと、表通りへ出た。この刻限ならば、揚屋町の湯屋にいけば千楽に会えるはずだった。

繋ぎを頼むことにする。

仲乃町通りは吉原《さと》の中の人々が、忙しく行き交っていた。

通りのど真ん中にある老桜のほうから千楽となりえが若旦那風の男たちと歩いてきた。あと二十日もすれば桜の花が咲き誇ることだろう。

はて、なんだ？

「あぁ、これは艶乃家の鈴吉さん、よいところで出会った」

赤い頭巾を被った千楽が、手を振ってくる。雪之丞もすぐに芝居に入った。

「これはこれは世之介師匠に梅吉さん。早くから御商売で？」

「いやいやこちらの酔狂な旦那方が、吉原《なか》で朝餉を食いたいなんて、素《す》っ頓狂《とんきよう》なことを言うもんですからね。そこの台屋でいま賄い飯をいただいてきたところです」

と二人を紹介した。

「銚子屋の末三といいます。入船町で廻船問屋を」

「あっしは与井屋の玉助。こいつの隣で材木屋をやってます。ふたりあわせて、いい調子良いなんてね」

　どっちが芸人なのか分からないような感じの旦那衆だ。

「ほんとおかしな人たちですよ。師匠も私もすっかり騙されていたんですからね。っていまも本当のことを言っているのか分からないのですが」

　なりえが笑う。

　こんなときにかまっていたくないのだが、成り行きだから仕方ない。

「それで、師匠、おいらに何か」

「このおふたりがですね。馴染みにしていた山吹楼のお女郎が総替えになるというので、おふたりはどこに上がろうかというものですから、艶乃家をお勧めしようと思っていたところでした」

「それはそれは、ぜひとも」

　雪之丞は揉み手した。

「なんですかねぇ。山吹楼さん、乗っ取られたようですねぇ。開けるのは十日もさきになるとか」

　末三が言った。

「もうお耳に入っているのですね。しかし総替えとは山吹楼さんも大胆なことをしますね。新たな楼主のお考えだとは思いますが」

「その分、不実が解消されるので、あっしらも見世替えが出来るってもんで」

と末三。嬉しそうだ。客にとっては、めったにない馴染みの替え時となるので、無理もない。

「妓楼の売買があるなんて知りませんでしたよ。何ならあっしらで大見世のひとつも買いますか」

玉助が豪快に笑う。

「そうだなぁ。骨董も飽きたしなぁ。買っちまうか。なんてよっ。冗談さねっ。さっ、朝餉も食った。玉助、けえるぞ」

末三が大門を指さした。

おかしなふたりだ。

ふたりは明日の夜に登楼すると言って帰って行った。

ふたりが陽気に手を振って大門から出て行ったころで、雪之丞は千楽に艶乃家の窮状を伝えた。

「分かった。座元に伝える。こっちも雪さんに言伝《ことづて》がある。五日後に改稿した筋書きが出るそうだ。外題だけは決まったようで『春の総崩れ』ってことだ」

千楽がそう言って、腹に載せた太鼓をでんと叩いた。

「そりゃ、どんな崩れなんだい」

「知るかい。座元が数寄屋橋から筋書きを受け取るのが四日後だそうだから、俺たちに知らされるのは翌日さ。そのとき役も割り振られる」

千楽がこそこそ言う。

「俺が出られるのは八つの終わり（午後四時頃）。しかし日暮れ前には戻っていなくちゃなんねぇ」

役はまだ分からぬが、いきなり艶乃家から消えてはまずい。

「分かった、そう伝えておくよ。看板は雪さんだ」

なりえがそう言った。

「ではあっしは、いまのふたりの若旦那の素性を探ってきます」

千楽は世之介の装束を脱いで、小走りに大門へと向かった。

雪之丞としても、あのふたりの素性は早く知りたい。なんだか本当に妓楼の一軒や二軒買ってしまいそうな勢いがあった。

買ってくれたらいい。

第七幕　大芝居幕開け

一

弥生《やよい》四日。

天保座の芝居が始まった。

まずは南町奉行筒井政憲が自ら仕掛けをすることになった。

桃の節句を終えた頃合いを見計らい、筒井は西の丸へ向かった。

この度は坂下門《さかしたもん》から入るようにと命があり、門を潜るとすぐに茶坊主が迎えに来ていた。正月に来た際には桜田門で、雪に覆われた庭の中を遠回りしながら西の丸に上がらせてもらったが、坂下門はより西の丸に近かった。

紅葉山《もみじやま》のほうから春の風が吹き抜けてくる。

「こちらへ」

茶坊主が大廊下を進む。いつもの庭に面した座敷ではないようだ。奥にある書院に通された。対面用の表書院ではなく、家斉公が政務を行う奥向きの書院である。本丸で言えば黒書院。側用人や西の丸老中でなければ入れない部屋である。

静寂した間に、微かに墨の匂いが漂っていた。

すぐに襖が開く。

筒井はひれ伏した。

「和泉守、面《おもて》を上げい」

徳川家斉が目の前に胡坐を掻き、顎を撫でていた。これほどまぢかに大御所を見るのは、筒井は初めてだった。色艶《いろつや》の良い老人である。

「ははあ、大御所におかれましては……」

と伺候《しこう》の挨拶をしようとした。

「それはよい。御裏番の調べを聞かせい」

大人物ほどせっかちである。

「さすれば……」

と筒井は、和清から受けた状況と自分の類推を述べた。

「やはり冥加金がからんでおったか。家慶も水野らに操られておるのがはっきり

うまく、利用されたまでのこと」

「家慶公は、事の次第など知る由もないでしょう。浄土宗に帰依《きえ》していることを
したな」

　平頭したまま述べた。

「和泉守、なんだか堅苦しいのう。余はそちを西の丸の留守居役にどうかと思っておる。そのつもりで話せ。佐々木は何をしたいのじゃ」

とんでもない餌をつけられたものだ。西の丸留守居役となれば、その後、本丸の老中への道も開けてくる。

「若年寄様は、水野様の次を狙われているかと。そのため吉原を手中に収め、冥加金を一手に握ろうとしているのでございましょう」

「賄賂《わいろ》まみれだった田沼意次《たぬまおきつぐ》を思い出すのう。そのような者が出世しては家慶もこの先、飾り物にされてしまう。すでに『そうせい将軍』などと呼ばれておるという」

　新将軍は何ごとも老中の進言に『そうせい』と答えることから、そんな落首《らくしゅ》が巷《ちまた》に流れているのは事実だ。

「ご老中水野様と若年寄佐々木様が狡猾《こうかつ》すぎるのであります」

　きっぱりと言った。

「冥加金だけではあるまい。尾張の匂いがするのぉ。尾張じゃ。尾張徳川は、八十年前、御三家筆頭の地位にありながら、将軍の座を紀伊に奪われたのをいまだ恨みとしている」

家斉は最初からそう見立てていたようだ。この五十年、その尾張を外様以上に締め付けてきたのはほかならぬ家斉である。そのために水戸《みと》まで手なずけた。

「いまさら反旗を上げることはありますまい」

家斉は出自である紀伊も含めて、御三家の力を徹底してそいできた。いまや御三家とは名目上であり、幕府内での序列は吉宗公が立てた御三卿のほうが上である。家斉はその御三卿の一家である一橋《ひとつばし》家の出である。

「余は吉宗公の曾孫じゃ。まだ憎かろうぞ。して和泉守、どのように仕置きをするつもりじゃ」

その問いに、筒井は策を手短に話した。

大御所が大笑いした。

「文字通り、潰すとはな」

「さように考えております。しかるにこの大芝居の伏線を張るため、大御所の鶴の一声を頂きたく伏してお願いいたしまする」

筒井はぶるぶると身を震わせながら述べた。次に言う言葉が恐れ多すぎて、自然と身が震え始めたのだ。

「なんと言えばいい」

大御所が人懐こい笑みを浮かべた。

「吉原お成りと」

切腹覚悟で申し入れた。

「ぷっ」

「いや、言うだけでよろしいのです。そして若年寄佐々木様を接遇役に御名指《おなざ》しを」

「ぶはっははは」

大御所が右の腹を押さえ、大声をあげて笑った。

「言うだけでよろしいのです。当日にお取りやめになればそれでよろしいのです」

「しかし和泉守、余も行ってみたいのう。吉原。余も大門の前で駕籠を降り、顔見世とやらに並ぶ女たちを眺めてみたいものじゃ。さぞかし大奥よりも壮観なことであろうな」

徳川家斉の目に好色さが増した。子供のような眼差《まなざ》しである。とんでもないことを言い出す将軍だ。

「それはなりませぬ。あくまで戯言《ざれごと》として言うのです。それで本丸も右往左往いたします」

「よし。そのほうの筋書きに乗ろうぞ。時期はいつにする」

筒井は懸命に述べた。

「ありがたきお言葉。さまざま整えねばなりませぬゆえ、卯月《うづき》の半ばに」

筒井は平身低頭《へいしんていとう》した。

「西の丸老中を通じて、佐々木に伝える。それでよいな」

「はいっ。そうなれば町奉行には自然と話が下りてまいりますので、あとはこちらで手をうちまする」

「首尾よくな。家慶のために奸臣《かんしん》は取り除かねばならぬ。余はそれを願って、そちに命じておる。放っておけば水野が改革を始める。それはならぬ」

大御所は立ち上がった。

まだまだ権力を手放す気はないのだ。決して後を継いだ次男のためにするのではない。本気で尾張の逆襲を憂慮しているのだ。

筒井は大御所の気配からそう感じ取った。

そして、本当に吉原に行く気ではないかという一抹の不安も残った。

二

弥生五日。

「まずは大黒屋に金を吐き出させる」

和清はこの度の大芝居、『天保吉原花見踊り』改め『春の総崩れ』の筋書きに目を通しながら、座員一同に向かってそう伝えた。

八つ半（午後三時頃）のことだ。

天保座の舞台の上には雪之丞、団五郎の看板役者に狂言回しの千楽、踊り衆が、和清を中心に車座になっている。そのひとつ外の輪には、大道具の半次郎となりえ、小道具の松吉、結髪のお芽以、他裏方衆が座っていた。

雪之丞はたったいま駆けて来たところだ。

「吉原《さと》ではもう大騒ぎですぜ。みんな本当に大御所がお成りになると信じ込んでいる」

その雪之丞が言った。

「若年寄の佐々木昌行様が接遇役に決まったとの話もすでに漏れ聞こえております」

千楽が付け加える。

和清は満面に笑みを浮かべた。

奉行、筒井政憲が企《たくら》んだ一矢《いっし》が見事に吉原に的中したことになる。

「すでに二の矢が飛んでいるはずだが」

和清が口にすると後ろの輪にいる結髪のお芽以が挙手した。

「お芽以、何か聞き及んでいるか」

「はい、今朝、面番所の同心と吉原会所の頭領が話しているのを聞き込みました」

「それで」

和清は身を乗り出した。

「同心の松村は、大御所は艶乃家か夢屋、あるいは『紀尾井楼《きおいろう》』へ上がろうとしているらしいと、佐々木様から内々に奉行所へ下りているという話をしていたようです」

それも筒井が仕込んだに違いない。他にも大黒屋が買い取った妓楼の名がすべて挙がっているはずだ。

筒井の書いた筋書きにそうあるのだ。

「団五郎、大黒屋の動きは分かるか？」

和清は団五郎を指さした。

「飲み友達になった女中の話ですと、材木を仕入れているようです」

まんまとひっかかったようだ。

「なるほど、それで金を吐き出させるのですね」

なりえが膝を叩いた。

「入船町の与井屋に大量発注しているようですが、なんでもご主人が臍《へそ》を曲げていて、現金じゃないと回さないと言っているそうです」

団五郎が聞き込んできたことを書きこんだ帳面を見ながら言った。

そいつは都合がいい。和清はほくそえんだ。

「入船町の与井屋だってか」

思わず吹き出しそうになった。

それもそのはず、与井屋の主人玉助は大黒屋の徳兵衛にまがい物の茶壺を摑まされそうになったのだ。あまりに大きな注文を受けても支払いに不安を感じるはずだった。

「与井屋と言えば、いまは江戸で一、二を競う材木問屋ですよ。お隣の廻船問屋銚子屋共々に、絵師や戯作者には気前よく金を注ぎこむ粋人で、まさに韜晦《とうかい》と揶揄《からか》いを楽しむ江戸っ子の典型ですね」

千楽が扇子を広げながらのたまった。後ろにいるなりえも頷いた。

「千楽師匠やなりえもあのふたりに出会っていたのかよ」

和清は目を細めた。

「わっしらもだまされそうになったほどの素っ頓狂なご仁たちです。吉原では知られているようで知られていない。それがあのふたりの酔狂を好むところです。わっしは後を尾けて、ようやくその正体が本物だと知りました」

「そうかい。あの旦那衆は、吉原でもそんなふうかい。俺も潜り先で一度会っているが、たいした連中だと思っている」

和清は玉助と末三の顔を思い浮かべた。

何か通じるものを感じた。

それから座員たちに筋書きを伝えた。

「舞台壊しをやる。小芝居座の天保座にとっては初めての大仕掛けだ。半次郎さん腕の見せ所だぜ」

「へっ？　舞台壊し」

大道具の半次郎が口をあんぐりと開けた。

舞台壊しとは、大芝居でも滅多にやらない仕掛けだ。舞台上の家を一軒、崩し落とす演出だ。

「そうさね。艶乃家の大黒柱をぶっ倒して総崩れを起こさせてぇ」

和清は筒井政憲が描いた段取りをひとつひとつ説明する。

小道具の松吉も息を呑んだ。

「黒幕と大黒屋をぶっ潰すのに大黒柱を外すってのも落ち噺《ばなし》になっているだろう。筒井の旦那もとことん芝居好きだ。こんな連中は、あっさりあの世に行かせちゃならねぇとよ。俺も同感だ。たっぷりと悶《もだ》え苦しませてやろうじゃねぇか。半次郎さん、松吉さん、頼みますよ。こうやって艶乃家をがらがらどっひゃんと……」

半紙に絵を描いて伝えた。

本当に総崩れだ。

全員が目を丸くした。

「座元、そいつぁ贅沢過ぎねぇかい。たった一夜《ひとよ》のためにそこまでやるんですかい」

いの一番に、半次郎が声を上げ、呆《あき》れたような顔をした。

「親方、それが芝居の醍醐味ってもんでしょう」

和清は返した。

「たしかに、それは一生に一度だけ使える大舞台ですね。ここは一番、大見得を切るのは、座元でしょうね」

「俺に体当たり役はきついぜ」

和清はその役は、雪之丞だと考えていた。

「いいや、そこは座元だ。芝居はいらねぇ。気張っていってどんと体当たりするだけの役だ。気合でいい。それに老け役は雪の字やおいらには限度がある」

団五郎までそう言う。

「顔は私が作りますよ」

お芽以が胸を張る。

ここは座元兼座頭の芝居を見せねば、示しが付かなそうだ。和清はしかと頷いた。


十日後の弥生十五日。

いよいよ舞台作りと相成った。

大道具の半次郎と小道具の松吉が、朝っぱらから裏方二十人を引き連れて艶乃家に遂に足を踏み入れたのだ。表には、大八車が何台も連なり、真新しい畳や建材が積まれている。

まずは舞台作りだ。

——ここは裏方の腕の見せ所だ。吉原中の客を沸かせて見せる。

半次郎は胸底でそう呟きながら、二階へと上がった。

艶乃家はこの日、見世を一日だけ閉めた。

二階の花魁座敷の改修である。

「大御所様がお成りになるかも知れない部屋だ。しっかり作り込んでおくれよ」

万太郎が職人たちを見回しながら言った。

「へい。畳替えに壁や床の間の造作を新しくすることでずいぶんと変わります」

半次郎はにこやかに答えた。

雪之丞が、この万太郎に芝居町の大工なら見栄えの良い造作を安く出来ると進言したのだ。大黒屋は喜んだようだ。

大御所はまだどこの妓楼に上がるとも決まっていないのだが、若年寄の佐々木昌行が艶乃家か夢屋になるように西の丸老中に働きかけているそうだ。

面白い芝居になりそうだった。

半次郎は楼主の松太郎からこの楼の図面を借りた。建ててから六十年になるが、しっかりした造りだった。

中庭を囲む形でロの字に建てられた妓楼は、屋根裏にある大きな梁《はり》で、四辺の棟が繋がっている。床下はそれぞれ独立した四つの棟が、屋根裏の梁を繋ぎ合わせることで、どの方向から風が当たっても互いがぐらつかないようになっている。

そして四つの棟と連携して全体を支える大黒柱がある。まさに大黒柱とはこのことで、艶乃家を支えているのはこの一本なのだ。

この大黒柱と四つの棟の繋がりを確認したい。

「ここがわちきの部屋になるんでありんすか」

壁に梯子を掛けて、道具箱を担いだ半次郎が天井裏に上がろうとしたところで、艶やかな花魁が現れた。半次郎が見たこともないような絢爛豪華な打ち掛けを纏っている。

「松絵、いや松川花魁、なにかご注文はありますか」

案内してきた雪之丞が聞いている。

「いいえ。お任せいたします。それにしても広いのですね」

「今日一日で仕上がるそうです。明後日にはお引越しを。御贔屓筋からの重ね布団、桐簞笥、文机はすでに蔵にはいっております」

雪之丞が伝えた。

「花魁、武家あがりならば作法も知っているでしょう。お成りの際には粗相《そそう》がないように頼みますよ」

万太郎が花魁のことを睨んだ。

「お相手が大御所様となれば、わっちの知見など何の役にも立ちません。なるがままでございましょう。腹はいつでも切るつもりです」

花魁はそう言って打ち掛けを翻し廊下に出て行った。

万太郎も退いた。

雪之丞はふたりが完全に廊下から消えるのを見定めて、裏方衆に眼で合図した。

裏方衆がこっそり黒く大きな道具箱を開けた。中のものを重そうに取り出し、半次郎の前に並べる。

雪之丞もそこで戻って行った。役者が一緒にいては怪しまれる。舞台作りは裏方だけで充分。文字通り裏の仕事である。

「松吉、ならまずは一緒に屋根裏に上がるか」

「おうっ。ひと月先まで、お湿りが少ないといいんだがな」

小道具係の松吉が答える。

「そこは運次第《しで》ぇだ。背景に華があったほうがいいにはいいが」

半次郎が屋根裏へと梯子を上る。松吉も続く。

十人ほどの裏方衆が道具箱から取り出した物を、順に屋根裏へと送り込んだ。

他の裏方衆は畳替えを始めた。

畳を替えつつ二階と一階の柱にも細工を入れる。裏方たちは半次郎の指図通りの仕掛けをすることになっている。

同じ大道具のなりえは隣の夢屋に入っている。さすがに今日は芸者の格好ではなく、大工装束だ。

あちらはすでに大黒屋のもので、やはりお成りにそなえて改築をするそうだ。

向こうの仕掛けは、なりえがすることになっている。夢屋は中庭がなく総二階家なので仕掛けはしやすい。

屋根裏に上がると、半次郎は鋸《のこぎり》と鑿《のみ》を取り出した。一方松吉は、火打ち石と太い糸を取り出している。そこにある小道具が順に送り込まれてきた。

大がかりな舞台を作るようだ。

見せ場だ。

三

翌弥生十六日の夜見世。

和清は戯作者の喜多川幸喜《きたがわゆきよし》と絵師、安西広宣《あんざいひろのぶ》、それに幇間の千楽を引き連れりだったので安心した。ここを使って稽古は出来ない。図面で頭にたたき込んでいた通りだ。

二階に上がるとき、大広間に視線を這わせた。階段から振り返りもう一度、大広間の全景を目に焼き付けた。

「松絵、裏を返しに来た。今宵しか裏を返せないと知ってな。床入りは叶わなかったが、そういう定めであったのだろう」

宴会用の座敷に上がるなり、そう言った。

松絵はぷいと横を向いた。

「俺の資力じゃ無理ってもんさ。これでも分は弁《わきま》えている」

「松川になっては呼ばないと」

「花魁は、ぬし様を選ぶことが出来るでありんす。わっちは和清様をお迎えしたい」

「あの世で、な」

「死ぬのが楽しみになるようなことを言う」

暮れに初会で相手をしたときの松絵とは印象が違っていた。あの夜はどこか救いを求めている眼であったが、いまはやけに澄んだ眼をしている。

「そういえば文を貰っていたな」

「もうよいでありんす」

「ならば、返事は要らぬか」

和清は胸元から書状を取り出した。松絵の眼がぱっと明るくなる。

「要りまする」

手を出してきた。

「あの世に行く前に読め」

芸者衆が三味と太鼓を鳴らし始めた。出格子から都都逸《どどいつ》が春の夜に舞い上がっていく。

「ここで読むのでは野暮というものだ」

「ならば、ちょいと部屋に戻ってもよいでありんすか」

「それも照れくせぇ」

そういう和清を振り切るように、松絵はいそいそと立ち上がり、廊下に出て行った。

「なんとも色っぽい情景で。さすが役者は違いますなぁ。あぁ、暑い、暑いっ」

喜多川が扇子を広げて顔を仰いだ。

「まったくだ。お女郎さんをこれほど真剣《まじ》にさせる様子は、与井屋や銚子屋の旦那と一緒でも見られねぇ。玉助さんも末三さんもさぞ地団駄を踏むことでしょう」

絵師の安西も言う。

ふたりは与井屋と銚子屋が気に入っている戯作者と絵師だった。粋な旦那衆は、文人墨客を単に遊びに連れて歩くだけではなく金主《きんしゅ》にまでなっているという。

ただしそのことは、決して口外しないという約束になっている。

「いやいや今宵は、訳あって上がったまでのこと。おふたりにも頼みがござんす」

和清は切り出した。

「おっ、あっしの『深川おせっかい長屋』を芝居にしてくれやんすか？」

喜多川が身を乗り出してきた。

「いやいや世話物は上方では受けますが、江戸じゃあんまりなんでね。仕置き物とか書いてくれたら考えますよ。ってかそうじゃねぇ。頼みっていうのは他でもない、与井屋さんと銚子屋さんに取り次いで欲しいんですよ」

と和清はふたりの顔を覗き込んだ。

話が聞こえないように千楽が芸者衆を囃し立てた。

三味線と太鼓に鉦《かね》も加わり賑やかさを増していく。

その喧騒の中で和清はふたりに内緒話をした。

「そいつは面白れぇ話だ。洒落が効いている。あの旦那方はきっと乗ってきますよ」

と安西広宣。ぐいっと盃の酒を呷った。

「請け負った。その大芝居の始末は与井屋さんと銚子屋さんが間違いなく引き受けてくれまさぁ。なんといっても調子の良いふたりですから」

喜多川がぽんと手を打った。

これでこちらも御奉行の筒井に負けじと手が打てた。

「どうも、女郎が中抜けとは申し訳ありません。初めまして。手前が楼主の松太郎でございます」

雪之丞と共に艶乃家松太郎がやってきた。満面に笑みを浮かべているが、眼は不安そうだった。

「鈴吉さんから、話は聞いていますかね」

その眼を見やりながら和清は涼し気に笑った。

「その筋書きっていうのは本当でしょうか」

「はい、大黒屋は潰しましょう」

きっぱりと言ってやる。

「しかし……」

と松太郎は、虚ろな視線で部屋を見渡している。

「楼主、大丈夫《でえじょうぶ》ですよ。後始末はこちらさんたちが引き受けてくれます」

和清は戯作者と絵師を指さした。

「おうよ。まかせてくれ」

「大船を用意する」

いかにも遊び人のふたりが口々に言い、胸を叩く。

「ぜんぜん大丈夫には見えませんが」

松太郎はなおのこと不安げな顔になった。

「芝居町は全力で吉原を助太刀しますよ。身内同然ですからね。あっしは本気です」

和清が今度は声に力を込めて言った。

松太郎はしばらく考え込んだが、

「どのみち、大黒屋さんは追い詰められることになります。普請の代金も大黒屋さんからまわしてもらっていますしね。もう伸《の》るか反《そ》るかです。あっしもその大博奕、乗りましょう。しかし、本当にうちなのでしょうか？　和歌山さんではないのですか」

と首を傾げる。

「十中八九としかいまは言えんがな」

さすがに和清も、そこは御奉行を信じるしかなかった。

千楽がででんと太鼓を打つと、三味の音がさらに高くなった。

そこに松絵が戻ってきた。

「和さま。あい分かりました。わっちはあの世に行くでありんすねぇ」

床の間の掛け軸を見やり、にっこり笑って言う。

「頼むぜ、花魁。生きるか死ぬかだ」

「で、ありんすな」

その夜、和清は大引けまで遊んで帰った。翌日から松絵は松川に改め、艶乃家唯一の花魁となった。

天保九年弥生十七日のことであった。

艶乃家は皐月《さつき》の半ばに二十年ぶりに花魁道中を出すという。

四

弥生二十日。朝五つ（午前八時頃）。

この日の空は白く、花冷えのする朝であった。

大門を入ってすぐにある吉原会所に、吉原七町と呼ばれる江戸町一丁目、二丁目、京町一丁目、二丁目、伏見町《ふしみちよう》、揚屋町、角町の名主たちが紋付き袴姿で集まっていた。

五町を束ねる総名主は、京町二丁目の和歌山の楼主、三代目登美三郎。五十六歳だ。鬢《びん》に白いものが混じっているが、妓楼主とは思えないほど品のよい面差しだ。

それに夢屋の楼主になったばかりの大黒屋徳兵衛が顔をだしている。

江戸町二丁目の名主はこれまで艶乃家の松太郎であったが、この日は大黒屋徳兵衛への変更を了承してもらうための招集であった。

それぞれの名主に若い従者が付いている。雪之丞も万太郎と共に、艶乃家の付き人として後方に座った。

「大黒屋さんが大商人であることは承知しているが、吉原《さと》の仕来りはまだご存じありませんな。三年ほど様子を見てから、艶乃家さんと替わられてもよろしいのではないでしょうか」

揚屋町の名主、『千代戸寿司《ちよとすし》』の勘八《かんぱち》がそう言いだした。

「それに大黒屋さんは、夢屋さんを買い取ったが、まだ商いをしていない。妓楼を空にしたままじゃないですか」

続けて角町の名主、『春湯《はるゆ》』の与三次《よさじ》も言う。

吉原七町のうちで揚屋町に妓楼はなく角町にも一軒しかない。この二町は、いわば吉原《さと》の中の生活を支える町で、商店や台屋、湯屋、床屋が並んでいる。

「寿司屋や湯屋にとやかく言われたくないもんだ。たしかに夢屋は、まだ休業中だ。それはあっしなりの料簡があってのこと。まったく新しい妓楼にするために、清水の舞台から飛び降りるつもりで、これまでいた花魁や女中の年季を棒引きにした。あっしとしても自前の廓を一から始めたいと思って、損得抜きにして、いったん商売を止めているんですよ。借金を棒引きにされた女たちは喜んで出て行きましたよ」

大黒屋が憮然《ぶぜん》とした表情で、そう言った。

「お言葉ですが大黒屋さん、それがまず妓楼の商い、女郎の扱いを知らないということにもなります」

総名主、和歌山登美三郎が穏やかな口調でそう語り、大黒屋の方を向いた。

「どういう意味で言ってなさる。あっしは借金を負わされ苦界に落ちた女郎たちを、主《あるじ》替わりの祝儀として放免してやったんだ。いわばお情けだよ。むしろ商いの本道を示したと思っている。女郎たちにもこんなことがあるのだと、希《のぞみ》を持ったはずだ」

徳兵衛は悠然と答えた。

いっけん正論に聞こえた。

「吉原《さと》を出た女が、江戸の町で生きていけると思いますか？　お女郎たちは、確かに此処《ここ》にいた頃は大門の向こうに憧れていたでしょう。来る客たちも妓楼ではいいことばかり言いますからね。やれ俺は独り身だから、いずれ一緒になろうとかね。けどね、一歩、大門を出たら、世間の女郎を見る目は厳しい。なんの伝手《つて》もなく表に出された女たちは、所詮破落戸の食い物にされるのがおちですよ。むしろ後ろ盾をなくしてしまったようなものだ」

登美三郎が諭すように言った。

こちらの方が正しい。即座に雪之丞はそう思った。

役者も同じだ。

舞台と桟敷に分かれているうちは、女たちもうっとりとした顔で役者に惚れこむが、買われて小料理屋の女将の婿《むこ》なんぞになったとたんに、すぐに飽きられ捨てられる。

そんな色男を雪之丞は何人も見ていた。

芸事など世間の暮らしにはなんの役にも立たないものだ。

女郎などなおさらだ。閨《ねや》の技があっても、料理も洗濯もろくにしたことのない女たちだ。

つまるところ、女郎は年季が明けても、お京のように吉原《なか》で生きるのが一番得なのであろう。

「もっともらしく聞こえますが和歌山さん、それももう古いですよ。それはすべて楼主のほうからの言い分だ。世間知らずの女郎に追い貸ししては、ずるずると年季を増やしていく。とどのつまりは使い切ったところで、切見世か外の岡場所に叩き売るっていう寸法でしょう。よほど学を身につけたか、締まりのいい女じゃないと、吉原の中で働くなんて芸当も出来ませんよ。せいぜいが、切見世の主の女房かしんこ細工屋になるのが関の山だ。此処から出て、どう生きるかは女の腕次第ぇだ。あっしはその機会を与えるまでよ」

と徳兵衛が切り返す。

これももっともな話だが、無理がある。

妓楼は女郎に芸事の他に書や俳句は教えても、銭勘定は教えていない。女将さん連中からは、ありんす女と後ろ指をさされるだけだ。

たとえまっとうに生きようと長屋で女筆指南《にょひっしなん》など始めても、女将さん連中から長屋の子供も堅気《かたぎ》の女も近寄ろうとはしない。それどころか、亭主に色目を使おうものなら、ただちに女将さん連中に取り囲まれるだろう。

「すぐには分からないでしょうなぁ。ここは金が金を生ませる商売ではなく、女を売る商売だから。ひとりひとりの女の性格、生い立ちを知ったうえで養わなければ」

登美三郎はため息交じりだ。

女郎を本気で思っているのはこちらだろう。

徳兵衛は、これまでの吉原の流儀を叩き壊そうとしているだけなのだ。

「おいっ、名主が揃っているところでちょうどよかった」

と、そこに向かいの面番所に詰める南町奉行所吉原同心、八並潤造《やなみじゅんぞう》が飛び込んできた。弥生の当番は南町であった。

つまりは筒井政憲の配下だ。

「八並様、なにごとで」

登美三郎が前に出た。

「大御所のお成りの妓楼が決まった。艶乃家だ」

八並がそう言った。

雪之丞は、いよいよだな、と気持ちを引き締めた。

「和歌山さんではなく当家ですか」

松太郎が目を丸くした。十中八九、そうなるように仕組まれていると聞かされていても、やはり驚いたようだ。

「本来ならば京町二丁目の和歌山というところだが、たまたま隣の夢屋が空楼となっていることから、うちの御奉行が進言したら若年寄の佐々木様もそれを強く支持したとのことじゃ」

八並がそう告げると、大黒屋がにやりと笑った。

「隣が空楼だからとはどういうことで」

松太郎が不思議そうな顔で聞く。

「警固の都合だ。恐れ多くも先の将軍、徳川家斉公がこの江戸一の悪所にお成りになるのだ。万が一のことがあってはならない。当日は楼主と花魁、それにこちらが定めた奉公人以外はすべて夢屋へ移動し妓楼を空にしてもらう。艶乃家には一切入ってはならない。事前に町方がすべての部屋を検める」

八並が早口に言った。

「それでは接遇はどのように」

松太郎が尋ねると八並は書状を広げた。

「まずは大門前に総名主和歌山以下、揚屋町、角町、伏見町の名主が土下座《どげざ》で迎える。大御所駕籠はそのまま門に入る」

「なんと、御奉行の巡察の際にも大門前で駕籠を降りていただいて……」

登美三郎が呆然と声をあげた。

「黙れ、和歌山っ。お上であるぞ。吉原の仕来りなど申すでないっ」

八並が怒鳴った。

これに関しては、当然である。こうして吉原が業を営んでいけているのも官許を得ているからだ。

事実上その頂点にいる大御所のお成りだ。

すべては大御所の思うがままに決められる。

「大御所様が、妓楼まで駕籠で入られたいと申されれば、そうなるに決まってお るじゃろう。吉原の者はそんなことも分からぬのか」

と徳兵衛が登美三郎をじろりと睨んだ。

これは徳兵衛に軍配が上がる。天下の大御所に従わなければ吉原そのものが廃絶されてもおかしくない。

八並が続けた。

「艶乃家は妓楼の前で土下座だ」

「ははっ」

松太郎は会釈した。

「徳兵衛、そのほうは花魁と二階に待機だ。おそらく若年寄佐々木様とお伴が、先に上がって花魁を見張ることになる。その場で床入りとは決してならぬので、身体検めは要らぬ。ただし、花魁に少しでも不穏な動きがあればお伴の御旗本が斬り捨てる」

「ははあ」

松太郎と徳兵衛が揃って頭を下げた。

「そして大御所のお目にかなえば、西の丸大奥へと召されることになる。艶乃家、その場合にはそむけぬぞ」

「はい。しかと心得ます」

松太郎は頷いた。

ずいぶんと手の込んだ筋書きを伝えている。雪之丞はそう感じた。所詮は来ないのだ。

「日取りはまだ出ておらぬ。大御所はお忍びと申しておるが、そうもいくまい。

江戸町二丁目としたのも、大門から近いということもあろう。付近の妓楼はいずれもお成り日は客止めとせよ。出格子から女郎が覗き込むのもご法度じゃ。大御所のお帰りとなり将軍駕籠が大門を出られ、五十軒道から消えたならば、元通りにしてよい。艶乃家、大黒屋、そのほうたちの腕にかかっておろうぞ」

それで八並は書状を閉じた。もっとも大御所お成りとあれば、町方は遠巻きに見守る例によって丸投げだ。だけだ。

「準備万端、整えまする」

大黒屋がまるで総名主のように声を張った。

「よし。会所の若い衆も、今日より不審者には目を光らせよ。いずれ読売屋などが囃し立てるだろうが、中の者は口を堅くするように戒めろ。こちらから申さぬ限り、偉人がくるとしてもまさか大御所さまだとは思わぬはずだ」

そう言うと八並は向かいの面番所に戻って行った。

「聞いての通り、お成りは艶乃家と決まった。それもわしの夢屋が空楼にしておったからじゃ。商いとはそういうものよ。目先のことばかりでは得はとれんわ。これは艶乃家と夢屋の両家でお迎えするようなものじゃのう」

と徳兵衛が恩着せがましく、松太郎に嵩《かさ》にかかったような言い方をした。

「たしかに。大黒屋さんのお手柄で」

松太郎は、他の名主たちにすまなそうな顔を向けながらも、そう答えた。いかにもきまり悪そうだが、いまは大黒屋を立てる場だ。

ほかの名主たちは、一様に仏頂面《ぶっちょうづら》をしていたが、さすがに和歌山の登美三郎だけは人物が練れているとみえ、穏やかな笑みを崩していない。

「確かに大黒屋さんのほうが先見の明があった。江戸町二丁目の名主をなされたらいい。皆の衆、いかがですか」

と名主たちを見渡した。

誰も異を唱えなかった。

「それでは、江戸町二丁目の新名主は大黒屋さんということで」

和歌山がぽんと手を打った。

「ありがとうさん。ところで和歌山さん、あんた何軒妓楼を持っている？」

出し抜けに徳兵衛が聞いた。

「私は和歌山だけですが」

「京町二丁目に一軒構えているだけだよなぁ」

「それが？」

「あっしはすでに吉原の中に大見世、中見世、小見世をあわせて五軒も持っている。全部の楼主をやるつもりはないが、地主はわしだ。こうなると総名主は、あっしがやるべきだと思うんだがな。それにあんたよりもあっしのほうが歳も上だ」

大黒屋徳兵衛は臆面もなくそう言いだした。

「つけあがるな大黒屋っ。吉原はもう八十年も和歌山さんを中心にまとまってきたんだ。その和を乱すんじゃねぇ」

伏見町の名主『祇園閣《ぎおんかく》』の吉左衛門《きちざえもん》が怒声をあげた。

「おっと。あっしはそれが不可解《おかしい》と言ってんだよ。老舗《しにせ》さんはなんでもかんでも昔からの仕来りだと言ってがんじがらめにしようとしている。両替商の株仲間もしかり、越前屋と京野池だけが都合の良い仕組みを決めている。新しい者が入っていけないような仕組みだ。武家の家格ならいざ知らず、商いは時流を見極められる者が頭目になるのが筋ではあろう。それに八十年というが、その前の約八十年は三浦屋さんでござんした。そろそろ替わってもよい頃合いじゃぁござんせんか」

徳兵衛が真っ向、異を唱える。

「何事にも秩序というものがある。わしらはあんたが新参者でも、江戸町二丁目の名主になることをこうして認めた。総名主についても、これから寄合で話し合っていけばいいじゃないですか。守ったほうがいい伝統、由緒というものもある。それについて私は大黒屋さんと話し合っていきたい」

和歌山が諫《いさ》めた。

「おう、そうかい。和歌山さん、だったら次の寄合で、その伝統とか由緒についてしっかり聞かせてもらおうじゃないか。あっしも聞く耳は持っている。この新吉原を開基したのは尾張屋清十郎。あっしはその由緒正しい尾張の出だよ」

大黒屋は、蝦蟇《がま》のようなぎょろ目を剝き不敵な笑いを浮かべた。

異様な雰囲気の中で、名主会は散開となった。

大黒屋の魂胆はもはや誰の目にも明らかになった。

やはり吉原《さと》ごと乗っ取る気だ。

第八幕　春の総崩れ

一

弥生二十二日の昼七つ（午後四時頃）、奥平善次郎は宝泉寺駕籠に乗って、連雀町の屋敷を出た。登城の際とは異なり、供は少なかった。槍持ちと挟箱持《はさみばこも》ちがそれぞれふたり。それに草履《ぞうり》取りと警固の若党がひとりずつである。

いせ源で寄せ鍋を食べていたなりえはすぐに追った。

昆布出汁の利いた鱈《たら》と豆腐がまだたっぷり残っていたので悔しかった。

夕闇迫るお屋敷町をなりえは紺色小袖に股引《ももひ》きという出職《でしょく》の男のような格好で追った。御庭番時代に使っていた忍びの道具が入った風呂敷も背負っている。

駕籠は昌平橋《しょうへいばし》を渡り、下谷長者町《ちょうじゃまち》一丁目の屋敷の前で止まった。

長屋門に両番所。これで五万石以上、十万石以下の大名の屋敷であることがわかる。

敷地の広さは奥平家の目の前にある寺社奉行、青山忠良の屋敷を同じぐらいではないだろうか。

なりえは路地に隠れ、胸元から東都名所切絵図《きりえず》を取り出した。諸国の勤番侍が江戸に登った際に、名所や有力大名の屋敷を見学するのに役立つという評判の切絵図である。双紙になっている。

この界隈の切絵図を捲ると屋敷の主の名が出ている。

「へぇ〜」

なりえはため息をついた。

この屋敷、丹後福浦藩主、佐々木伊予守《いよのかみ》の上屋敷と書いてある。

若年寄だ。

なりえは股引きで来ていてよかったと思った。

西の空に日が落ちるまで、四半刻（約三十分）とかからなかった。

幸い月も星もない夜であった。奥平の駕籠と従者はそのまま表門の脇に待機していた。

辺りに人の気配がなくなった頃、なりえは裏門側の塀を乗り越え庭に降りた。

忍びや盗賊の侵入を知るための玉砂利が敷いてあったが、それを避けて築山《つきやま》の上に着地した。

深閑としている。

目が慣れるまで木陰に隠れた。この間に背中の風呂敷を取り出し、忍びこむ準備をした。じきに中間たちが長屋に戻る音が聞こえてきた。じゃりじゃりと玉石を踏んでいる。

いまだ。

なりえは母屋《おもや》と思われる屋敷に駆け寄り、屋根瓦に縄を放った。首尾よく尖端の銛《もり》が瓦に引っかかったようだ。

縄を伝い、屋根に登った。

屋根瓦を慎重に剝がし天井裏へと潜り込む。

御庭番をしていた頃から、大名屋敷の構造はだいたい知っている。庭に面した部屋が主に、客間と座敷だ。

天井裏に何本も巡らされた梁を腹ばいで進む。いくつか折れ曲がった先の真下から灯りが漏れていた。

ここだ。

一段下の梁に降り、錐《きり》で天井に節穴を開ける。

眼を近づけた。

最初に眼に飛び込んできたのは、大黒屋徳兵衛の大きな顔だった。こいつも来ていたのか。

「吉原は伝統と仕来りを重んじると和歌山登美三郎が、しかと申しておりました」

そう言って脂ぎった顔を手拭いで拭きながら低頭した。

「そうか、ならば新吉原の開設をしたのは尾張国知多《ちた》の出であったとする文献が実家には数多く残っている。元吉原は駿府の娼家の主人、庄司甚右衛門《しょうじじんえもん》が興したことで知られるが、新吉原は知多の陰陽師が造成を指揮し、遊廓の多くは須佐《すさ》村の者たちが建設したはずだ。余は、知多南家の出じゃ。御三家筆頭尾張家の流れを汲んでおる」

上座からよく通る声が聞こえてきた。視線をそちらに移すと、目鼻立ちの整った侍がぶ厚い座布団の上に胡坐を掻いている。

その声が続いた。

「八代吉宗公以来、徳川の家門はいつのまにか紀伊《きい》一党が率いるようになった。それから百二十年の間に、尾張徳川は脇に押しやられ、江戸定府である水戸徳川殿までが後見役を気取っている。気に入らん。新吉原の開設に尽力したのは尾張ゆかりの知多の者のはず」

あれが若年寄、佐々木昌行のようだ。

「殿、さすればここにいる大黒屋の妓楼を『知多屋』と名付けましょう。その由来を示し、知多屋徳兵衛を、以後代々の総名主とするのです。大儀は立ちましょう」

これは大黒屋の隣に座っている奥平善次郎だ。

「うむ。奥平、良いことを言う。この大黒屋は冥加金のことは分かっているのであろうな」

佐々木が念を押すように言った。

「もちろんでございます。佐々木様がここにという寺に寄進させます」

奥平が答えた。大黒屋はひれ伏したままだ。

「大御所が何か言いださねばよいが」

佐々木が少しだけ声を落とした。天井から覗いているので、佐々木も奥平も月代がやけに輝いて見える。

「大御所が冥加金のことなど口にいたしますか?」

奥平が聞いた。お目見えの旗本と雖《いえど》も、口などきいたことがないのだから、大御所のことなど知らないのだろう。

「『そうせい将軍』の家慶公と違う。側用人など通さず、はっきりと御下命なさる。怖いお方じゃ」

佐々木は扇子で首の後ろを叩いた。

若年寄は大御所のことをよく知っているようだ。なりえもよく知っている。なりえのなりは家斉のなりだからだ。

だからその気性の荒さはよく知っている。

家斉のために幕閣の屋敷を探っていた女御庭番であった母にまで手をつけている。母が御庭番でなければ側室となり、なりえは姫様として、どこぞの大名に嫁いでいたことであろう。

御庭番は決してその身分を明かさない。

ゆえに母は芝の寺でなりえを産んだ。そしてなりえも御庭番になった。家斉、いや父は、そのことを知っていたのだ。

母が隠居し尼寺に入ると、なりえを筒井政憲に預けた。御裏番になったのはそういう経緯からだ。

十二代将軍家慶様は腹違いの兄ということになるが、育ちが違うせいかずいぶんとおっとりしている。

「大御所はなにゆえ吉原お成りなどという酔狂なことを思いついたのでしょう」

奥平が尋ねた。佐々木の顔色を窺うような口ぶりだ。

「吉原の冥加金の奉納先を変えさせぬためだ。家慶公の帰依《きえ》する浄土宗に多く渡れば、次第に本丸の力が増すことなどお見通しだ」

佐々木がきっぱり言った。

「和歌山登美三郎であれば、その意図をすぐに読み込むことでしょうな」

大黒屋徳兵衛が低頭したまま言った。

「さすがは商人《あきんど》、よく見抜いておる」

「恐れ多いお言葉。今宵は佐々木様に冥加金をお納めさせていただきます」

徳兵衛が風呂敷包みをそのまま差し出した。

千両箱（約一億円）ほどの大きさの包みだ。

「うむ。そのほうが早く、吉原の総名主になれるように、本丸からも働きかけよう」

佐々木は満足げだ。

「それがしの方もひとつ……」

奥平が頬を赤らめて申し立てた。

「分かっておる。わざわざ呼び出したのは、他でもないそのことじゃ」

佐々木が奥平に向き直る。奥平の眼が光ったように見えた。

「ははあ」

「明日、水野忠邦様に、そちを書院番頭に推挙する。この風呂敷包みはそのまま差し出すつもりじゃ。ご老中もいやとは申すまい」

「ありがたき幸せ」

と奥平は再び低頭し、ちらりと大黒屋の方を向いた。

「火急にもうひと包み、お届けに参りまする」

大黒屋が唸るように言う。

どんどん吐き出せ。

なりえはそう念じた。

「余が大御所吉原お成りの伴に任ぜられた。奥平、本丸書院番頭として伴をせい」

「ははあ」

「なぁ奥平、お互い婿養子の身。出世せぬことには肩身がせまいのう。蝶よ花よと育てられた跡取りが羨ましい。余は若年寄となり、ようやく兄上を抜いた。老中首座にまで昇り、見返してやりたい。そちも奥方や親戚を見返すと良い」

「いかにも」

「だがな。そのせつない身の上ゆえ、知恵を絞る。昇りつめて見返そうぞよ。大黒屋、われら武士は立身出世して権勢を手に入れる。お主ら商人たちに、権限はない。そのぶん金を儲けよ。便宜は計らう」

そう言って若年寄佐々木は立ち上がった。話はここまでということだ。

佐々木と奥平はそれぞれ、嫡男ではなかったことに不運を感じているようだ。

佐々木は傍流と雖《いえど》も御三家筆頭の尾張徳川家の流れを汲む知多南藩に生まれたが、三男であったために、譜代とはいえ格下の佐々木家に婿に出された。知多南藩を見返したいのであろう。

奥平のほうは、実家より家格の高い旗本家に婿入りしたものの、そのために肩身が狭い思いをしてきた。書院番頭となれば大出世である。佐々木が老中に昇りつめれば、老中配下の奉行の目も出てくる。

ふたりを結び付けていたのはこの劣等感ではないのか。

そして、成り上がり者の商人、大黒屋がそこに付け込んだ。ざっとそんな構図であろう。

奥平と大黒屋が、部屋を出ていくのを見届け、なりえも屋根に出た。

ふと庭に面した障子が開いた。庭先に光が漏れる。

「艶乃家はこたびのことで息を吹き返したりせぬだろうのう」

「いえ、お成りはむしろ艶乃家の掛かりを圧迫しています。改築のためにまた大黒屋から五百両立て替えておりますゆえ、借金は都合三千両（約三億円）にまで膨らんでおります。夏には倒れるかと」

庭先に跪《ひざまず》いている男が言った。御庭番に違いない。あれが万太郎か。

なりえは屋根の上に腹ばいになり、気配を消した。

御庭番は父上の頃は、将軍直轄だったはず。老中や若年寄が動かすのはもってのほか。本丸はすでに水野一派に牛耳られているということだ。

「よし。お成りの日取りが決まったら伝える。万蔵《まんぞう》、和歌山は始末したほうがよかろう。お成り日に落ち度があれば、二度と復帰することは叶わない。仕掛けろ」

「そのこと、しかと」

御庭番が、顔を上げた。座敷から漏れる灯りが顔を照らす。

服部《はっとり》万蔵っ。

なりえは叫びそうになるのを抑えた。吉原で顔を合わせなかったので気づかなかった。幼少の頃、御庭番の教練場で見かけたことがあった。

伊賀者だ。

八歳のときに両国の太物屋《ふとものや》の丁稚《でっち》として市中に潜り込まされたはずだ。

町の中を泳ぎながら、間諜に精を出し、いつの間にか吉原に雇われたのだろう。柳生新陰流《やぎゅうしんかげりゅう》と柔術の起倒流《きとうりゅう》の使い手である。

すぐに和清と雪之丞に報せねばならない。

なりえは万太郎こと服部万蔵が、庭から消えるのを待ち、闇に紛れた。葺屋町に向かってひた走る。

二

天保九年、卯月十五日。

その日の吉原は朝から、雲ひとつない青空が広がっていた。卯月だが、さながら五月晴れのようであった。

艶乃家松太郎、大黒屋徳兵衛のふたりは、落ち着かない気分で何度も店の前に出ては、外の様子を窺っていた。

そわそわしていたのは、松太郎と徳兵衛ばかりではない。

大門脇の会所に詰める和歌山登美三郎以下の各町の名主たち、面番所の同心たちも、大御所の到着をいまかいまかと、待ち侘《わ》びている。

本日お成りと決まったものの刻限までは決まっていない。大御所の駕籠が坂下門を出ると同時に、飛脚が走り、報せが入ることになっていた。

昼九つ（午後零時頃）。

いよいよ大門が開いた。昼見世の始まりだ。

紋付き袴の名主たちがうろうろしているので、客たちは不思議そうな顔で通り過ぎていく。

「八《は》っつぁんよぉ、今日はやけに物々しいやね。何かの紋日《もんび》かい」

髭面の人足のような男が言った。河岸の仕事が終わったばかりのようだ。

「あぁ、南北町奉行の合同巡察だって聞いている」

町奉行は年に数度じきじきに吉原巡察を行う。風紀紊乱《びんらん》に対する戒めであるが、実際は、帰りに会所で手土産を受け取るためである。手土産は虎屋《とらや》の羊羹《ようかん》でも塩瀬《しおせ》の饅頭でもない。山吹色の小判である。

菓子箱に五十両（約五百万円）が相場である。

賄賂といえばそれまでだが、これは町奉行所にとっては欠かせない財源となっている。

公金だけでは、町奉行所は到底やりくり出来ない。豪商、豪農からの寄進、吉原からの手土産で掛かりの補塡《ほてん》をしているのである。

奉行所の懐《ふところ》が苦しいときほど、吉原巡察が多くなる。

奉行巡察の際には名主たちが勢揃いして大門前で土下座して待つのが習わしだ。

「南北同時とは、そいつぁ名主たちも、身を縮めているわけだよなぁ。妓楼もなんだか、今日は地味だね。顔見世にも女郎が並んでいない。まぁ、おいらたちが行くような切見世はいつも通りにやっているだろうよ」

「熊《くま》っ、その前に湯屋に寄っていくか」

「いや八っつぁん、湯はおんなのあとがいいや」

人足風が、言いながら羅生門河岸のほうに足早に去っていく。

卯月の当番である北町奉行、大草高好《おおくさたかよし》は虚偽の触れを出していた。あえて年に数度ある『奉行巡察日』としたのである。

それも南北両奉行同時巡察となれば物々しさにも理由が付く。事の大きさに戸惑う大草に、南北両奉行巡察というもっともらしい口実を授けたのは、当然、筒井政憲のはずだ。

雪之丞は、誰もいない顔見世の中を確かめながら、筋書き通りに進んでいる、と思った。

「女郎も妓夫も、みんな夢屋さんの方へ移りました。艶乃家は空っぽでござんす」

総籬から妓夫台の前に出、通りに立っている松太郎にそう伝えた。

「そうか。ご苦労さん。松川花魁は、報せが来たらいつでもこっちに連れてこられるように、準備は出来ていますね」

松太郎が穏やかな口調で言う。肚を括った男の顔だ。

「はい。番頭新造ふたりとお京さんが付き添っています。抜かりはないはず」

今日が二階廻し方としての最後の日になる。雪之丞は、背筋を伸ばして楼主に伝えた。

松太郎が頷いた。

「艶乃家さんよ。せっかく楼を空にしたんだ。この際、わっしに譲ってくれねぇか。借金は棒引きで、もう千両（約一億円）つける。妥当な買い値だと思うぜ。どうだい、あんたぐらいの力量があれば、大門の外でも充分やっていけるってもんだ。どうだい、わっしが神田に持っている太物屋を譲りますよ。そっちをやってみませんか」

隣に立つ大黒屋がぬけぬけとそんなことを言っている。

「そうですなぁ。あっしも女房も六十で、子供もいない。ここを大黒屋さんに譲って、隠居暮らしをするのも手かなと思っています。しかし太物屋さんなんてたいそうな商いは一からでは難儀です」

松太郎は思わせぶりに言った。これは即興だ。さすがは商人で、簡単に話を受けては逆に疑われることを知っている。そこで軽い注文をつけたのだ。

「隠居も悪くねぇですな。今日ですっぱり艶乃家を諦めるって言うんなら、深川の長屋を譲る。店子は十二軒、家賃は一軒六百文（約一万五千円）。安右衛門《やすえもん》という大家がしっかり取り立てている。手にした現金の半分ぐらいで根岸に隠居家でも建てりゃぁ、あとは女将さんと花でも見て余生を過ごせますぜ」

「悪くない。それでいいですよ。ただ今日が終わるまでは内密に」

松太郎が頷いた。

「分かった。内密にはするが、お成りの後に気が変わられても困る。公事宿《くじやど》に証文を作らせてもいいかね」

大黒屋はこの機会を逃すまいとしている。

雪之丞は聞こえぬふりをして、暖簾の中に入った。此処でも聞こえる。

「いいですよ。しかし、署名は現金と交換でさぁ」

「いいともよ」

「だったら会所で、と言いたいところですが、今日のうちにみなさんに知られてはあんばいが悪い。ここは、お向かいの紀尾井楼さんにだけ、あすまで内密にということで証人になってもらいましょうか」

松太郎は、ここでも商人に徹している。

この期《ご》に及んでなお儲ける気だ。もしこの芝居が中断されれば、艶乃家はあっさり大黒屋の手に渡る。

だが、勝負に出ているのだ。芝居が筋書き通りに終われば、一千両、そのまま手に入る。

松太郎と徳兵衛は紀尾井楼に入って行った。双方が付け人ひとりを伴った。松太郎には雪之丞が付いいた。

たいした度胸だ。

「そんなわけで、紀尾井楼さん、証書の預かり人になってくれまいか」

松太郎は紀尾井楼の帳場を借りて、売渡証文を書いた。署名もする。

大黒屋は、やはり支配下に収めた山吹楼から千両を持ってこさせた。

双方が紀尾井楼の楼主、晴太郎《せいたろう》に証文と現金を預けた。

「なるほど分かりました」

紀尾井楼の晴太郎が、そのまま帳場の背中にある箪笥に証文と現金を入れ、南京錠をかけた。

賽《さい》は投げられたのだ。

日が高く上がりだした。

江戸町二丁目の見世はすべて、町奉行からのご沙汰により、休業となっている。仲之町通りとの辻に立っている会所の若い衆が、こちらへの立ち入りを禁じていた。

朝から万太郎の姿が見えない。

なりえからの言伝《ことづて》をお芽以から聞いた。本名、服部万蔵。伊賀者にして尾張の手先となった御庭番。

向こうは向こうで和歌山に何か仕掛けをするつもりらしい。

それを阻止するのが雪之丞の仕事だ。

大御所が城を出たならば、ただちに松川を艶乃家に入れ、雪之丞は万太郎を探すつもりだ。

伊賀と甲賀。御庭番と御裏番。尾張党と紀州党。

その闘いに集中することになる。

上がり框に腰かけて、万太郎の動きを想像した。

報せはなかなか入らず、皆の衆の気持ちの糸も切れ始めてきた。

それも狙いだ。

昼八つ（午後二時頃）を過ぎた頃だ。

面番所から吉原同心八並潤造が歩いてきた。降り注ぐ午後の日差しを受けた顔は、いつになく表情が引き締まっている。

「大御所様御一行は、ただいま坂下《さかした》御門からお出になられ、上野《うえの》寛永寺に向かわれたと」

　松太郎と大黒屋だけに聞こえる声で言った。

「なんと上野へ？」

　大黒屋が聞き直した。

「方便だそうだ。御代が替わったとはいえ、政《まつりごと》の実権を握るは大御所。大手門から出ずとも、行列の人数は変わらずだ。それを引き連れて日本堤は歩けぬと申されたそうだ。寛永寺に一度入られ、そこで将軍駕籠から南町奉行駕籠に乗り換えられるそうだ。お伴は最小限にし、先に若年寄佐々木様が入られる。こちらは北町奉行駕籠だ。書院番頭奥平善次郎様の駕籠と共に到着なされる」

「なるほどよく練られた案だ。誰の目にも両奉行同時巡察ですな」

　大黒屋はにやりと笑った。すべて若年寄佐々木の描いた絵だと思い込んでいるのであろう。違うはずだ。すべてこちらの筋書きだ。大御所は寛永寺で貫主、公《こう》紹法親王《しょうほうしんのう》とごゆるりと茶を愉《たの》しみ、政について語らうと聞いている。

　城から寛永寺までは若年寄はじめご家来衆が同道するので、入れ替わりようがないのだ。

　そこから南町奉行駕籠に乗ってくるのは、座元だ。

「佐々木様の乗る駕籠が土手に入られたら、花魁と禿二名、芸者二名、幇間一名だけを座敷に入れ、佐々木様と奥平様と共に待て。大黒屋はその場の仕切り役だ」

八並が伝える。段取り通りだ。

「大御所様のお伴は？」

松太郎が聞いた。その辺は雪之丞も不安である。寛永寺でどうなるのかまでは読めないのだ。

「小姓や番方《ばんかた》は離れてついて来るそうだ。駕籠が将軍駕籠ではなく奉行駕籠となるので、不自然にならないように、南町奉行配下の同心が付き、その中に、数人の番方が紛れるだけのようだ。かわりに界隈に待機するための西の丸番方が、別途やって来るそうだ。とにかくお成りは内密。お帰りになった後で、公表《おおやけ》にするそうじゃ」

警固役を分散して入れるということだ。わざわざ西の丸番方を派遣するとはなかなか手が込んでいる。

「分かりました」

松太郎が顔を引き締めた。

七つ半（午後五時頃）。日が大きく傾いていた。

半刻（約一時間）前に昼見世が終わり、客はいったん消えていた。

未だ来ぬ大御所に、名主たちの気は緩み、大門の周りはだらだらとした気配に包まれた。

中には、これは来ないわと言い出す名主もいる。

大黒屋の顔にも疲労の色が浮かんでいた。

そんなとき和歌山登美三郎を先頭に、どやどやと侍が入ってきた。腰に大小をつけている。二十人ぐらいいた。

「西の丸の書院番士の方々です。艶乃家さんのお向かいの紀尾井楼を詰所にすると」

言いながら和歌山は紀尾井楼の暖簾を掻き分けた。楼主、晴太郎が、すかさず番士たちを上げた。当然刀を持ったままである。

「通りに面した座敷を頼む。酒肴《しゆこう》は要らぬぞ」

そんな声が聞こえた。酒肴を催促しているようにも聞こえた。

「承知致しました。何なりとお申し付けください」

紀尾井楼の晴太郎が案内すると、番士たちはどやどやと入って行った。ひとりだけ出てきて、

「お上があがる座敷を検めさせてもらう。封は外す」

と言った。

実は昨夜、同じように番方たちがやって来て、楼のすべてを検め、随所に封印を貼っていったのだ。

「どうぞお検め下さい。して、佐々木様は」

大黒屋が問うた。

「日暮れに合わせてご到着とのこと。半刻ほど間を置き、大御所様がお成りになるとのこと」

「すぐではないか」

大黒屋が空を見上げた。菫色《すみれいろ》の空に、星が輝き出していた。

「すべての万灯、提灯に火を入れよ」

和歌山が連れの若い衆に伝えながら会所へと戻っていった。吉原は一気にあわただしくなった。

その時だった。

仲乃町通りを秋葉《あきは》常灯明《じようとうみよう》の方へ向かう、万太郎、唐木伝四郎、畑中芳之助の姿が映った。その背後を結髪のお芽以と団五郎が尾けている。

芳之助め、よくもぬけぬけと吉原に戻ってきたものだ。

雪之丞は空を見上げた。自分はまだここを動けない。

佐々木、早く来い。

佐々木と奥平が二階に上がり、花魁も艶乃家入りしたら、雪之丞は万太郎を追うつもりだ。浪人ふたりはお芽以と団五郎に任せるしかない。

徐々に雪之丞の身体は熱を帯びてきた。初舞台はいつだって熱くなる。

三

唐木伝四郎と畑中芳之助は揚屋町の小料理屋にいた。お芽以は団五郎と共に、少し離れた位置からその様子を眺めていた。

まだ客入れ前の吉原とあって、女郎たちも蕎麦やうどんを食べに来ている。

「和歌山の香瀬《こうせ》というのはおまえさんかい」

芳之助が隣に座っている女郎にさりげなく尋ねた。

「はい」

二十歳《はたち》ぐらいの痩せた女郎だ。震えている。

「心配ねぇ。俺たちは万の字からきっちり頼まれている」

伝四郎が言った。

「やはり無理ではないでしょうか」

女はたぬきうどんの天玉を啜っている。

「今夜しか機会はないぞ。奉行巡察のどさくさに紛《まぎ》れて抜ける。それしかない」

芳之助が前をむいたまま言った。鰹節をまぶした湯豆腐を箸で割っている。

足抜けを持ちかけているのだ。

お芽以は咄嗟に女郎の顔を見た。留袖新造《とめそでしんぞう》であろう。外に情夫《まぶ》でもいるのだろう。

「どうすれば」

香瀬の目が光った。

「このまま九郎助稲荷《くろすけいなり》の前で待て。囲いの向こうの溜まりの連中が、お歯黒溝《はぐろどぶ》に板を掛けてくれる手はずになっている。大門のほうが騒がしくなったら俺たちが手助けする」

「まことですか」

香瀬は武家の出らしい。

「万太郎の頼みだ、聞くしかあるまい」

芳之助はにやりと笑う。

「万様が向こうで待っていてくれるのですね」

色を売ったのは万太郎らしい。最低だ。

「そうだともさ。なら、別々に出ようや。先に稲荷に行っている」

伝四郎と芳之助が先に出て行った。

こんな日に足抜けなど起こったら大変なことになる。大御所は来ないが、身分は隠しているとはいえ若年寄は来るのだ。

「団五郎さん、腕の見せ所だよ」

お芽以は立ち上がった。団五郎は頷いたが、座ったまま掛け蕎麦を食べていた。

「そっちは頼んだよ」

団五郎はそう言うと、ずずずっと汁を啜った。

揚屋町通りから再び仲之町通りに出ると、ふたりの浪人は九郎助稲荷へと向かった。お芽以も追う。

九郎助稲荷に着いた。吉原の稲荷の中でももっとも人気がある。朝は願掛けに、夜は廓内の逢瀬の場ともなっているが、この刻限に人はいない。

お芽以は気配を消して石灯籠の陰に隠れた。

「縄梯子は持ってきてある。女はこれで、向こうに渡るだろう。板なんか掛かってねぇから、すぐにどぶに落ちる」

伝四郎が笑った。

「で、俺が大声で『足抜けだぁ』と叫ぶだけでいい」

芳之助は稲荷に手を合わせていた。その手前で伝四郎は縄梯子を広げ、掛けるべき壁の位置をさぐっている。ふたりともお芽以には背中を向けていた。

すっと、春のような匂いのする夜風が境内を吹き抜ける。

右手に櫛、左手に簪《かんざし》を持ったお芽以が、その風と共に伝四郎の背後に忍び寄った。

「それにしてもあの万太郎って大黒屋の腰巾着、何者なんだろうなぁ、うっ」

縄梯子を持ったまま振り返ったところに、喉仏《のどぼとけ》に簪の尖端が伸びてきた。

「んっ、あっ？」

伝四郎は眼を見開いた。自分の声が出ないことに首を傾げている。簪の先が首の後ろに抜けていく。

お芽以は続けて柘植《つげ》の櫛を伝四郎の腹にぐっと刺しこんだ。櫛の歯がすべて刃《は》になっている。お芽以は身体を預けた。

「………」

叫ぼうとしているがもう声が出ない。

伝四郎の背中が壁に付く。お芽以は簪と櫛をすっと抜いた。

「元は陰間じゃねぇのかい？　大黒屋に拾われて、艶乃家潰しに送り込まれたんだろう。たいした役者だぜ」

　と芳之助が振り向いた。

「あれれれ、結髪のお芽以じゃねぇか。こんなところで何している」

　芳之助が太刀の柄に右手を掛けた。

「いきなり消えた不寝番こそ、何をしているのさ。毒でも探しているのかい」

　お芽以は簪を耳もとへ上げると、すっと放った。瞬く間に芳之助の右手の甲に突き刺さる。手のひらに抜ける威力だった。

「くっ。お前は何者なんだっ」

　顔を歪めている。

「花魁の松川にやった双紙に毒を塗ったわね」

　利き手を傷めている芳之助の首筋に、櫛の刃を当てる。

「万太郎にすぐに死ぬわけじゃないと言われた。花魁が病で臥せるだけで、損害を与えられるとさ。実際、松川が死んだのは十日も経ってからだ。双紙のせいとは言えないだろう」

「その万太郎の姿が見えないねぇ。どこにいるのさ」

　お芽以は、櫛に力を込める。

「わ、和歌山だ。燃やす気だ」

芳之助の顔が蒼白《そうはく》だ。だが、花魁殺しに手を貸した男を許すわけにはいかない。

「あの世に行って松川花魁に謝りな」

首筋に刃を食い込ませた。

「ぐはっ」

鮮血が飛び散り、芳之助は目を剝いたまま倒れた。

お芽以はふたりの太刀を抜き、同士打ちに見せかけた。

伝四郎の腹に芳之助の太刀を刺し、芳之助の首に伝四郎の太刀の刃を立たせた。

金瘡医《きんそうい》が見れば一目瞭然だろうが、ここは吉原だ。浪人ふたりが仲違いして相討ちとなったとして片づけるだろう。吉原同心もそう記録してお終いだ。

後は団五郎が、女郎の香瀬を得意の口説《くど》きで虜《とりこ》にすれば、丸く収まる。色恋なんてそんなものだ。

それより……。

お芽以は和歌山に向かって走った。

四

「北町奉行様の巡察じゃ。今宵は、特例として御駕籠を中に入れる」

と大門の前で和歌山の声が轟《とどろ》いた。

若い衆が走り、艶乃家の前に立つ松太郎と大黒屋にそれを伝えた。暖簾の奥の上がり框に腰かけていた雪之丞もすぐに立ち上がった。手に花魁傘を持つ。

「ところで万太郎さんが見えませんが」

夢屋に足を向けながらふたりに聞いた。

「わっしが使いに出している。おっつけ戻るはずだ。そんなことより、鈴吉、はやく花魁たちを」

大黒屋が顔を醜く歪ませ、吠《ほ》えるように言う。

「すぐに」

そう言って、夢屋の正面に進む。

お京に先導された花魁が暖簾を潜って出て来ていた。背後に禿、芸者、幇間の千楽が付いている。

雪之丞は松川の横に立ち、ぱっと深紅の花魁傘を広げた。十歩も歩けば艶乃家だが、それでも日傘を差すのが花魁というものだ。

「花魁、よろしく頼みます。坂は出来ております」

小さな声で伝える。

「わっちはまた転落するで、ありんすなぁ」

松川も小声でおどけて見せた。花魁の座敷には、千楽以外に誰も知らない仕掛けが隠されている。

艶乃家の前に到着した。

花魁は松太郎と大黒屋の間に立った。

そこに漆塗りの大名駕籠が現れる。北町奉行所の駕籠だ。背後にもう一台、宝泉寺駕籠が二台付いている。先の駕籠に書院番組頭となった奥平善次郎、後ろの駕籠に本物の北町奉行大草高好が乗っているのであろう。背後には北町の同心が警固役についている。

芝居町界隈を管轄する定廻り同心、樋口大二郎《ひぐちだいじろう》も列の中にいた。相変わらず間抜けな顔だ。おそらく事情など知らされず、人数足しに呼ばれたのであろう。

駕籠からのっそり、若年寄、佐々木昌行が現れた。背が高く、整った顔立ちだが、その眼は怜悧《れいり》というよりも狡猾《こうかつ》な輝きを放っていた。

続いて書院番頭、奥平善次郎も降りた。

艶乃家、大黒屋、雪之丞は土下座。花魁以下、女たちは腰を屈めて迎える。千楽は離れた位置で土下座した。決められていたことだ。

「先に部屋を検める。上がるぞ」

佐々木と奥平は、二本差しを抜き、側に控えた北町の与力に渡した。吉原の作法に則《のっと》ったのではなく、大御所の前に出るためだ。

「ご案内を。ささ、こちらへ」

花魁が武家言葉を使い、腰を屈めたまま楼内に進んだ。芸者、禿、幇間、遣手が続いた。

あらかじめ決めていた通り、大黒屋が若年寄に付き添った。

今宵の二階廻し方は大黒屋ということだ。

艶乃家松太郎はその場に残った。

「それがしは、向かいだったな」

北町奉行、大草高好は、西の丸の番士が上がった紀尾井楼に入った。紀尾井楼は大広間と二階の通りに面した座敷を番士に詰所として提供していた。

北町奉行の駕籠と一行は、いったん大門外の五十軒道へと引き返していく。艶乃家の前の通りを開けるためだ。

先遣隊と本隊に分けたのは、この通りでは狭すぎることも要因であろう。

雪之丞が、若年寄たちが二階に上がるのを見届け、店の前に戻ると、結髪のお芽以がすっと寄ってきて、

「和歌山さんの屋根の上に、万太郎がいました。急いだほうが」

と囁いた。

雪之丞は天を仰いだ。

大御所お成りまで、まだ半刻(約一時間)の猶予はあろう。

楼主松太郎に気づかれないようにゆっくりとその場を離れた。

仲之町通りは使わず、羅生門河岸側から抜けて、京町二丁目へと向かう。闇が濃くなってきた。花魁傘を持ったままだった。

*

「身が引き締まる思いでありますが、不安でもありんす」

松川は花魁座敷に入るなり、佐々木昌行にそう言った。

「座って頷いておればよいだろう。どうせ長居はしないことだろう」

佐々木は不機嫌そうな表情で、座敷をぐるりと見渡している。書院番組頭の奥

平が部屋の壁や柱を触ったり、軽く叩いたりしながら検《あらた》めている。

「昨夜、西の丸の書院番の方々が来まして、楼の中をすべて検め、封印を貼って行かれました。先ほど、この座敷のみ剝がしていただいたばかりです」

大黒屋が申し上げている。

「いちいち、西の丸の書院番を使うのが気にいらんのう。余をお伴にしたのならば、本丸の書院番、あるいは小姓組に任せればよいではないか」

これは本丸と西の丸の権力争いなのだ、松川は察した。

人が複数集まるところには、必ず序列があり、その頭目を目指して争いが起こるものだ。

「それでわちきは、どこに座りましょう。いつものように床の間を背に、というのはおかしいでありんしょう」

松川は聞いた。

「当たり前だ。お上が床の間の前にお座りになる。本来ならばお小姓が横に付くが、今夜は省略するそうじゃ。皆の者はその前に座せ。花魁が先頭で後の者はその後ろへ。我々はここに座る」

と床の間右手、中庭側の畳のあたりを示した。

和さんからの文にあった場所を、若年寄は自ら選んでくれた。松川は誘導する手間が省けたと安堵した。

「しかと承《うけたまわ》ったでありんす」

松川は床の間に向かった、打ち掛けを大きく広げて正座した。その脇に半歩下がって禿。さらに一歩下がって芸者と幇間が並んで座る。

目の前に大黒屋が緑色に金刺繡のはいった座布団を置いた。この夜のための特注品である。

松川は、そこからただひたすら床の間の掛け軸ばかりを眺めて待った。

狩野了承《かのうりようしよう》の『大黒天図』である。

五

「くらえっ」

「なんのっ」

投げた手裏剣を躱された。万太郎は夜空高く跳び上がり、宙返りをしている。

和歌山の屋根の上だ。

瓦のあちこちが濡れていた。やたら油臭い。行灯油をまき散らかしたようだ。

用水桶が二個、瓦をはがした隙間に置いてある。

「てめぇ、やはり伊賀者だったな。どうりで影同心が殺された場所に足跡が残っていなかったわけだ。服部万蔵、おめぇを同心殺しの罪で成敗してくれるわ」

雪之丞は次の手裏剣を放った。

夜空に向かって投擲《とうてき》する。

狙いは万太郎の腹部だった。

空中の万太郎が胸元から鎖を取り出して手裏剣を弾く。

「そういうおまえは、千住の鈴吉なんかじゃなくて、甲賀者だな」

すっと着地した。

切妻《きりづま》屋根の頭頂部の梁の上だ。

雪之丞もそこに立っていた。置いていた花魁傘を手にした。

甲賀と伊賀が遊廓の屋根の上で対峙《たいじ》した。伝統の一戦にしては、背景がいかがわしすぎるような気がするが、しかたあるまい。

「伊賀者は相変わらず、主家をころころ替えやがる。本来徳川の安泰を考えるべきなのに、将軍を飾り物にしようと企む奸臣の側に付くとはな。落ちたものよ」

「西の丸に甲賀が付いたとは知らなかったぜ」

万太郎が分銅の付いた鎖をぐるぐる振り回しながら接近してきた。

風を切る音がする。

「甲賀は付いていねぇ。俺が勝手に買って出た」

雪之丞は花魁傘を一振りした。

ぱっと大論の花が咲くように紅色の傘が開く。まずは派手さで勝ったと思う。

「腐れ甲賀がっ。いつまでも徳川、徳川とうっせぇわ」

回転する分銅の先から、何かの粉が飛んでくる。

雪之丞は花魁傘で防ぐ。

鳥兜《とりかぶと》を粉にしたもののようだ。

「老中や若年寄は、私腹を肥やしたいだけのこと。天下を司る志《こころざし》などどこにもないわ。真に天下を取りたければ、関ヶ原の合戦からやり直せ」

雪之丞は、花魁傘を回転させた。粉が万太郎の方へ跳ね返っていく。

「ちっ、いずれそういう世がくる。家斉公の治世は長すぎた。文化、文政、天保と世は商人、百姓ばかりが栄え、風紀は乱れるばかりではないか。頽廃《たいはい》の極みだ」

万太郎が後退した。

「おまえ、おっさんか？　戦国の世の頃はよかったとでも言うのかよ。あぁ、分かった。戦《いくさ》がないんで、忍びの出番もすくねぇと。それで僻《ひが》んでやがるな。伊賀者のくせに小《ち》っせぇなぁ」

怒らせるために揶揄《からか》ってやる。

忍びも気持ちを逆撫でされると、悪手を打ってしまうものである。

「うるせぇ。政を手助けするのが我らの役目。繁文縟礼《はんぶんじょくれい》に縛り付けられた侍に代わって、我らが水野様の改革を手助けするのだ」

いったん、屋根の端まで下がり、そこからまだ雪之丞の方へ向かって走り込んできた。

間合い六尺（約一・八メートル）となったところで、宙に舞う。胸元に手を入れた。竹筒を取り出し中の水を振りかけてくる。

広げた雪之丞の花魁傘が濡れた。

水じゃねぇ。こいつは油だ。

なるほど影同心木下英三郎と相対したときもこの手を使ったのだろう。周囲を焼け野原にすることを人質に取ったのだ。

この場も火種を落とされたならば、和歌山もろとも炎上してしまう。

雪之丞は、短い助走で飛んだ。

いったん切妻の突端に乗り、屋根の斜面に降りた。油の入った用水桶を片手で持ち、再び飛び上がった。梁の上に戻った。

万太郎もちょうど梁の上に着地していた。滞空できるのは互いに一寸の間だ。

忍びといえど鳥のようにはいかない。

「おまえ、水野にいくらもらった？　天保の改革とやらをやりたいらしいが、大御所がじゃまくせえんだろう。それで御庭番まで動かすとはな」

万太郎の眼が泳いだ。

やはり金を貰っているのだろう。

老中首座、水野忠邦は、享保《きょうほ》、寛政《かんせい》の改革と並ぶ大改革を実施し後世に名を残したいとしているのだ。

その骨格は百姓の江戸流入を防ぐ人返し令、芝居小屋などを江戸郊外に移転させることを含む奢侈《しゃし》の禁止、旗本、大名の土地を幕府直轄とする上知令《あげちれい》、さまざまな商売の新規参入者を増やすための株仲間の解散令、などだが、大御所の寵臣《ちょうしん》である西の丸派によってことごとく潰されていたのだ。

派手好きの大御所には受け容《い》れられない改革だと聞く。

良し悪しの判断は雪之丞には分からない。

だが、そのために、こいつらのやっていることは、やはり私利私欲だ。

雪之丞は万太郎が飛ぶのを待った。

「俺は水野様、佐々木様の求める武断政治の復活に賛同している」

万太郎が飛び上がった。

「ちっ、御庭番が、てめぇの好き嫌いで世の中を混乱させるとはな。そのための忍法じゃねぇんだ」

　雪之丞も飛んだ。

　跳力では誰にも負けない自信がある。

　新甲飛流。

　この飛びのために幼き日の火の出るような修行があったのだ。

　和歌山の屋根高く、ふたりの忍者が夜空に舞った。

「頽廃《たいはい》の極みのような遊里など焼き尽きてしまえばいい」

　万太郎が空中で火打ち石を打った。辺りに火花が飛び散る。油を被った和歌山に放火したならば、吉原全部が燃えてしまいそうだ。

「火の粉はてめぇひとりで被れ」

　雪之丞は用水桶を万太郎の真上に放り投げた。

　残っていた油がざばっと万太郎に降りかかる。飛び散った火花が油に飛んだ。

「わっ」

　一瞬にして、万太郎が火に包まれた。

　夜空に大文字焼きが浮かんだように見えた。

「あぁあああああああっ」

万太郎の顔が醜く歪む。

目をしっかり見開き、雪之丞を睨みつけているようであったが、その顔が爛《ただ》れていった。

宙を泳ぐようにしてもがいている。

そのとき突風が吹き、万太郎の身体は、羅生門河岸側の路地に落ちた。雪之丞は屋根を伝い走り、落下点へと向かった。

「くっ」

切見世の入り組んだ路地の中で、万太郎がのたうち回っていた。

「助けてくれ」

通りがかりの女郎の裾を引いている。顔から首筋にかけて爛れており、着物にはまだ火がくすぶっていた。

「いやだよ。その顔、花柳《かりゅう》病だね。移されたらたまらないよ」

女郎が下駄で、万太郎の顔を蹴った。

「がうう」

万太郎から末期《まつご》の声が上がった。四肢を二、三度震わせ、ぴたりと投げ出した。

どこからともなく数人の乞食《こじき》がやってきて万太郎の巾着や煙草入れを奪ってい

った。忍びの者の末期は憐れなものだ。

「さらばじゃ」

雪之丞は、花魁傘を広げ、ゆっくりと京町二丁目通りへと舞い降りた。助六気分だ。

和歌山の格子女郎たちが、雪之丞を認めて、ぽかんと口を開けている。

かまわず走った。

六

大門のほうがあわただしくなった。

艶乃家松太郎は緊張した。

「お成りです。南町奉行所駕籠ではなく、葵《あおい》の御紋をつけた将軍駕籠が衣紋坂《えもんざか》から五十軒道に入ってきたと。毛槍《けやり》ふたりが先導して、下にぃ、下にぃと発しておりますぜ。後ろから南町奉行駕籠、周りは同心や番方が大勢取り囲んでおります。すげえ数の高張提灯《たかはりちょうちん》で、まるで捕方がきたようですよ」

伝えに来た若い衆が早口で言った。普通、将軍や大御所の夜の行列などないので、誰でもその異様な有様には驚くだろう。

それでお流れである。松太郎は午後に艶乃家譲渡の証文を大黒屋と交わしてしまっていた。

筋書きの破綻だ。

「楼主。とにかく土下座です」

膝をがくがく震わせている松太郎を促した。

「そうだな」

松太郎は入り口の脇に土下座した。

脇に雪之丞も膝をつく。両手を地につけて深々と頭《こうべ》を垂れた。眼に入るのは、向かいの紀尾井楼の盛り塩ぐらいである。

「下にぃ、下にぃ」

大門を潜った行列が、江戸町二丁目に曲がってくる気配がした。ひれ伏していても、地面が俄かに明るくなるのを感じる。

行列の先頭が雪之丞の前を過ぎて行った。雪之丞は、わずかに額をあげ行列の様子を見た。

無数の草履と袴しか見えなかった。

いよいよ将軍駕籠が、入り口の前に到着したようだ。駕籠がどすんと着地する音を聞いた。

見てはならない。

大御所の顔など、決して見てはならないのだ。

戸が開く音がした。草履取りが駆け寄ったようだ。

袴の擦れる音がする。

なんで本当に来たんだ。

がさがさと草履を履いて立ち上がる音がする。すべて音で判断するしかなかった。

「艶乃家、苦しゅうない面を上げぇ」

案外、若々しい声だった。

「はっ」

と、艶乃家の息を呑む音がした。

「では上がるぞ」

えっ、雪之丞はこの声に聞き覚えがあった。

――座元、なんでこんな駕籠に乗っている。

と顔を上げると、絢爛豪華《けんらんごうか》な着物を着た東山和清が、やりすぎだと思えるほどの、大見得を切って、艶乃家に入って行った。

同時に向かいの紀尾井楼から、一斉に番方が飛び出してきた。雪之丞は顔を上げた。

「ん？」

番方たちは将軍駕籠の後ろに止まった南町奉行の駕籠の前に走り、駕籠を紀尾井楼側の端に寄せるように命じている。

おかしなことに、行列の大半が仲乃町通りと羅生門河岸通りへと走っていく。逃げているようだ。

「んっ？」

雪之丞は不思議に思った。

「早く、早く」

と奉行駕籠の担ぎ手を急かしているのは、なんと当の南町奉行、筒井政憲なのだ。御奉行は西の丸番方衆と先に、来ていたようだ。

――って、あの駕籠の中は誰だ？

と思いながらも、雪之丞もすぐに立ち上がった。

暖簾を掻き分け、ただちに框にあがり大広間に飛び込んだ。

「おうっ。上に声をかけろ」

と和清はすでに大黒柱に軽く体当たりをしている。艶乃家がぐらりと揺れた。

「お成りぃ。大御所様、お成りぃ」

あらん限りの声を張り、雪之丞は叫んだ。

*

廊下側の格子の向こうに葵の御紋の入った高張提灯が見えたとき、松川花魁は、少しだけ腰を浮かせていた。

「お成りぃ、大御所様、お成りぃ」

と廊下の奥の方から声が聞こえてくる。

——確かに、鈴吉さんの声。

そう認めると花魁は打ち掛けを脱ぎ捨て、

「わちきに続くのじゃっ」

と後ろに控える禿と芸者に声をかけ、一気に床の間へ走った。

若年寄の佐々木、本丸書院番組頭の奥平、大黒屋の三名は呆然としていた。あまりの突飛な光景に、声も上げられずにいるのだ。すぐに引き下がらなかったので、一瞬焦った。

さらに膂力《りよりよく》を込めて掛け軸をばりっと破りながら下に引いた。

ぱかんっ。

床の間の壁が奥に向かって倒れ、長い板の坂になっていた。尻をつけて滑り降りる。すぐに芸者たちも続いた。しんがりの千楽が禿の手をとって降りた。

暗い板敷の坂を滑り降りると、壁が取り払われた座敷に到着した。

「はい、極楽ですよぉ」

「皆さん、お疲れさまぁ」

と大工衣装のなりえと結髪のお芽以に受け止められた。ここは艶乃家の真横にある夢屋の大広間。

艶乃家の花魁座敷の床の間が開くと、同時に延びる絡繰《からくり》通路が夢屋の大広間へとつながっていたのだ。

「花魁、これ芝居の舞台ではよく使う絡繰なんですよ」

開いた壁に新たな板を被せながら、なりえが笑っている。

「さぁ、此処から木材が流れ込んでこないように、みんな押さえて」

「おうっ」

と男衆が五人ばかり、壁穴をふさいだ板に張り付いた。

＊

「せーの」

和清と雪之丞は大広間の大黒柱に体当たりをした。三回目で天井がみしみしと揺れ、四方の柱がぐらついた。

「いけるぜ。雪の字、こいつを持って走るぞ」

「へい」

和清は大黒柱に太い綱を巻き付けていた。

四度目の体当たりをくらわしたところで、ふたりがかりで綱を持ち、全速力で表に向かった。あらかじめ、大道具の半次郎が切り身を入れていた顔見世との境の壁を蹴り倒し、さらには格子も蹴り飛ばし、一直線に表通りに出た。

目の前に南町奉行の駕籠があった。戸は開いていた。老人がこちらを向いて座っている。脇に南町奉行筒井政憲が跪《ひざまず》いていた。

雪之丞には誰だか分からなかった。

座元が会釈した。

「余も引こうぞよ。和泉守、よいか」

「ははあ」

老人は立ち上がって綱尻を握った。

余って……？

雪之丞は心の臓が張り裂けそうになった。いま己が尻を向けているのは先の将軍にして大御所の徳川家斉公。

「引けい、引けい」

背後から大御所の檄《げき》が飛んでくる。

轟音《ごうおん》が鳴り響いた。

通りにいる者たちが総立ちになった。仲乃町通りのほうから野次馬が集まってきた。大番方が慌てて長い棒を持って通りを止めに向かう。

がらがらと天井が落ち始めたが、半次郎たち大道具の見事な細工とあって、通り側には倒れてこない。

ロの字に建った艶乃家の四辺の棟が、それぞれ中庭に向かって崩れ落ちて行く。

舞台崩しの基本である。

客席に向けては決して崩さない。舞台の上で折り畳むように崩すのである。

七

若年寄、佐々木昌行が中庭に面した出格子に摑まり、弁柄色の格天井《ごうてんじょう》を見上げた。天井からごろごろごろと不気味な音が響いてくる。

柱に亀裂が入った。

「分かりませぬ」

大黒屋も立ち上がった。

「分からぬとはどういうことだっ」

奥平が怒鳴った。

その瞬間だった。

格天井が枠ごと落ちてきた。

「えっ」

奥平善次郎は畳の上で身体を屈め、頭を抱えた。

「うわぁあああ。わしの廓がっ」

「大黒屋、これは何の余興じゃ」

大黒屋は蝦蟇《がま》のような顔の鰓《えら》をさらに大きく膨らませ、喚いた。

すぐにその顔に岩の様な石が落ちてきた。

いくつもの漬物石もすごい勢いで降ってくる。

「あぁあぁあぁあ」

天井裏になぜこんなにも多くの漬物石が詰められていたのかは、考える暇《ひま》もなかった。

大黒屋の顔が、その顔よりも大きな石で潰された。圧迫され息も出来なくなり、腕を振ってもがいた。

だが、つづけて胸、腹、脚も大きな石に潰された。

鼻梁が折れた。激痛が顔面に走る。口を開けた瞬間にまた岩のような石が落ちてきたので、歯が折れた。

「艶乃家、謀《はか》ったか。うわっ」

鼻と口が塞がれて、息苦しくなってきた。

尾張から出てきて十年。江戸の老舗を向こうに回し、紀伊国屋文左衛門《きのくにやぶんざえもん》に負けぬ天下の大商人になることを夢見て、闘ってきた。

阿漕《あこぎ》が過ぎたか？

だが新参者が、老舗に勝つためには真っ向勝負とはいけない。悪も商いのうちでないか。

「あぁあああああ」

石の重みで腹が潰れた。

「わしの廓じゃ、ここはわしの廓じゃ。大黒屋楼とするのじゃ」

喚いたが口が塞《ふさ》がれ、その声はどこにも届かなかった。

息絶えた。

「佐々木様。大御所様はお成りになっておりますか。恥ずかしながら、それがし目が見えませぬ。何も見えぬのでございます」

奥平善次郎は、手足をばたつかせながら必死に叫んでいた。

落ちてきた天井板に顔を覆われていた。その上に重しのように石が乗っているのだ。さらに四方の柱が倒れ、身体が動かせなかった。

「奥平っ、書院番頭ならばすぐに手勢を集めよ。これはいったい何ごとだ。お前の責めを問うぞ。お主は余の警固人でもあろう」

若年寄の怒鳴り声が聞こえた。

これはもうだめだ。

若年寄の賄賂調達の中継ぎをし、せっかく出世の糸口を摑めたというのに、これではご破算である。

めでたい、めでたいと親戚中から祝儀をもらい、妻も一目置くようになったのも束の間のことであった。

「佐々木様、狡《ずる》いでござる。ご自分だけ水野様に取り入り、老中への足掛かりをつけるなど、身勝手にもほどがある。せめてそれがしを若年寄へ。そうでなくては、家名が立ちませぬ」

そう叫んだときに腹の上に天井の梁が落ちてきた。

「ぐふっ」

胸に強く当たった。

胸の骨が砕け、心の臓が押し込まれた。

奥平は目を見開いたまま絶入した。見ていたのは黒闇だけだった。

「ええい、どいつもこいつも何をしてやがる。出会え、出会えっ」

若年寄佐々木昌行は中庭に面した柱に摑まったまま、叫び続けた。自分の身体が柱ごと斜めになっていく。

庭の石灯籠が迫ってきた。

「うわああ。誰でもいい、余を助けてくれ。褒美を出すぞ。五百両、いや千両でもよい。武士ならば、取り立てるぞ。さぁ早く」

妓楼全体が中庭に向かって倒壊していた。

「ひぇっ」

力尽きて佐々木は柱から手を放した。

自分で自分の身体を思うように操れない。落下の勢いに任せて、飛ばされた。

落下した先は中庭の中央だった。仰向けに倒れていた。

佐々木は助かったと思った。

「大御所、早く、もう引きましょう」

どこかからそんな声が聞こえた。大御所もお成りになっているのだ。

ならば助けねば。

ここで大御所に恩を売れば、西の丸にも顔が利くことになる。佐々木は上半身を起こした。

「大御所様、佐々木が馳せ参じまする」

そう叫んだ瞬間に四方から柱や板が倒れてきた。畳や壁の漆喰《しっくい》の破片も飛んでくる。

轟音とともに艶乃家が総崩れをなしてきたのだ。

すべてが佐々木に向かって落ちてくる。

「あぁあああああああああああっ」

頭、胸、腰、脚に材木が畳みこむように崩れ落ちてきた。

山のような瓦礫《がれき》を被され、佐々木昌行は圧死した。

八

あっと言う間に、六十年の歴史を誇る艶乃家は総崩れとなり、向こう側の角町の建物が見えた。

「愉快じゃった。和泉守、良い余興だったの」

大御所はそう言うと表通りに立った。周囲は西の丸番士に囲まれ、外側からは窺い知れないようにされている。

「ここが吉原か」

と辺りを見渡した。京町のほうから三味の音が聞こえた。

「余は、確かにここへ来たぞ。和泉守のたっての願いだったからのう」

「ありがたきお言葉」

筒井は跪《ひざまず》いたまままさらに頭を垂れた。

「だがな和泉守、伝えておく。真の黒幕は水野じゃ。その背後に尾張がいる。成敗せい」

「はあああ」

「頼んだぞ」

御大御所が筒井の肩を叩きながら言っている。まだ先がありそうだ。

豪快に笑うと、すぐに将軍駕籠が引き返してきた。

「この駕籠の乗り心地はどうであった？」

と草履を脱ぎながら、和清の方を向いた。

「そのようなことはなかったと」

和清は地に頭を擦りつけていた。

「硬いのう。やはり和泉守の配下じゃのう。だが、よい芝居を見せてもらった。

天保座、これを励みにさらに精進せぇ」

豪快に笑うと大御所は駕籠の人となった。

「下にぃ、下にぃ」

いつの間にか揃った行列が、大門の方へと進んでいった。

「駕籠を替われと言ってきかなかったのですよ。肝が潰れる思いでした」

和清は筒井に詫びた。

「わしも驚いた。お前は番士と共に歩いて行けと言われたのだ。相手はお上だ。

従うしかなかろう」

筒井も奉行駕籠に戻って行った。

「千両箱、会所に寄進します。吉原全体に役立ててください」

艶乃家松太郎は和歌山登美三郎にそう言った。

「ではこの証文は破きますよ」

紀尾井楼の晴太郎が、大黒屋と交わした証文をびりびりと破った。

「では江戸町二丁目も見世を開きましょう。艶乃家さんは新築が出来るまで夢屋さんを使うといい」

和歌山が言った。

「すでに女郎も妓夫もみんな移っておりますね。鈴吉さん。最後の呼び込みを頼みますよ」

松太郎は、総崩れとなった艶乃家には目もくれず夢屋の暖簾を潜っていった。

じきに夢屋の吊し行灯に火が入り、顔見世に女郎が並ぶ。二階の窓から清掻の音が響いてきた。

「さぁ、夢屋だよ。なんてたって、江戸町一の廓は夢屋だ。寄ってらっしゃい、見てらっしゃい。今夜開店につき、初会も裏返しもなしってことで」

大声を張り上げると、わさわさと客が寄ってきた。

座元が笑いながら見ていた。

「松川花魁のところには顔を出さねぇんで」

雪之丞は聞いた。

「これで上がったら三度目だ。馴染みになっちまう。そんな野暮はごめんだねぇ」

和清は手拭いを肩に掛け、大門に向かって歩いて行った。

「お疲れ様」

となりえが手を振っていく。

「お先にね」

お芽以も通り過ぎていく。

「あっしも。これで上がりで。いい芝居だったねぇ」

千楽はもう茶人姿になっていた。

「俺だけ、舞台に居残りかい」

雪之丞は口を尖らせた。

「いいや、団五郎がまだ和歌山だよ。女郎を口説くつもりが嵌《は》まってね。役者の癖《くせ》にあれは野暮天《やぼてん》だねぇ」

お芽以が振り向きざまに行った。

「ちぇ、燃やしちまうんだったよ」

雪之丞は笑い、ふたたび客引きに精を出した。

＊

五月晴れのその日。両国広小路では天保座一座が骨董市を開催した。

贋作大放出である。その中に水野忠邦が所蔵したとされる茶壺もあったが、値段は二十文（約五百円）であった。

「かけ蕎麦に稲荷をつけたぐれえの金で、なんと水野様の箱書き付きの茶壺だぜ」

和清は声を張り上げた。箱書きは嘘ではない。

客がわんさか寄ってきた。

「景気はどうだい」

「金なら貸すぜ」

と客の中からふたりの男が現れた。

玉助と末三だった。

「金貸しなんかから借りませんぜ」

和清が返す。

すぐちかくの横山町の大黒屋は『調子由屋《ちょうしよしや》』と名を改めていた。銚子屋と与井屋は金を出し合い大黒屋を買い取り、両替商も始めたのだ。

おかげで吉原の借主たちは緩やかな返済に戻り、いずれも商売が持ち直した。

「艶乃家はどうだい」

と末三。

「おふたりのおかげで、秋には再興出来ると。ぜひお上がりになってください」

掛け軸を持った雪之丞が声をかけた。その金も調子由屋から調達されているのだ。

「とんでもねぇ。おいらたちは、吉原では手代で通っているんだ。小見世ばかりよ」

と末三。

「それによ。おいらまた太ったからね、いつ崩れるか分からねぇ妓楼はねぇ」

と玉助が狸のような腹を叩く。

「はい、お後がよろしいようで」

千楽が扇子で額を叩いて、話を切った。

この芝居も、ここいらがちょうど切りが良いようだ。


【幕】

■参考文献
『図説　吉原事典』永井義男著（朝日文庫）
『吉原はこうしてつくられた』西まさる著（新葉館出版）
『江戸府内絵本風俗往来』菊池貴一郎著・小林祥次郎訳（角川ソフィア文庫）

一〇〇字書評

切り取り線

圧殺

購買動機（新聞、雑誌名を記入するか、あるいは○をつけてください）

□（　　　　　　　　　　　　　　）の広告を見て
□（　　　　　　　　　　　　　　）の書評を見て
□ 知人のすすめで　　　　　□ タイトルに惹かれて
□ カバーが良かったから　　□ 内容が面白そうだから
□ 好きな作家だから　　　　□ 好きな分野の本だから

・最近、最も感銘を受けた作品名をお書き下さい

・あなたのお好きな作家名をお書き下さい

・その他、ご要望がありましたらお書き下さい

住所	〒				
氏名		職業		年齢	
Eメール	※携帯には配信できません		新刊情報等のメール配信を 希望する・しない		

この本の感想を、編集部までお寄せいただけたらありがたく存じます。今後の企画の参考にさせていただきます。Eメールでも結構です。

いただいた「一〇〇字書評」は、新聞・雑誌等に紹介させていただくことがあります。その場合はお礼として特製図書カードを差し上げます。

前ページの原稿用紙に書評をお書きの上、切り取り、左記までお送り下さい。宛先の住所は不要です。

なお、ご記入いただいたお名前、ご住所等は、書評紹介の事前了解、謝礼のお届けのためだけに利用し、そのほかの目的のために利用することはありません。

〒一〇一－八七〇一
祥伝社文庫編集長　清水寿明
電話　〇三（三二六五）二〇八〇

祥伝社ホームページの「ブックレビュー」からも、書き込めます。
www.shodensha.co.jp/bookreview

祥伝社文庫

圧殺《あっさつ》　御裏番闇裁き《おうらばんやみさば》

令和 6 年 1 月 20 日　初版第 1 刷発行

著　者　喜多川《きたがわ》 侑《ゆう》
発行者　辻　浩明
発行所　祥伝社《しょうでんしゃ》
東京都千代田区神田神保町 3-3
〒 101-8701
電話　03（3265）2081（販売部）
電話　03（3265）2080（編集部）
電話　03（3265）3622（業務部）
www.shodensha.co.jp
印刷所　萩原印刷
製本所　積信堂
カバーフォーマットデザイン　中原達治

Printed in Japan ©2024, You Kitagawa ISBN978-4-396-35032-1 C0193

祥伝社文庫　今月の新刊

寺地はるな
やわらかい砂のうえ

安達　瑶
冒瀆《ぼうとく》　内閣裏官房

岡本さとる
若の恋　取次屋栄三《えいざ》　新装版

喜多川　侑
圧殺　御裏番闇裁き

小杉健治
妖刀《ようとう》　風烈廻り与力・青柳剣一郎

砂丘の町出身の万智子は、バイト先で出逢った男性に人生初のときめきを覚えるが……。変わろうと奮闘する女性の、共感度100%の物語。

裏官房vs.東京都知事。神宮外苑再開発の裏にある奸計とは――。曲者揃いの裏官房が政界の女傑と真っ向対決！　痛快シリーズ第五弾。

分家の若様が茶屋娘に惚れた。身辺を探ることになった栄三郎は、心優しい町娘にすっかり魅了され、若様の恋の成就を願うが……。

悪を許さぬお芝居一座天保座。花形役者の雪之丞らは吉原で起きた影同心殺しの黒幕たちを葬る、とてつもない作戦を考える！

心を惑わすのは、呪いか、欲望か。かつて腕を競った友の息子の無念を思い、剣一郎は辻斬りの正体を暴こうとするが――。